ふたりだけの荒野

リンダ・ハワード
林 啓恵 訳

THE TOUCH OF FIRE
by Linda Howard
Translation by Hiroe Hayashi

THE TOUCH OF FIRE

by Linda Howard

Published by K.K. HarperCollins Japan, 2021

生まれたときから大好きな姪、
ブランドウィン・ロビンソンへ
この本を捧げます

ふたりだけの荒野

おもな登場人物

アニー・パーカー――医師
レイフ（ラファティ）・マッケイ――元南軍兵士
トラハーン――賞金稼ぎ
ノア・アトウォーター――連邦保安官
ジャカリ――アパッチ族の老婆
ジェファーソン・デイビス――旧南部連合国大統領
J・P・モルガン――銀行家
コーネリアス・バンダービルト――鉄道王
パーカー・ウィンズロー――バンダービルトの補佐

1

一八七一年　アリゾナ準州

その日は、ほぼ一日じゅう、何者かにつけられていた。それとわかる光を遠くにとらえたのは、真昼近くのことだ。ほんの一瞬の、かすかな煌めきだったが、警戒心が呼び覚まされるには充分だった。バックルか、磨きあげた拍車が日光を反射したのだろう。追ってくるのがだれであれ、やや不注意だと言わざるをえない。これで奇襲はかけられなくなった。

こんなことであわてるレイフ・マッケイではなかった。あてどのないそぶりで馬を進め、たっぷり時間をかけて目当ての場所にたどり着いた。じきに日が落ちる。寝床をこしらえる前に、正体を突き止めたほうがいい。それに、マッケイの計算によれば、いまごろ追跡者は長い並木道で姿をさらしているはず。マッケイはサドルバッグから双眼鏡を取りだし、こちらも反射光で居場所を悟られないように、マツの大木に身を隠した。追跡者がいるであろう並木道にレンズを向けるや、その姿をとらえた。右の前脚だけ白い、褐色の馬にまたがった男がひとり。馬を並足で進めながら、前かがみであたりに目を配っている。一時間ほど前に、マッケイが通った道だ。

　どことなく見憶えがある。離れた人影に双眼鏡を合わせて記憶をたぐり寄せようとしたが、顔がよく見えない。鞍(くら)のまたがり方か、あるいは馬そのものが引っかかっているのかもしれない。なんにしろ、どこかで見かけたか、会っている。しかも、好ましくない状況で。だが、名前が出てこなかった。馬具は珍しいものではなく、身なりにも特徴はない。待てよ、てっぺんが平らで、縁に銀の貝模様のついたあの黒い帽子は――

　トラハーン。

　マッケイは、音をたてて息を吸った。

　トラハーンのようなやつが引っかかるとは、自分の首にかけられた賞金はかなりの額にちがいない。トラハーンは追跡と射撃に長(た)け、狙った獲物はのがさないという評判の男だ。

　四年も逃亡生活を続けていると、軽率でむちゃな行動は慎むようになる。マッケイには時間と、ふいを突くチャンス、それに経験があった。トラハーンは気づいていないが、これで追われる者と追う者が逆転した。

　相手も双眼鏡を持っているかもしれない。マッケイはふたたび馬にまたがると、いったん木立に分け入ってから、右に折れ、追跡者とのあいだに小高い山をはさんで引き返しはじめた。戦争でひとつ身についたことがあるとすれば、つねに地形を把握することだ。そのために、身を隠しながら同時に退路を確保できる道をおのずと選んでいた。この森のなかなら、あとをくらまして賞金稼ぎをまくことも可能だろうが、戦争で学んだことがもうひとつある。敵の追跡は絶つべし。いまやらなければ、あとで絶たねばならなくなり、そのとき自分に利があるとはかぎらない。トラハーンは賞金を手にしようとしたがために、みずからの破滅を招いた。マッケイが追っ手を殺すのに躊躇しなくなって久しい。相手を殺さなければ、自分が殺される。それに、逃げるのには、もはや、あきあきしていた。

一キロほど引き返したところで馬を岩陰に隠し、来た道が見える場所まで徒歩で移動した。計算どおりなら、賞金稼ぎが現われるまでに三十分足らず。ライフルは、ケースに入れて背中にしょっている。この二、三年使っている連発式で、五十メートル先の的も正確に狙える。根元に高さ六十センチほどの岩があるマツを遮蔽物に選び、待ちの態勢に入った。

しかし、いくら待ってもトラハーンは現われない。マッケイはじっと横たわったまま、周囲の物音に耳を澄ませた。長く動かないでいたので、彼の気配に慣れた鳥たちがのどかにさえずっている。トラハーンに怪しまれるようなことをしただろうか？　いや、そうは思えない。ただ休憩を取って、行動を起こすまで慎重に獲物との距離を置いていると考えるのが妥当だろう。有利になるまで待つ。それがトラハーンのやり方であり、マッケイ自た。

身のやり方でもある。不利な状況でみずから戦いを挑み、多くの男たちが命を落としてき

モズビー大佐はよく言ったものだ。レイフ・マッケイほど奇襲作戦に秀でた男はいない、忍耐力と持久力がある、と。マッケイは不安や飢え、苦痛、倦怠(けんたい)に惑わされることなく、目前の任務に集中できた。だがいま、闇が深まるにつれて、別の可能性が浮上してきた。トラハーンは日暮れどきの追跡をあきらめ、キャンプを張ったのではないか。煮炊きの火を見つけるほうが手っとり早いからと、休んで待っているのか？　だが、トラハーンは抜け目のない男だ。逃亡中の男はまず火をおこさずに野宿し、火のそばで眠るのはよほどの愚か者だけ。生き延びるには、調理用に小さな火をおこし、消してから他の場所で寝るものだ。

いまマッケイが採りうる選択肢は三つ。ここにとどまってトラハーンが現われるなり狙い撃つか、もう少し引き返して彼のキャンプを見つけるか、あるいは闇を利用して引き離すかだ。

そのとき、岩陰で馬が小さく鳴くのを聞いて、マッケイは荒々しく毒づいた。続いてすぐ後ろから、それに応える馬の鳴き声がした。とっさに身をひるがえし、転がりながらライフルを抜いた。左後方およそ二十メートルにトラハーンがいる。ふいを突かれたという点では五分と五分。トラハーンはすでに銃を抜いていたものの、見当ちがいの方角、つま

りマッケイの馬を見ていた。マッケイの気配に気づいて振り返ったときには、すでにマッケイが最初の一発を放っていた。トラハーンは身をかわして弾をのがれ、いっきに攻撃に転じた。

　マッケイは背後にあった山の頂から、かまわず身を投じた。転げ落ちると土やマツの葉が口に入るが、弾をぶち込まれるよりはましだ。土を吐きだして立ちあがり、かがんで稜線（りょうせん）の陰に身をひそめた。足音を忍ばせて右に移動し、じわじわと馬のほうへ向かう。

　内心、穏やかならざるものがあった。トラハーンのやつ、道からはずれたところで、なにをしていた？　トラハーンにとっても予想外の展開らしく、目と鼻の先に獲物を見つけて驚いていた。たしかに、どんなに巧妙な罠（わな）でも失敗することはあるが、いまや敵は間近に迫り、マッケイは奇襲をかけられなくなった。

　マッケイは別のマツの巨木に隠れて片膝をつき、なりをひそめて耳をそばだてた。追いつめられたのは承知している。トラハーンはマッケイの馬を見張って、獲物が罠にかかるのを待つだけでいい。かたやマッケイは、自分が見つかるより先にトラハーンを見つけるしかなく、まさにそうしようとして、おおぜいの男が死んできた。

　やがて、マッケイは険しい口元に不敵な笑みを浮かべた。あと数分で日が沈む。トラハーンが暗闇での動きのよさを競い合いたいと言うのなら、喜んでつき合ってやろう。

　視覚に惑わされないよう目を閉じ、あらゆる物音に耳を澄ませた。夜の住人たちが活発に動きだすにつれて、虫やアマガエルの鳴き声がしだいに大きくなってゆく。十分ほどして目を開けたときには、目が暗がりに慣れて、木や茂みの輪郭がくっきりと見えた。

音をたてないように拍車にマツの葉をかませ、ライフルを背のケースに戻した。長い銃は暗闇を這う邪魔になる。ホルスターからリボルバーを抜いて腹ばいになり、身を隠す茂みに向かってヘビのように這い進んだ。

冷えびえとした地面に、冬の名残を思い知らされる。日中はわりあい暖かかったので、外套を脱いで鞍の後ろにゆわえていたが、日が落ちるや、冷えこみが厳しくなった。

寒い思いをするのは、はじめてではない。それに、鼻をつくマツ葉のにおいが、一度ならぬ匍匐前進の思い出をよみがえらせた。六三年には、北軍の哨戒班の周囲を腹ばいで偵察した。歩哨の背後一メートルまで迫り、モズビー大佐のもとに戻って、哨戒班の兵力や歩哨の配置を報告した。ある十一月の雨の晩に、北軍の厳しい追跡の手をのがれて、左脚に銃弾を受けた状態でぬかるみを這いずったこともある。逃げおおせたのは、これひとえに、全身泥まみれだったおかげだ。

三十分かけてさっきの頂に戻り、川に潜るヘビのようにするりと越えた。ふたたび動きを止め、その場にそぐわないものがないかどうか、焦点をぼかして周囲の木立をうかがい、蹄や馬の鼻音に聞き耳をたてた。トラハーンが評判どおりの切れる男なら馬を動かすだろうが、姿をさらすのを嫌う可能性もある。

トラハーンは全神経を張りつめたまま、どのくらい警戒を続けられるだろう？　慣れていないと体力を消耗するものだが、それが日常になっているマッケイは、もう考える必要さえなくなっている。この四年間は戦争と同じだった。ただ、いまはひとりきりで、北軍の兵士から金や武器、馬を盗むことはなく、捕まっても捕虜交換では解放されない。そう、生きて法執行官に引き渡される見込みはなかった。マッケイの生死にかかわらず、その首にかけられた賞金が、それを保証していた。

ゆうに一時間は過ぎたころ、マッケイは一度にひとつの筋肉を動かして、じわじわと馬を残した岩場へにじり寄り、数十センチごとに止まっては耳を澄ませた。カメの歩みだった。十五メートル進むのに三十分以上かかり、あと百メートルは残っている。ついに、馬が体重を移動するときの、蹄鉄（ていてつ）が岩にこすれるかすかな音がした。動物の深い寝息も聞こえる。自分の馬もトラハーンの馬も見えないが、音の方角からして、マッケイの馬は同じ場所にいるようだ。姿をさらすという危険を冒してまで、馬を移動しようとは思わなかったらしい。

だとしたら、次に問題になるのはトラハーンの居場所だ。マッケイの馬がよく見えて、なおかつうまく隠れられる場所。いまも警戒しているのか？　それとも、緊張で感覚が鈍り、眠気を催しているだろうか？

マッケイは頭をめぐらせた。トラハーンが迫ってきて五時間。つまり、まだ十時だ。そ

の程度で警戒を解くほど、やわな男ではない。感覚が鈍り、防御がおろそかになるとした

ら早朝。瞼に砂が詰まり、それぞれが二十キロもの重さになって、疲労で頭が働かなくなる。

だが、トラハーンがこちらの読みを予想している可能性もある。マッケイが馬に近づくのは夜明け前だと考え、いまのうちに一時間ほど仮眠しても安全だと思っているとしたら？　まどろんでいる馬が起きるようなことがあれば、驚いた馬が大騒ぎするから、どうせ目が覚めると踏んでいるのかもしれない。

全身に無謀な血が駆けめぐるのを感じて、マッケイはにやりとした。こうなったら、立ちあがって馬に近づいてやる。なにをしようと、勝算は似たようなもの。にっちもさっちもいかなくなったときは、いちばん無謀な選択が、もっとも成功率が高い。身をもって学んできたことだ。

そこで、馬を隠した岩に近づき、しばらく待って、物音から馬が起きているのを確かめた。さらに数分待って静かに立ちあがり、大きな鹿毛に歩み寄った。馬が彼のにおいを嗅ぎつけ、頭をすりつけてくる。マッケイはなめらかな鼻をさすって、手綱をたぐるなり、なるべく音をたてないように鞍にまたがった。こうした瞬間には、決まって血がたぎり、興奮のあまり雄叫びをあげないよう、歯を食いしばらねばならなくなる。危険を喜びとする彼の野蛮さを察したのか、馬がブルッと身を震わせた。

馬の向きを変え、静かに歩かせるのには、鉄のような自制心がいるが、地面が荒れているので早足すらむずかしい。この瞬間がもっとも危険だ。おそらくはトラハーンが目を覚まして――

撃鉄を起こす音を聞くや、マッケイはすばやく右に向きを変え、馬の首に伏せて脇腹を蹴った。左の横腹に熱い痛みを感じたのと、銃声を聞いたのは同時だった。銃口の閃(ひらめ)きでトラハーンの位置がわかったので、もう一度撃たれる前に、銃を抜いて引き金を引いた。次の瞬間、いま一度マッケイの踵(かかと)にうながされた大きな鹿毛がダッと駆けだし、彼らは闇に呑まれた。鳴り響く蹄の音に混じって、トラハーンの悪態が聞こえた。

馬とその乗り手である自分の命が心配だったので、五百メートルも行かないうちに手綱を引いた。脇腹が焼けるように痛み、ズボンの横が濡れてくるのがわかる。馬を歩かせながら、歯で手袋をはずして触れてみた。シャツと体に二カ所ずつ穴が開いている。銃弾が体を貫通したのだ。首のバンダナを引き抜いて、シャツの内側に詰め、肘で傷に押しあてた。

なんて寒さだろう！　足から始まった痙攣(けいれん)が体を這いのぼり、全身が濡れそぼった犬のように震えていた。痛みで朦朧(もうろう)としてくる。手袋をはめ、寝具にくくりつけてあった外套をほどき、裏地のついた重い衣服にくるまった。それでも震えは止まらず、左側の脚まで濡れてきた。致命傷ではないが、ひどい出血だ。

ここでふたたびトラハーンの肚を探った。たぶん、日が昇るまでに距離を開けるために、マッケイが一目散に馬を走らせると思っているだろう。そこで、彼はさらに一キロほど行った先で鬱蒼としたマツ林に分け入り、馬から降りた。馬に餌と水をやって、首を叩いて走りつづけてくれたことをねぎらい、夜具を下ろした。出血を止めて体を温めなければ、山道で行き倒れているところをトラハーンに見つかるはめになる。

水筒を脇に置き、毛布にくるまると、厚く散り敷いたマツの葉に身を横たえた。左側を下にして背中側の傷口を圧迫し、弾が抜けた前の傷口は手首で押さえた。うめき声が漏れるほど痛みのある姿勢だが、出血で死ぬよりはましだ。ここで眠ってはまずい。痛みに眠気を誘われても、ここで気をゆるめるわけにはいかない。

昼からなにも口にしていないのに、空腹を感じない。ちびちびと水を飲んでは、頭上におおいかぶさる木々の合間から星のまたたきを見つめた。物音には注意したものの、トラハーンがすぐには追いつくとは思えない。暗闇に聞こえるのは、自然の音ばかりだった。じょじょに体が温まり、脇腹の熱い痛みが鈍痛に変わった。シャツがごわついているのは、血が止まった証拠だ。それで、起きているのがよけいにつらくなったが、広がる倦怠感には頑として屈しなかった。眠る時間はあとでもとれる。そう、トラハーンを殺してから。

夜も明けきらぬうちに、そっと立ちあがった。クラッときて倒れそうになったので、木に手をついて体を支えた。まずい。思いのほか大量に出血したらしい。これほど弱っているとは思っていなかった。めまいが治まると、小声でなだめながら馬に近づき、サドルバッグからビーフジャーキーを取りだした。手っとり早く状態を安定させるには、食べ物と水を腹に入れるにかぎる。無理やり胃に詰めこむと、馬を連れて、来た道を静かに引き返した。一度めはしくじったが、二度めはそうはさせない。トラハーンは血痕をたどっているはずだ。

待つことわずか数分、トラハーンが拳銃を手に窪地に忍び寄ってきた。マッケイはひそかに毒づいた。歩いてきたということは、警戒している証拠だ。危険を察知する能力があるか、あるいは、これまで出会ったろくでなしのうち、もっとも幸運な男のどちらかだ。

マッケイはライフルを構えてはみたものの、トラハーンは物陰をうまく使って、一度に全身を現わさない。肩、脚の一部、例の特徴的な帽子の平らな山。どれも狙いを定めるには足りなかった。だが、こうなったら、かすり傷しか負わせられなくても撃つしかあるまい。少なくとも追跡の速度を落とさせて、勝負を五分と五分に持ちこむことはできる。

次に現われた標的は、ズボンにおおわれた片脚だった。マッケイは冷酷な笑みを浮かべて、照準を合わせた。ライフルをしっかりと両手で支え、落ち着いて引き金を引く。鋭い銃声が響くや、トラハーンが悲鳴をあげた。木立に吸いこまれて、どちらの音もくぐもっていた。

マッケイは即座に身を引き、馬に飛び乗った。それだけの動作なのに、思いのほか苦労した。脇腹がふたたび熱を帯び、じわっと湿るのがわかる。くそっ、また傷口が開いた。だが、トラハーンも負傷しているから、馬に戻るには時間がかかる。逃げるならいま、一刻も無駄にはできない。傷の手当はあとでもできる。

アニス・セオドラ・パーカーは、刺激のない吉草根（きっそうこん）のお茶を静かに煎じながら、患者を見守っていた。見るからに大柄で働き者の田舎娘エダ・クーイは、安産まちがいなしと思われがちな体つきにもかかわらず、陣痛が長びいて動揺しはじめている。アニス――小さいころからアニーと呼ばれている――には、エダがもっと落ち着けば、母子ともに楽になるのがわかっていた。

熱いお茶をエダの枕元に運び、飲みやすいように頭を支えた。「これで痛みがやわらぐわ」小声でエダを力づける。まだ十七歳、これが初産だ。吉草根にはいわゆる鎮痛作用はないのだが、気を鎮めて、子どもを産みやすい状態にしてくれる。

鎮静剤が効いてくると、エダは静かになったものの、引きつづき陣痛が襲ってくるので、顔色は悪く、目はくぼんでいた。夫のウォルター・クーイによると、陣痛が始まってすでに二日になるとか。その後、妻の訴えに折れ、ふたりが暮らすひと間きりの差掛け小屋にアニーを連れてきた。うるさくてちっとも眠れやしねえ、と不平を漏らすウォルターに、アニーは平手打ちを食らわせたいのを必死にこらえた。

逆子なので分娩にてこずりそうだ。アニーは心のなかで子どもの無事を願った。臀位分娩では、ヘソの緒がからまって赤ん坊が産道で死ぬことがある。それに、たとえ無事に生まれたとしても、最初の誕生日を迎えられるかどうか怪しいものだ。小屋のみすぼらしさは目をおおうばかり。ウォルター・クーイは卑しくて無分別、これ以上の暮らし向きを望める男ではない。歳のころなら、四十過ぎ。アニーのにらむところ、エダは正式な妻でさえなく、たぶん口減らしのために奴隷同然で売り渡されてきた、無学な農家の娘なのだろう。太い鉱脈から貴重な金属が見つかるこのシルバー・メサにあっても、ウォルターはうだつが上がらない鉱夫だった。採掘は骨の折れる仕事であり、ウォルターはなにごとにつけ、骨を折るということを知らない男だからだ。赤ん坊の死を願うなどもってのほかだが、アニーは母と子を哀れまずにいられなかった。

大きな収縮で、いま一度腹部が締まり、エダがうめいた。「いきんで」アニーは小声で指示した。なめらかな丸い肌が見えてきた。赤ん坊のお尻だ。「もうひと息！」

エダがしわがれた悲鳴をあげて、力いっぱいいきんだ。肩が寝床から持ちあがる。アニーは力を貸すべく、大きくふくれたお腹に両手をのせた。

これが最後のチャンスだ。いま産まなければ、母子ともに命はない。陣痛は続いても、出産するだけの力がなくなってしまう。

と、エダの体から小さな尻が突きでた。急いでつかもうとしたのに、手が滑る。広がった膣口（ちつこう）に指を入れて、赤ん坊の脚を握った。「がんばって！」もう一度声をかけた。けれどもエダはひるんだ。痛みにすくんでいる。アニーが次の収縮を待っていると、数秒後にふたたび始まった。こんどは筋肉そのものの力を利用して、文字どおり、赤ん坊の下半身を母体から引っ張った。男の子だ。膣口が締まらないように片手の先を挿入し、残る片手でしっかり赤ん坊を取りだす。みどりごは母親の股の間に力なく横たわった。母子ともに動かず、声ひとつあげない。

アニーは赤ん坊を抱きあげ、うつ伏せにして背中を叩いた。小さな胸が上下したかと思うと、けたたましい泣き声が響いた。ようやく肺に空気が流れこんだのだ。「よかった」アニーはつぶやいて、口と喉がふさがらないよう赤ん坊をあお向けにした。いつもなら最初にそうするのだが、今回は呼吸をさせるのが先だった。泣きながら手足をばたつかせる小さな男の子。アニーの顔にくたくたの笑みが広がった。赤ん坊の泣き声は、ひと息ごとに力強さを増していくようだ。

脈の止まったヘソの緒をお腹のところで縛って切り、冷えないように手早く毛布でくるんだ。その赤ん坊を温かいエダの脇に寝かせ、なかば朦朧としている母親に声をかけた。「あなたの赤ちゃんよ、エダ。元気そうな男の子。ほら、泣いてるでしょう？　ふたりとも無事に乗り越えたのよ。もうすぐ後産がくる。そしたらきれいに拭いて、気持ちよくしてあげるからね」

　エダの青ざめた唇が答えるように動いたが、赤ん坊を抱き寄せる力は残っていなかった。

　後産はすぐにきた。幸い、ひどい出血はなかった。体力の落ちたいまのエダには、大量出血が命取りになりかねない。アニーはエダの体を拭き、貧相な部屋を元どおりに片づけると、むずかる赤ん坊を抱きあげた。母親は弱りきっているので、あやしながら寝かしつけてやる。赤ん坊は静かになり、やわらかな毛におおわれた小さな頭をこちらに向けた。

　アニーはエダを起こして、子どもを抱かせた。ナイトガウンのボタンをはずし、バラの蕾のような唇を母親のはだけた乳房に導く。赤ん坊は唇をかすめる乳首にとまどっているようだったが、やがて本能のままに夢中で吸いついた。エダは驚き、息を切らして小さく叫んだ。「わあ！」

　アニーは一歩下がって、魅惑に満ちたこの最初の発見の瞬間を見守っていた。疲れはてた若い母親が、感嘆の目でわが子をながめている。

　アニーは疲れた顔で外套をはおり、鞄を持った。「明日また、ようすを見にくるわ」

　エダが目を上げた。青ざめてげっそりした顔に、輝くような笑みが広がる。「ありがとう。先生がいなかったら、あたしも赤ちゃんも死んでたよ」

　笑みを返しつつ、一刻も早く、冷たく新鮮な外の空気を吸いたかった。すでに夕方にさしかかり、日暮れまで一時間もない。朝からエダにかかりきりで、食事もとれなかった。

背中や脚が痛く、精根尽き果てていた。それでも、無事に生まれたおかげで、なんともいえない満足感がある。

クーイの小屋は、シルバー・メサの町をはさんで、アニーが診療所兼住居として使っているふた間きりの小さな丸太小屋の反対側にあった。ふた部屋のうち手前を診察に使い、奥を住居にしている。町で一本きりの曲がりくねった泥だらけの〝通り〟をとぼとぼと歩いていると、鉱夫たちが荒っぽい挨拶の言葉を投げてくる。彼らはこの時間になると採掘現場から引きあげ、シルバー・メサに押しかけては強いウイスキーをあおり、汗水垂らして稼いだ金を賭博師や売春婦につぎ込んでいる。シルバー・メサは新興の町で、テントで営業する五軒の酒場をのぞけば、法律も社交場もいっさい存在しない。野心のある商人が何軒か粗末な厚板の小屋を建てて商品を並べているが、木造の建物はごくまばらだった。その一軒を診療所にできて、アニーは幸運だと思っていたし、シルバー・メサの住人たちも、たとえ女でも、医者がいるのを喜んでいた。

アニーがこの町に来て半年――いや、八カ月になる。故郷のフィラデルフィアと、デンバーでの開業に挫折したあげくのことだ。どんなに腕がよくても、百五十キロ四方に男の医者がいれば患者は来ない。これが彼女の学んだ苦い現実だった。シルバー・メサにはそういう医者がいなかったが、それでも、患者が訪れるようになるには時間がかかった。新興の町のご多分に漏れず、生きるのに厳しいシルバー・メサという町でさえ、そうだ。ここでは銃創、創傷、打撲、骨折、それに手足を押しつぶすのは日常茶飯事だった。ぽつぽつと訪れていた患者はしだいに増え、いまでは朝から晩まで坐る暇がない日もある。

　それこそがアニーの求めたものであり、そのために努力してきた。だが、「先生」と呼ばれたり、「ドクター・パーカー」という言葉を聞いたりするたびに、悲しみが湧いてきた。父を探し求めたくなるのに、もうどこにもいないからだ。フレデリック・パーカーは立派な人であり、優秀な医者だった。アニーが幼いころから、ちょっとした仕事を手伝わせてくれた。娘に医学への興味を持たせ、できるかぎりのことを伝え、教えることがなくなると学校に通わせた。そして、学位取得までのつらい日々のあいだは、娘の支えとなりつづけた。父と娘以外はみな、女が医学を学ぶべきでないと考えているようだった。仲間の医学生から無視されるだけならまだしも、彼らは進んでアニーの邪魔をしようとした。それでも父は、ユーモアを忘れず、責任感を持ちつづけるよう説き、アニーが西部に旅立って、女でも医者として迎え入れられる地を見つけたときは、わがことのように喜んでくれた。

　アニーがデンバーに赴いて一カ月もしないうちに、牧師から父の死を伝える悲しい手紙が届いた。もう若くはない、近ごろは歳を感じるよ、とこぼしていた父だが、どこも悪いようには見えなかった。だが、ある穏やかな日曜日、食事を楽しんだ直後に、胸を掻(か)きむしって息絶えた。苦しまずに逝ったのではないか、と牧師は書いていた。

アニーはひっそりと父の死を悼んだ。話せる相手も、理解してくれる相手もいなかった。思いきって広い世界に飛びだしたときには、フィラデルフィアの父の存在をいつでも戻れる港のように感じていたが、これでそんな場所はなくなった。アニーは手紙で家の売却を手配し、とっておきたい私物は叔母の家に預けた。

父にシルバー・メサのことを話したかった。がさつで汚くて、活気に満ちた町。人々が泥だらけの通りに群がり、毎日のように巨万の富が生みだされる。きっと父は、変化に富んだ娘の診療体験をうらやんだにちがいない。なにしろこの診療所には、銃創から風邪、出産まで、ありとあらゆることが持ちこまれる。

晩冬の黄昏が深まるころ、アニーはドアを開け、入口近くのテーブルに置いてある火打ち石に手を伸ばした。石を打ち、こよりの火でランプを灯した。深い溜息をつきながら鞄をテーブルに置き、肩をまわして凝りをほぐした。遠方の患者を往診する機会が多いので、シルバー・メサに来たときに馬を買った。暗くなる前に世話をしてやらなければ。馬は丸太小屋の裏手の、簡単に三方がおおわれた納屋につないである。アニーは部屋を泥で汚したくなかったので、小屋のなかを通らず、外をまわって行くことにした。

部屋を出ようとまわれ右をした瞬間、部屋の隅の暗がりが動いた。アニーは跳びあがって胸を押さえた。目を凝らすと男がいた。「なにかご用？」

「医者に診てもらいたい」

アニーは眉をひそめた。シルバー・メサの人間なら、目の前にいるのが医者だとわかるはずだ。つまりはよそ者で、男の医者を期待している。アニーはランプを掲げ、顔をよく見ようとした。男の声は低くかすれ、ささやき声に等しいが、間延びした南部訛りがあるのはわかった。

「わたしがドクター・パーカーよ」アニーは歩み寄った。「どうしました？」

「女じゃないか」低い声が言う。

「ええ、そうだけど」近づいてみると、男の目は熱で充血し、感染症に特有の甘ったるいにおいがする。男は椅子に腰を下ろしたら二度と立ちあがれないとでも思っているのか、部屋の隅の壁にもたれていた。アニーはテーブルにランプを置き、炎を調整した。やわらかな光が小さな部屋を隅々まで照らしだす。「どこが痛むの？」

「左の脇腹だ」

男の右側にまわり、腋の下に肩を入れて腕で背中を支えた。ひどい熱。どきりとして、少し怖くなった。「診察台に行きましょう」

腕の下で男の体がこわばった。黒い帽子で顔は隠れているが、どんな表情だか想像はつく。「助けはいらない」男はやや重いながら、しっかりした足どりで診察台まで歩いた。

アニーはランプをもうひとつ灯し、他の患者が来たときに備えて、診察台をさえぎるカーテンを引いた。男が帽子を取ると、長らく散髪していないらしい、ぼさぼさの豊かな黒髪が現われた。そして、分厚い子羊革の外套をそろそろと脱いだ。

アニーは帽子と外套を受けとり、脇に置きながらじっくりと男を観察した。出血も傷口も見当たらないが、具合が悪くて苦しんでいるのはよくわかる。「シャツを脱いで」アニーは命じた。「手を貸しましょうか?」

男はなかば閉じた目でアニーを見ると、首を振って途中までのボタンを全部はずした。裾をズボンから引きだし、頭から脱いだ。

腰には薄汚れた布がしっかり巻かれ、左脇が黄ばんだ錆色に染まっている。アニーはハサミを手に取り、手際よく切って布を床に落とした。ウエストのすぐ上の肉づきのいい部分に、傷が二カ所ある。腹側と背中側にひとつずつ。どちらからも血の混じった膿が滲んでいるが、背中側の傷は縁が赤くなっていた。

彼女の目に狂いがなければ銃創だ。シルバー・メサに来てから、いやというほど診てきた。

ふと、外套を着たままなのに気づき、患者に目を向けたままあわてて脱いだ。「右側を下にして寝て」そう命じつつ、トレーから必要な器具を手に取った。ためらっている男に向かって、もの問いたげに眉をつり上げた。

男は黙ってかがみ、ホルスターを腿に留めている革紐をほどいた。それだけで顔に汗が滲む。次にガンベルトをはずし、手が届く診察台の枕元に置いた。台に腰かけると、言われたとおり、こちら側を向き、右を下にして横たわった。硬い台には患者の体に負担がかからないよう、やわらかいマットレスが敷いてある。それで、自然と筋肉がゆるんだようだったが、身震いするや、ふたたび体をこわばらせた。

アニーは清潔なシーツを取りだして、裸の上半身にかけた。「これなら、お湯が沸くまで寒くないでしょう?」

今朝早く出かける前に、火に灰をかぶせておいた。火かき棒でつつくと、石炭が赤くなる。焚きつけと薪を足し、水を持ってきて、鉤から下がるふたつの鉄鍋にそそいだ。火力が強まると、小さな部屋はたちまち暖まった。片方の鍋に器具を入れて煮沸し、殺菌力の強い石鹸でごしごし手を洗った。エダの家からの帰り道に感じていた重くのしかかるような疲労を脇に押しやり、新しい患者にもっとも適した処置はなにかと考える。

両手がわずかに震えていた。アニーは手を止めて深く息を吸った。いつもなら目の前の作業に没頭できるのに、この男のなにかに心をかき乱されている。霜のように淡く、オオカミのように用心深い、瞳のせいかもしれない。でなければ、彼の温かさとか。発熱のせいだとわかっているのに、たくましい長身に近づくたび、そこから発散される熱っぽさにくるまれるようだ。彼がシャツを脱いで、強靭な上半身をあらわにしたときは、なぜか胸がきゅんとした。男の体はどこも見慣れているはずなのに、いつになく裸体を意識した。その男らしさが、もっとも根本の部分でアニーの女の部分を脅かしていた。筋肉質の広い胸にうずまく黒い毛が、男が本来的に備えている動物性を示している。

けれども、脅威を感ずるような言動はいっさいなく、すべてはアニーの想像だった。たぶん疲れているせいだわ。この人はケガをして、助けを求めにきただけよ。

アニーはカーテンのなかに戻った。「痛み止めにアヘン剤を使います」

男はその淡く冷たい視線で彼女を釘づけにした。「いらない」

アニーはとまどった。「処置は痛みを伴うわ、ミスター――?」

語尾を上げた質問口調を無視して、男は言った。「アヘン剤は必要ない。ウイスキーはあるか?」

「ええ」

「それで充分だ」

「お酒だと意識を失うほど飲まないと効きめがないわ。それならアヘンのほうが簡単よ」

「意識を失いたくない。酒をくれ」

アニーはウイスキーを取りだし、グラスになみなみとついだ。「なにか食べた?」戻って尋ねた。

「しばらく食ってない」グラスを受けとり、慎重に傾けてふた口で飲み干す。刺激に息を切らし、ブルッと震えた。

アニーは水の入った洗面器を診察台の脇に置き、男の手からグラスを取った。「お湯が沸くまでに、傷口を洗浄します」シーツをはがして、状態を見きわめた。傷口はウエストに近いので、ズボンが邪魔になる。「少しズボンを脱いでもらえる？　これでは処置ができないから」

患者はしばらく動かなかったが、やがてゆっくりとベルトを取り、ズボンのボタンをはずしだした。アニーはそれが終わるのを待ってウエストバンドを下げ、すべすべした腰を出した。「ちょっと体を上げて」持ちあがった腰の下にタオルを滑りこませ、もう一枚のタオルを折りたたんで、ズボンが濡れないようにはさんだ。やわらかな毛が下向きに生えている下腹部は、見て見ぬふりをしようとしたが、実際は、われながらとまどうほど一部だけあらわになった部分を意識していた。医者ともあろう者がなんたるざま！　いままで、こんなふうに感じたことはなかったのに。アニーは心のなかで自分を叱った。

男の視線を感じながら、布を濡らして石鹸で洗い、感染した傷口にそっと当てた。男は音をたてて息を吸った。

「我慢してね」つぶやきつつ、手を動かしつづける。「痛いでしょうけれど、消毒しないと」

レイフ・マッケイは答えなかった。ただ、彼女から目を離さなかった。思わず息を呑んだのは、痛みのためというより、触れられるたびに、彼女の体から自分の体にどくどくとエネルギーが流れこむような気がしたからだ。稲妻が走る直前、空気が帯電するのに似ている。診察台に向かうために彼女が腕をまわしたときも服越しに感じたが、むき出しの肌だと、はるかに強烈だった。

熱のせいか。さもなければ、たんに女にご無沙汰しすぎたせいだろう。理由はなんであれ、この有能な医者に触れられるたびに、硬くなるのはたしかだった。

2

アニーが傷口に触れると、じわっと血が滲んだ。「いつケガをしたの？」なるべく軽くさわりながら尋ねた。

「十日前だ」

「まだ閉じないなんて、おかしいわね」

「ああ」ブルドッグのようにしつこいトラハーンに追われて、傷を癒すだけの休息がとれなかったせいだ。鞍に飛び乗るたびに傷口が開くものの、トラハーンも傷ついた脚を休められないでいると思うと、残酷な満足感があった。

ウイスキーがまわってくると目を閉じたが、いつしか女のやわらかい手の感触に神経を研ぎ澄ましていた。ドクター・パーカー。粗末な小屋の入口に、そっけない文字で〝ドクター・A・T・パーカー〟という表札が出ていた。女の医者など、聞いたこともなかった。

一見したところ、あまりぱっとしない女だった。がりがりに痩せ、このあたりの女の例に漏れず疲れきった顔をしていた。だが彼女が近づいてくると、茶色の瞳のやわらかさが目を引いた。後ろで無造作にまとめたむらのあるブロンドは、いい具合に乱れて後れ毛がふんわりと顔にかかっていた。そして、彼女に触れられたとたん、熱い手の魔法を感じた。あの手！　緊張と弛緩が同時にもたらされた。どうやら、酒に酔ったらしい。それ以外には考えられなかった。

「まず、熱い食塩水の湿布を当てます」彼女は淡々とした軽い口調で説明した。「火傷しそうなほど熱いから、気持ちのいいものではないでしょうけれど」

レイフは目を開けなかった。「いいから始めろ」トラハーンは少なくとも一日は遅れている計算だが、ここに長く寝ていればいるほど、それだけ距離を詰められる。

アニーは海塩の缶を開けて、塩をひとつかみ鍋に入れ、ぐらぐらする湯に鉗子でガーゼをひたした。しばらくして引きあげると、滴を切ってから、やわらかい腕の内側で温度を確かめ、湯気の立つ布を彼の背中の傷口に当てた。

彼は身をこわばらせ、食いしばった歯のあいだから息を漏らしたが、泣き言は言わなかった。アニーは右手の鉗子で熱いガーゼを当て、気がつくと、左手で肩をやさしく叩いていた。

ガーゼが冷めると熱湯に戻した。「もう片側の傷口もやるわ。塩は感染を防ぐの」

「さっさと片づけろ」彼がうなった。「両方いっぺんにやってくれ」

アニーは唇を噛んだが、そのほうがいいと思いなおした。具合が悪いにもかかわらず、この男は驚くほど痛みに強い。アニーは別のガーゼと鉗子を取ってきて、それから三十分間、熱い食塩水の湿布を当てた。やがて傷の周囲の皮膚がまっ赤になり、ざらついた傷口そのものは白くなった。そのあいだ彼は目を閉じ、ぴくりともせずに横たわっていた。

続いて手術用のハサミを取りだし、皮膚を引っ張って、白くふやけた部分を手早く切りとった。傷口から新たな血が流れたが、まだ黄色い液体が混じっている。膿と古い血を出すためそれぞれの傷のまわりを指でぐっと押すと、ついでに小さな布の繊維と、銃弾の薄い破片が出てきた。患者に意識があるかどうかわからなかったが、治療のあいだじゅう、小声でいましていることを説明した。

止血用のマリーゴールドのチンキで傷口を消毒し、感染防止剤として摘みたてのタイムから抽出したオイルを塗った。「明日からはオオバコの包帯にするけど、今晩のところは取りきれなかったシャツの繊維が出るよう、両方の傷にハコベの湿布を当てておきます」

「明日はここにいない」その言葉に、アニーは跳びあがった。処置を始めてからはじめて発した言葉だ。気を失っていることを願い、実際そうだと思いこみかけていた。声も漏らさず身じろぎもせずに、どうやってあの痛みに耐えたのだろう？

「まだ動けないわ」彼女はやさしく諭した。「どんなに深刻な状態だか、わかっていないようね。感染したままだと、死ぬかもしれないのよ」

「おれはここまで歩いてきた。そんなにひどいはずはない」

アニーは口をすぼめた。「たしかに歩いてきた、それにたぶん歩いていける。ふつうの人なら寝たきりになるほどの状態でもね。でも、一日かそこらしたら、歩くどころか這うこともできなくなる。一週間もしたら死ぬかもしれない。逆に、わたしに三日くれれば、ほぼ治してあげられる」

レイフは淡い色の目を開いた。やわらかな茶色の瞳に真剣さを認めて、全身に熱の痛みが走るのを感じた。彼女の言うとおりなのだろう。女のくせに、優秀な医者らしい。だが、トラハーンはまだ追ってきていて、いまは賞金稼ぎと戦うどころの騒ぎじゃない。トラハーンも同じように傷ついているかもしれないが、それをあてにするわけにはいかない。やむをえない場合をのぞいて、そんな賭けはしたくなかった。

この医者の言うとおり、二、三日休んで治療するしかあるまい。だが、ここでそうする度胸はない。そう、もっと山奥でならば……。

「湿布を用意しろ」レイフは命じた。

アニーは低いかすれ声に身震いすると、黙って仕事にとりかかった。大切に育てている薬草の鉢からハコベを摘み、葉をつぶして傷口に塗った。その上から湿ったガーゼを当て、包帯でしっかり固定する。起きあがった彼がガーゼを押さえ、包帯を巻くのを手伝った。

彼はシャツを取って頭からかぶった。アニーは心配そうな顔で腕をつかみ、説得を試みた。「行ってはだめ、どんな理由があるか知らないけど、あまりに無謀だわ」

彼はズボンから血の染みたタオルを取りだすと、アニーの手をあっさり無視して、診察台から滑りおりた。アニーは脇に腕を垂らし、無力さと怒りに駆られた。こんなに一生懸命手当したのに、どうして命を粗末にするの？　医者の言うことが聞けないなら、最初から救いなど求めなければいい。

レイフはシャツをしまうと、淡々とズボンのボタンを留めてベルトを締めた。やはりあわてることなくガンベルトをつけ、たくましい腿に革紐を巻きつけた。

彼が外套をはおると、アニーは必死にまくしたてた。「オオバコの葉をあげるから、傷口に貼ったら？　包帯はいつも清潔に――」

「いるものは持ってこい」彼は命令した。

アニーは困惑して目をぱちくりさせた。「なんですって？」

「外套を着ろ。一緒に来るんだ」

「無理よ。わたしはここで患者を診なければいけないし、それに――」

彼は大きな拳銃を取りだした。銃口を向けられて、アニーは押し黙った。びっくりしすぎて言葉が出てこない。沈黙のなかで、撃鉄を起こす音がはっきり聞こえた。「いいから、外套を着ろ」彼は静かに繰り返した。

彼の淡い目は表情が読めず、命令するかすれ声は情け容赦なくて、手にした重い拳銃は微動だにしなかった。アニーは茫然（ぼうぜん）としながら外套をはおり、食料を集め、治療用の器具た。
とさまざまな薬草を黒い革鞄に詰めた。氷のようなまなざしは、その一挙一動を追ってき
「それでいい」彼は食料の袋を奪うと、顎で合図した。「裏から出ろ。ランプを持ってい
くんだ」
　この男は、わたしの留守中に家のなかを調べたのだ。そう気づいて、アニーは怒りが燃
えあがるのを感じた。私室は多くない。奥のひと間だけだ。けれどもそれは彼女の部屋で、
勝手に入ったのは許せなかった。だが、拳銃を背中のまん中に押しつけられながら、プラ
イバシーの侵害に憤慨するのはばかげている。裏口から外に出るアニーの背後には、ぴた
りと彼がついていた。
「馬に鞍をつけろ」
「まだ餌をやってないわ」間の抜けた抗議とは知りつつ、餌をやらずに馬に自分を運ばせ
るのはかわいそうに思えた。
「同じことを何度も言わせるな」彼は脅しつけるように声を低めて警告した。
　アニーはランプを釘にかけた。彼女の乗用馬の隣に、鞍をつけた大きな鹿毛の馬がじっ
と立っていた。
「急げ」
　アニーがいつもどおりのきびきびとした動作で鞍を置くと、彼が背後を指さした。「向

こうに立ってろ。おれから見えるところにだ」

　アニーは唇を噛んで従った。彼が馬に乗る隙に、自分の馬をかいくぐって逃げだそうかと考えていたのに、見抜かれていた。周囲になにもない場所に立たせることで、アニーから身を隠すチャンスを奪ったのだ。

　彼は視線と拳銃をアニーに向けたまま鹿毛を連れだして、鞍に足をかけた。これほど間近でなければ、彼の動きの多少のぎこちなさを見のがしていただろう。痛みのせいだ。彼は食料の袋をサドルバッグに詰めこんだ。

「さあ、馬に乗れ。くだらんことは考えるな。言うことを聞けば、危害は加えない」

　アニーはあたりを見まわした。自分が誘拐されようとしているなんて、信じられなかった。いつもと変わらぬ一日だった――この男に拳銃を突きつけられるまでは。このまま連れていかれて、生きて帰れるだろうか。うまく逃げおおせたとしても、自力で荒野を生き抜けるとは思えない。シルバー・メサにわけなく戻れると楽観するには、これまでに多くを見すぎた。町という漠然とした壁から一歩出れば、苛酷な生活が待っている。

「さっさと馬に乗れ」刺々(とげとげ)しい口調に、激しい怒りと忍耐の限界がはっきりうかがえた。

　アニーは鞍によじのぼった。スカートが邪魔になるが、文句を言ったり、もっと動きやすい服に着替えたいと頼んでも無駄なのはわかっていた。

　これまでは診療所が町はずれにあって、ありがたいと思ってきた。便利でありながら人目につかず、明け方まで酒場や売春宿の商品を味わう酔っ払った鉱夫の騒ぎとも無縁だ。それがいまは、酔っ払いの労働者のひとりでもいてくれたら、なんでも差しだしたい気分だ。声のかぎりに叫んでも、だれの耳にも届くまい。

「ランプを消せ」彼から命じられると、アニーは鞍から身を乗りだして、言われたとおりにした。細い光を投げかける新月が昇ってきているものの、急に明かりが消えると、なにも見えなくなった。

彼は手綱を放し、拳銃を持っていないほうの手袋をはめた手を差しだした。鹿毛は動かない。よく訓練されているうえに、胴体に巻きついた力強い脚で押さえられているからだ。

「手綱を貸せ」

こんども従うよりほかになかった。手綱を渡すと、彼は馬の頭越しに引き寄せ、アニーの馬がついてこざるをえないよう、自分のサドルホーンにくくりつけた。「飛び降りようなんて、ばかなことは考えるな」釘を刺す。「逃げられもしないのに、おれを怒り狂わせることになる」低く脅しつけるような声に、アニーの背筋は凍りついた。「それは、あんたも望まないはずだ」

彼はシルバー・メサを出るまで二頭の馬をゆっくりと進め、町を充分離れたとみるや、鹿毛に合図して軽く走らせた。アニーは両手でサドルホーンにしっかりつかまった。数分もしないうちに、手袋を持ってこなかったのを悔やんだ。冷たい夜気が肌に刺さり、早くも顔や手がひりひりしてきた。

　目が暗がりに慣れてくると、彼が西の山頂に向かっているのがわかった。上のほうは、もっと寒さが厳しいはずだ。七月の中旬に、頂が雪でおおわれているのを見たことがある。

「どこへ行くの？」アニーは、なんとか落ち着いた声を保とうとした。

「上だ」彼が答えた。

「どうして？　なぜ、わたしを連れていくの？」

「おれに医者が必要だと言ったのは、あんただ」平然と言い放つ。「あんたは医者だ。わかったら黙ってろ」

　それで黙ったが、少しでも気をゆるめたらヒステリーを起こしそうだった。自分がヒステリックだと思ったことはないけれど、こんな状況だと理性を失ったほうがましな気がしてくる。フィラデルフィアでは、医者に診てもらいたいときに、誘拐などしないものだ。

　アニーにはいまのこの状況もさることながら、男そのものが怖かった。冷ややかで色の薄い目を見た瞬間、その危険さを察知した。この男なら、クーガーのようにすばやく、かつさりげなく獲物に飛びかかって、殺すだろう。これまでアニーは他人の世話をして、命を守ることに身を捧げてきた。彼女が大切にしている信条とは正反対の存在、それが彼だった。けれども彼に触れたとき、手が震えた。恐怖のせいだけではない。力強い男の肉体を前にして、自分がか弱く感じられた。あのときのことを思いだすと、恥ずかしくなる。

医者ならば毅然(きぜん)としているべきだった。

一時間もたつと足の感覚がなくなり、指は曲げると折れそうだった。脚や背中が痛み、震えが止まらなくなった。アニーは自分の前を行く男の黒い影を見つめた。この人はなぜ、鞍にまたがったままでいられるのだろう？　出血や熱や感染を考えれば、とうの昔に横になっていてしかるべきだった。その我慢強さや体力は脅威だ。逃げるためには、それらと戦わねばならない。

彼は危害を加えないと言ったけれど、どうやって信用しろと言うの？　彼の言いなりになるしかない状況で、これまでのところ、その約束を多少でも信用できるような資質はまったく見つかっていない。アニーは手込めにされるなり、殺されるなり、彼の思うがままだ。遺体すら見つけてもらえないかもしれない。馬が一歩進むごとに危険は深まる。たとえ逃げだせたとしても、シルバー・メサに戻れない可能性は高まっていく一方だった。

「あ、あの、どこかで休んで、ひ、火をおこさない？」そう口走って、アニーは自分の声に驚いた。言葉が勝手に飛びだしたようだ。

「だめだ」ただひと言、にべもなく無情な答えが戻ってきた。

「お、お願い」自分が懇願しているのに気づいてびっくりした。「とても、さ、寒いの」

彼はアニーを振り返った。帽子のつばに隠れて顔は見えないが、目がかすかに光っている。「まだ休むわけにはいかない」

「なら、い、いつ？」

「おれがいいと言ったときだ」

しかし彼から許しが出ないまま、永遠とも思えるほど長い時間が過ぎた。その間にも寒さは厳しくなり、馬の息が白い雲となって立ちのぼった。道の勾配が険しくなるにつれて、速度も自然と並足ほどに落ちた。彼がアニーの手綱をほどいて手に持ち、彼女の馬を後ろにやって進まねばならないこともあった。アニーは時間の経過を測ろうとしたが、苦痛は感覚を麻痺させる。一時間たったと思うまで我慢したのに、見あげると月は前にあった位置からほとんど動いていなかった。

足が凍えて、つま先を動かすのも苦痛になった。脚は疲れて震えていた。手が役に立たないので、脚に力を入れないと鞍にまたがっていられないせいだ。喉や肺は寒さでひりつき、息をするたびに粘膜が痛んだ。外套の襟を立てて、吸いこむ息が温かくなるよう顔をうずめてみたものの、外套の合わせ目がどうしても開き、サドルホーンを離してまで押さえる気にはなれなかった。

無言のまま、ひたすら目の前の広い背中を見つめた。ケガをして体調を崩した男が前に進めるのなら、自分にもできるはずだ。けれども、強情なプライドは長くはもたず、やがては肉体的な苦痛が勝った。なんてひどい男だろう。どうして止まってくれないの？

レイフは肉体上の不快感を頭から追いやり、トラハーンを引き離すことだけを考えた。あの賞金稼ぎならば、シルバー・メサまでは追ってこられる。と言うのも、気がつくとレイフの鹿毛の右前足の蹄鉄が折れ曲がっており、トラハーンのように優秀な追跡者には手がかりとなるであろう跡を残してきていたからだ。それで、シルバー・メサに着いたとき、まっ先に鍛冶屋を見つけて蹄鉄をつけ替えた。トラハーンにばれても、どうということはない。鍛冶屋の周辺には無数に足跡があって、そのどれが鹿毛のものかを判断する手だてはないからだ。それも、トラハーンがシルバー・メサに着くころに鹿毛の足跡が残っていたとすればの話で、それ自体まずありえないことだ。にぎやかな町では、つねに足跡の上に新しい足跡が重なってゆく。だれかを追跡するのは不可能だった。

トラハーンはまず町の周囲をめぐり、目印となる曲がった蹄鉄の跡を捜すだろう。見つからないとわかると、シルバー・メサに入って尋ねまわるだろうが、手がかりは鍛冶屋でとだえる。レイフは蹄鉄をつけなおしたあと、来た道を引き返して町を出た。人目につかないよう、馬はつないで徒歩で町に入った。身を隠したければ群衆にまぎれるのがいちばんだと、戦争中に学んだ。シルバー・メサのような新興の町では、見慣れぬ人間がひとり増えたところで気に留める人間はいない。目を合わせたり話しかけたりしなければ、なおさらだ。

最初は、包帯と消毒用の石炭酸洗浄液を手に入れるだけのつもりだった。トラハーンにケガの状態を悟られないために、名前は伏せなければならない。どんなささいな情報でも敵の手に渡ったら、どう利用されるかわかったものではない。レイフは念のために、まず町じゅうを調べた。万が一に備えて、ほかに逃げ道を確保しておきたかった。そして、〝ドクター・A・T・パーカー〟と、そっけなく書かれた表札を見つけたのだ。

リスクを考えながら、しばらく見張った。医者は不在らしかった。何人かがドアをノックし、応答がないとわかると帰っていった。

隠れて見ているうちに、震えがきた。熱が上がってきた明らかな証拠を突きつけられて、腹が決まった。鹿毛を連れてきて、馬小屋に入れた。小屋には医者のものと思われる馬がいたので、町から出ていないと察しをつけた。診療所はぽつんと立っており、隣の建物からゆうに百メートルはある。馬小屋は周囲の木立に隠れて見えないため、安心して待っていられた。観察によると、地元の人間たちはいきなり入らずにドアをノックしていた。彼には奇妙な習慣に思えたが、都合はよかった。それで診療所のなかに入ってみると、奥が住まいになっているのがわかった。どうりでドアをわざわざノックするわけだ。医者は小うるさい人物なのかもしれないが、レイフは他人の欠点には寛容だった。

整頓された小さな診察室と奥の部屋を見て、医者がきれい好きだという確信を強めた。実用的なヘアブラシと数冊の本以外に私物はなかった。狭いベッドは整えられ、ひと組の皿とカップは洗って拭いてある。服は調べなかった――もし調べていれば、医者が女か、あるいは奥の部屋に医者の世話をする女が住んでいることがわかっただろう。

　窓の下枠には小さな鉢がきちんと並び、さまざまな植物が育っていた。部屋の空気はすがすがしく、刺激のある香りがした。薬の棚には粉末や乾燥した薬草が保管され、いちばん涼しくて暗い隅に各種の植物を詰めたガーゼの袋が吊(つる)してあった。袋と抽斗(ひきだし)には、それぞれ中身がわかるように、木版印刷のラベルが貼ってあった。

　めまいが治まらなかったので、しばらく腰を下ろしていなければならなかった。備品から必要なものを取って、だれにも気づかれないうちに立ち去ったほうがいいのはわかっていたが、休んでいるのがあまりにも心地よくて、もう少しだけ、と自分に言い訳した。結局とどまって医者の顔を見ようという気になったのは、なによりも、いつにない疲労感のせいだった。

　ポーチに足音が聞こえるたびにそっと部屋の隅に移動したが、ノックしても応えがないと、患者になるはずだった者たちは帰っていった。しかし、最後はノックがなかった。ドアが開き、疲れた顔をした、痩せた女が大きな黒い鞄を持って入ってきた。

　それが、いま後ろでしかと鞍にしがみつき、寒さで顔を白くこわばらせている女だ。怯(おび)えているのはわかっているが、危害を加えるつもりがないのを納得させる方法はないから、あえて慰めなかった。二、三日、あるいは一週間して元気になったら、シルバー・メサに連れて帰る。そのころにはトラハーンも町を去り、追跡しようにも手がかりがないから、レイフの居所を伝える噂を耳にするまで進みあぐねるはずだ。レイフはしばらくのあいだ、居場所を悟られないようにするつもりでいた。ふたたび名前を変えて、鹿毛を手放すのは気が進まないが、必要とあらば新しい馬を手に入れることになるだろう。

彼女を連れ去っても、さほど危険はない。馬がいなければ、町の人々は診察に出かけたとみなす。一日かそこらしても帰ってこないと不思議に思うかもしれないが、小屋には争った形跡など、不審を招くものはなにもない。黒い鞄もないのだから、遠方に往診に出かけたと考えるのが自然だろう。

レイフとしては、その間に数日でも休めれば助かる。全身が燃えるように熱く、脇に焼けつく痛みがあった。もっとも、熱さが引きつるような感覚に変わるにつれ、痛みの質が変わってきた。彼女の見立ては正しかった。ただ確固たる決意のみがレイフをここまで導き、いまも動かしていた。

このあたりに、泥でできた古い猟師小屋があったはずだ。数年前、まだシルバー・メサの町がなかったころに見かけたことがある。ひどく見つけにくい代物だから、地形を正確に憶えていて、探しあてられるのを祈るばかりだ。風変わりなかつての持ち主は、斜面の一部を掘って小屋の裏半分を埋め、まわりには目隠しとなる緑が鬱蒼と生い茂っていたので、外から見ただけではわからない。

以前に見つけたとき、小屋はすでに空き家だった。けっしてよい状態ではないだろうが、雨露はしのげるだろう。少なくとも暖炉はあり、おおいかぶさる木々が煙を隠してくれるので、火をおこしても気づかれずにすむ。

熱が上がってきたらしい。頭がずきずきし、太腿に刃のなまった斧で叩かれているような痛みがある。いますぐ小屋を見つけなければ、永久に見つけられないだろう。レイフは月の位置を確かめ、午前一時ごろと見当をつけた。もう七時間近く馬に乗っている。計算によると、そろそろ小屋に近いはずだ。レイフは集中力をかき集めてあたりを見まわしたものの、月明かりでは、目印を見分けるのがむずかしい。以前は雷で折れたマツの巨木があったが、たぶんもう腐っているだろう。

三十分後、小屋探しをあきらめた。少なくとも暗闇のなか、いまの体調では無理だ。馬は疲れはて、医者はいつ鞍から落ちてもおかしくない。気は進まないが、とりあえず身を寄せられる場所を探し、ふたつの大きな岩のあいだの狭いくぼみに決めた。そして、手綱を引いて馬を止めた。

アニーはすっかり感覚が麻痺していたので、止まったことにしばらく気づかなかった。動いていないのをようやく理解して顔を上げると、先に馬を降りた彼がすぐ脇に立っていた。「降りろ」

降りようとしたが、脚がこわばって動かなかった。思わず小さく悲鳴をあげて手綱を放し、馬の背から転げるように身を投じた。にぶい音をたてて凍てついた地面に落下すると、体じゅうの骨が軋む。目をしばたたいてこみ上げる涙をこらえたが、なんとか身を起こそうとすると、あまりの痛さに低いうめき声が漏れた。

　彼はアニーに声もかけず、二頭の馬を連れていった。くたくたで凍えきっていたので、なにも感じず、止まって助かったとも思わなかった。アニーは感謝すべきなのか、怒るべきなのかわからなかった。

　アニーは動かなかった。立ちあがることができず、その気力もなかった。寒風にしなう木の枝の音に混じって、彼が馬に小声で話しかける声がかすかに聞こえてくる。やがて足音が近づいてきたとき、アニーは自分がみじめな状態であるにもかかわらず、彼が足を引きずっているのに気づいた。足音は真後ろで止まった。

「おれは手を貸せない」低いかすれ声が聞こえた。「立てないのなら、あそこの岩まで這っていけ。おれにできるのは、せいぜい風を避けて、毛布にくるまるくらいだ」

「火はないの？」悲嘆が胸を貫き、息がつかえた。長く悲惨な道中、ずっと火を思い浮かべていた。赤々と燃える炎に恋い焦がれていた。それがいま、打ち砕かれたのだ。

「ない。さあ、あの岩まで行くんだ」

　アニーは気力をふりしぼった。優雅さとも、しとやかさとも、ほど遠かった。数メートル這ってから膝をつき、ようやく立ちあがった。よろめきながら二、三歩進むと脚がくずおれて、足の痛みに歯を食いしばったものの、必死に同じことを繰り返した。彼がそろそろと隣を歩いている。その慎重な動きに、彼の力も尽きかけているのがわかる。男もこの試練に苦労していると知って、アニーは満足した。

「よし、ここだ。マツの葉をかき集めろ」

アニーはよろめきながら彼を見つめた。すぐ脇に立っている大きな黒い人影しか見えない。それでもふたたび膝をつくと、ぎこちない手つきで言われたとおりにした。指がかじかんでいるおかげで、突き刺さる葉の痛みを感じずにすんだ。

「それでいい」なにかやわらかいものが、隣に落ちてきた。「葉の上にこの毛布を広げろ」

このときも、アニーは黙って従った。

「外套を脱いで、横になれ」

このひどい寒さに外套なしで身をさらすと考えただけで、食ってかかりそうになったが、すんでのところで常識が働き、外套を上掛けがわりにするつもりなのだと気づいた。分厚い衣服を脱ぐと大きな身震いが走ったが、彼も同じように震えているので、黙って横になった。

彼はアニーの左側に横たわった。長い脚が触れた瞬間、身をかわそうとしたが、押しとどめられた。見た目ほど疲れていないのかも。そう疑いたくなるほど、がっちりと腕をつかまれた。「近くに寄れ。体温と毛布を分け合うしかない」

そのとおりだった。アニーは少しずつ近づいた。やがて、冷えきった互いの服を通して、彼の体温が感じられた。そのぬくもりに誘われてさらに身を寄せ、しまいには彼の脇にぴったりと体をつけて丸くなった。

痛みを感じているのだろう。彼は慎重な動作で、下敷きにした毛布の半分を折り返して上にかけ、さらにもう一枚の毛布を広げた。彼女の外套を足元に、自分のを胸元にかける。ようやく横になると、右腕をアニーの頭の下に滑りこませた。震えが巨体を駆け抜けた。

燃えるような熱さが服の上から伝わってくる。アニーはさらに身を寄せた。こんな冷たい地面に横たわって、この人は夜を越せるだろうか？　マツの葉や毛布でいくらかは寒さをしのげるが、弱っているから命を落としてもおかしくない。アニーは彼の胸に手をやり、首に伸ばして脈を探した。冷たい指の下に、速すぎるけれど力強い鼓動を感じて少し安心した。

「あんたの目の前では死なないよ、先生」その声には、疲労の陰に、かすかだがまぎれもなく面白がっている響きがあった。

アニーは答えようとしたが、無駄な努力だった。もう瞼を開けていられない。足がずきずきしても気にならなかった。発熱であろうとなかろうと、彼の体温はありがたい。それに、このひどくみだらな体勢に不服を唱えるほど、頭が働かなかった。いまは力をかき集めて手を下に動かし、彼の心臓の上に置くことしかできない。規則正しい鼓動に安心すると、前後不覚の眠りが黒い潮のように押し寄せ、あらゆるものを呑みこんだ。

3

レイフは恐怖に駆られて目を覚ました。もっとも、暴れていたのは脈だけで、筋肉はぴくりともしなかった。いつもなら――とくにこうした状況では――これほど眠りこけはしない。周囲に目を配りながら、心のなかで毒づいた。小鳥がのどかにさえずり、餌を見つけた馬が、一心に草を食む音が聞こえる。警戒を怠ったけれど、どうやら異状はないようだ。

女医はまだ右側にぴたりと身を寄せて眠っていた。頭をレイフの肩にもたせかけ、顔はシャツに押しつけている。見おろすと、ふんわりとしたブロンドがピンからこぼれ落ちて、寝乱れているのがわかる。スカートはふたりの脚にからみつき、やわらかな乳房と腰と腿が誘うように触れていた。レイフは彼女を起こさないよう、ゆっくりと息を吸った。彼女の右手があるのは胸なのに、まるで股間に触れられているようだ。その温かな重みのせいで、いつもよりもずっと硬くなり、その快感がとろけるハチミツのように全身に広がった。昨日触れられたときには、彼女の手に不思議などぞくぞくするエネルギーが宿っているなど、思いもよらなかった。いまはそれを感じて、乳首が硬くなっている。服の上からだろうと、彼女が眠っていようと、関係なかった。

　このまま横たわって、この感触を味わっていたいという誘惑には、強烈なものがあった。できることなら彼女の手を下腹部に導き、不思議な熱いエネルギーをペニスや陰嚢に感じてみたい。だが、セックスは互いに快感を与え合うほうが好きだ。それに、なによりまず、猟師の小屋を見つけねばならない。レイフは彼女の手を握って自分の唇に運んでから、そっと胸に戻して揺り起こした。

　茶色い目が眠たげに開いたと思うと、ふたたび睫毛が下がった。こげ茶色の雌鹿の目。はじめて明るいところで見たレイフは、そう思った。もう一度、揺すった。「起きろ。ここにいるわけにはいかない」

　こんどはぱっちりと目が開いた。毛布と外套の寝床で飛び起きて、あわててあたりを見まわしている。昨晩のことを思いだし、夢ではなかったと気づいて、恐怖と絶望に駆られるのがはっきり見て取れた。やがて気力を取り戻すと、身をよじって彼を見た。「わたしを帰して」

「いや、二、三日してからだ」レイフは苦労して立ちあがった。眠ったおかげで、多少は力が戻ったようだが、それでも体を動かすと、わずか数時間の休息では足りないことを思い知らされた。「このあたりに小屋がある。昨日は暗くて見つけられなかったが、おれの脇腹が治るまでそこにいるつもりだ」

彼女が見あげた。茶色の目が不安げに見開かれている。目の下の隈は消えておらず、透けるような肌に青く浮かんだそのさまは、はかなげだった。抱きしめて、慰めてやりたい気持ちを抑えて、こう命じた。「毛布を丸めろ」

アニーは言われたとおりに動きつつ、こわばった筋肉の痛みに顔をしかめた。あれほど長時間、馬に乗りつづけるのには慣れていない。しかも、脚で体を支えなければならなかった。毛布を丸めようとかがむと、腿の筋肉が震えた。

彼は数メートル先にいた。岩陰だが、こちらが見える場所だ。やがて水の流れるような音が聞こえたので、好奇心に駆られて顔を上げ、すぐにそれと気づいた。彼はおよそ表情のない淡い目をしているが、アニーのほうは頬をまっ赤にしてうつむいた。医学の知識のおかげで、少なくとも彼の腎臓が熱にやられていないのがわかった。

彼が戻ってきた。「あんたの番だ。おれの目の届かないところへは行くな。かならず頭が見えるようにしろ」そして念を押すように、拳銃を抜いた。

アニーは愕然とした。音が聞こえるほど近くで、そんなことをさせるつもり？　いやだと言いかけたが、膀胱はいまにもはちきれそうだ。顔から火を噴きそうになりながら、足元に気をつけて岩をめぐった。

「そこでいい」

アニーは厄介な服と格闘した。スカートとペチコートの下に手を入れ、見られているといけないので、肌や下着を隠したままズロースの紐をほどこうとした。だが彼は見ているに決まっている。そうでなければ、目の届くところにいるかどうか、わかるはずがない。股の開いたズロースをつけていればよかった。だが、そのタイプのズロースはめったに身につけない。いつ馬に乗るかわからないし、馬に乗ったときむき出しの内股がこすれるのを気にしなくていいからだ。

やっとのことで、準備が整った。音をたてないようにしたが、生理的欲求の猥雑（わいざつ）さは受け入れるしかなかった。だいたい、気にしてどうなると言うの？　殺されてもおかしくない状況なのだ。筋道立てて考えたら、彼がここまでするのは、姿を見られたくない理由があるからだ。つまりは無法者（アウトロー）だから、約束どおり彼女をシルバー・メサに連れて帰るのは、彼にとって自殺行為に等しい。

そしてアニーにとって、彼の命を救うのは自殺行為だ。助かりたければ、彼の容態が悪くなるに任せるか、場合によっては、医学の知識を利用して悪化させなければならない。あまりにも大それた考えに、めまいがした。いままで研鑽（けんさん）してきたのは人を助けるためで、殺すためではない。それなのに、この男を殺そうと考えている。

「いつまで、そこでスカートをまくって、しゃがんでるつもりだ」

あわてて立ちあがったアニーは、膝に巻きついたズロースとこわばった筋肉のせいでよろけた。いきなり割って入った荒々しい声に、冷水を浴びせかけられたようになった。思考は断ち切られ、現実に引き戻された。紙のように白い顔で、振り返って岩越しに彼を見つめた。

彼女を見つめるレイフは重たげな瞼で目の表情を隠しつつ、彼女がこれほど青ざめ、やわらかい茶色の目を険しくしている理由を考えた。彼女は医者だ。だれもがする行為で、こうも衝撃や羞恥心を覚えるはずがない。けっして女にそんなことを要求しなかったかつての自分は憶えているが、血にまみれたこの十年ですっかり変わってしまった。記憶はたんなる断片や名残にすぎず、変わったのを悔やむことすらなかった。いまの自分がすべてなのだ。

一瞬凍りついたのち、アニーはかがんで下着を直したが、ふたたび身を起こしたときには、あいかわらず打ちのめされたような顔をしていた。岩をまわって戻ると、彼がてのひらを上にして手袋をした手を突きだし、指を開いた。

アニーはその手にのっている小さなものがなんだかわからず、しばらくじっと見ていたが、やがて髪に手をやった。すっかりほつれて、肩や背にかかっている。彼が地面に散らばっていたヘアピンを拾っておいてくれたのだ。

あわてて髪をまとめ、ねじっておおざっぱに丸めると、てのひらからヘアピンを一本ずつ取って豊かな髪のかたまりを留めた。レイフは女らしい華奢(きやしや)な手が仕事をこなすのを黙って見ていた。小鳥が餌をついばむように、細い指が革手袋の手から次々とピンを取りあげてゆく。まさに女そのものの身のこなしに、体の奥がうずいた。最後に女を抱いてから、もうずいぶんたつ。売春婦であったとはいえ、やわらかな肌や甘い香りに溺れ、その姿を見てちょっとした優雅な仕草を楽しんだのは、いつだったろう。ふと、粗野な考えが頭をよぎった。女は身じまいをする姿を男に見せるべきではない。男を迎え入れ、秘密の儀式を見てかきたてられた欲望をやわらげるつもりがないのなら。

　やがて、体の奥底にまで巣くった疲労がよみがえり、欲望を流し去った。「行こう」レイフは出し抜けに告げた。これ以上動かずにいたら、猟師小屋を見つける気力がなくなる。

「食事はしないの？」努力の甲斐なく、アニーは訴えかける口調になった。空腹で力が入らず、彼のほうはもっとひどいはずだが、厳しくこわばった顔からは、それが読みとれなかった。

「小屋に着くまで待て。そんなに長くはかからない」

　彼が小屋を見つけるのに一時間、アニーが見つけたことに気づくには、さらにもう少しかかった。粗末な小さい建物は鬱蒼とした草木におおわれ、人間のつくったものには見えなかったからだ。アニーは失望のあまり、泣きそうになった。丸太小屋とまではいかなくとも、掘っ建て小屋くらいは期待していたのに、こんなだとは！　周囲にはびこる茂みや蔓（つる）の隙間から見るかぎり、〝小屋〟とは名ばかりの、石と腐りかけた材木を無造作に積み重ねただけの物体だった。

「降りろ」

アニーは怒りをこめて、彼をにらんだ。そっけない命令には、もううんざりだ。ひもじさに恐怖、おまけに全身の筋肉が痛む。だが、言われたとおりにすると、つと前に出て苦労しながら馬を降りる彼に手を貸した。彼の動きに気を配り、拳を握りしめながら見守った。

「馬をつなぐ差掛けがある」

アニーは半信半疑で見まわした。差掛けらしきものなど、どこにも見当たらない。

「こっちだ」彼はアニーの表情を正確に読みとり、左のほうへ鹿毛を引いた。アニーが自分の馬を連れてあとを追うと、彼の言ったとおりだった。そこには、小屋に張りつくようにして、木と土手の斜面を利用してつくられた差掛けがあった。かろうじて二頭分の広さがある。両脇には壁がないが、突きあたりはぞんざいなつくりの水桶(みずおけ)と茂みでふさがれ、土の壁に打ちこまれた折れた枝には、木製の手桶が引っかけてあった。レイフはそれを降ろして調べた。やつれた顔に、ちらっと満足げな表情が浮かんだ。

「小屋のすぐ向こうに川が流れている。鞍をはずしたら、この桶で馬に水を汲(く)んでこい」

アニーは、信じられないという顔で彼を見た。空腹で力が抜け、歩けないほど疲れきっていた。「でも、わたしたちはどうするの?」

「馬の世話が先だ。こいつらのおかげで、おれたちは生きられる」有無を言わせぬ口調だった。「本来ならおれの仕事だが、いまのおれには、ここに突っ立っている以外、あんたが逃げようとしたときに撃つくらいしかできない」

手足が疲れて震えていたが、アニーはそれ以上なにも言わずに、仕事にとりかかった。まず、診察鞄、食料の入った袋、二頭分の鞍、彼のサドルバッグを地面に降ろした。次に手桶をつかむと、彼が小川のほうを指さした。小屋からわずか二十メートルほどだが、小屋の脇というより斜めに流れていた。深さは三十センチくらいで、それより浅いところも深いところもあった。彼は、小川へ行くときも、差掛けに戻るときもついてきた。ひと言も発さず、足どりもおぼつかないのに、片時もアニーから目を離そうとしない。彼につき添われながら、水桶に充分水がたまったと彼が判断を下すまで、アニーはさらに二往復した。二頭の馬は夢中で飲んだ。

「左のサドルバッグに穀物の袋がある。それぞれに、ふたつかみずつやれ。少ないが、しばらくはその量で我慢させるしかない」

それが終わると、持ち物を小屋に運び入れるよう命令された。ドアは細い若木に小枝や蔓を結びつけた粗末なもので、ふたつの革の蝶番（ちょうつがい）で留めてあった。アニーは恐るおそるドアを開け、かろうじて驚きの声を呑んだ。窓はひとつもないようだが、開いたドアから射（さ）しこんだ光でなかが見えた。張りめぐらされたクモの巣、積もった埃（ほこり）、それにありとあらゆる虫と小動物の巣になっている。

「ネズミがいるわ」アニーは脅えた声で言った。「それにクモも。ヘビもいるかもしれない」振り返って彼を見る。「こんなところには入れない」

ふと、彼の口元に面白がるような表情が浮かび、厳しさがやわらいだ。「ネズミがいるんなら、ヘビの心配はない。ヘビはネズミを食べる」

「でも、汚いわ」

「暖炉がある」彼は歯がゆげに言った。「それに、四方に壁があって寒さをしのげる。汚いのが気に入らないなら、掃除したらいい」

あなたが掃除しなさいよと言いかけたが、血色の悪いやつれた顔を見て、言葉を呑んだ。心は罪悪感に責めたてられていた。彼を死なせようなどと、どうして考えたの？　アニーは医者だった。たとえ役目が終わって殺されることになっても、全力で治療にあたるのが務めだった。父親と自分自身、それにこれまでの人生を裏切るような考えをいだいた自分にぞっとして、アニーは誓った。この人は絶対に死なせない。

しかし、汚れた小屋を見まわしたとき、やるべきことのあまりの多さに絶望して、思わずうなだれた。息を深く吸いこみ、気を取りなおして背筋を伸ばす。やるしかない。アニーは頑丈そうな枝を拾いあげると、こわごわと小屋に足を踏み入れた。枝はクモの巣を払うのと、見つかったいろいろな巣をかき分けるのに役立った。リスが飛びだし、ハツカネズミの一家が四隅に散った。こうした動物たちを、顔をしかめながら棒で追い払った。次に棒で煙突をつついて古い鳥の巣を取りのぞき、新たな住人に近づかないよう警告を与えた。さらに上に巣があっても、暖炉で火を焚けば出ていくだろう。

暗がりに目が慣れると、両側に窓がひとつずつあるのがわかった。窓の空間は粗末な板きれでおおわれ、それを棒きれで押し開けて固定するようになっている。アニーは両方とも開けて、陽射しを招き入れた。なかがはっきり見えるとよけいに汚さが目立つが、暗闇のあとの光には心が浮き立つようだった。

家具らしきものは、小屋同様に粗末なテーブルがひとつだけ。脚が二本折れ、隅に押しやられていた。彼の指摘した暖炉と四方の壁があることをのぞくと、この小屋の最大の長所は、床が木で張ってある点だ。板と板のあいだに隙間はあるが、少なくとも地面には寝ないですむ。

アニーは川から水を汲んできては、床に流した。板の隙間から水が流れでるので、とりあえずきれいにするなら、これがいちばん手っとり早い。床が乾くのを待つあいだに薪や焚きつけを集め、暖炉のそばに積みあげた。彼は終始アニーを見張っていた。どうして立っていられるのかわからない状態で、見るたびに顔が青ざめていくようだった。

ようやく寝るのが怖くない程度に小屋がきれいになった。動物たちも出ていったようだ。まだその力が残っているうちに、アニーは鞍や食料を運び入れ、もう一度川に行って手桶と彼の水筒に水を満たした。

そうしてようやく、彼を招き入れた。全身の筋肉が震えて膝が笑っているが、これで坐れる。アニーは掃除したての床に坐り、膝を胸元に引き寄せて頭を休めた。

床を引きずるブーツの音がしたので、やむなく頭を上げた。彼は目の前に立っていた。熱で瞼が下がり、大柄な体が小刻みに震えている。アニーは自分の体に鞭打って鞍のところまで這い、取りだした毛布をふたつに折って床に広げた。「ここに横になって」疲れで声がかすれた。

彼は横になるというより、倒れこんだ。とっさに出したアニーの手は、その体重で押しつぶされそうになった。「すまない」彼はうめき、倒れたままの姿勢で横たわった。呼吸が荒い。

アニーは顔や喉に触れてみた。どうやら熱が上がっているようだ。ガンベルトをはずそうとすると、たくましい指が伸びてきて、痛いほどきつく握りしめられた。「自分でやる」前と同じように、彼はガンベルトをはずすと枕元に置いた。アニーは大きな銃に目をやり、凶器の冷ややかさに身震いした。

「それを使おうなんて、考えるなよ」静かな警告の声を聞き、はっとして顔を上げると、彼と目が合った。熱があろうとなかろうと、意識はきわめてはっきりしている。うわごとを言うような状態なら、逃げだすのも簡単だろうが、力のかぎり彼を助けると誓ったからには、意識を失っても置き去りにはできない。回復のきざしが見えるまでは、ここを離れられないのだ。

「考えてないわ」あいかわらず油断のない目つきをしているから、信じていないのだろう。自分が信用できる人間かどうかについて、言い争う気にはなれなかった。いまは心身ともに弱り、空腹で疲れきっている。倒れずに坐っているだけで、精いっぱいだ。それに自分のことにかまう前に、彼を診なければならない。

「シャツとブーツを脱いで。楽になるわ」アニーは乾いた口調で言うなり、その作業にとりかかろうとした。

　またもや彼の手にさえぎられた。「いい」はじめて耳にする、気むずかしげな声だった。

「シャツを脱ぐには寒すぎる」

　小屋の掃除で体が温まったアニーが、とうに外套を脱いでいたのは当然としても、その日は穏やかな陽気で、空気がぬくもっていた。だが、手の下にある彼の体は震えている。

「今日は寒くないわ。熱があるのよ」

「あの鞄に、熱さましはないのか？」

「傷を診たあと、ヤナギの樹皮のお茶を煎じるわ。それを飲めば楽になるから」

　彼はいらだたしげにアニーを見た。「いますぐ煎じろ。こう寒くちゃ、骨まで凍りつきそうだ」

アニーは溜息をついた。患者に治療法を指図されるのには慣れていないが、なにから先にやろうと、たいしたちがいはない。それに、ついでにコーヒーを淹れられる。彼にもう一枚の毛布をかけ、火をおこす準備をした。焚きつけとたっぷりのマツの木切れを敷きつめ、その上に大きめの薪を置いた。

「大きな火はおこすな」彼が口を出した。「煙が出すぎる。サドルバッグにマッチがある。右のほうの油布の包みだ」

アニーはマッチを見つけ、石の炉床で擦った。燐のにおいが鼻をつき、思わず顔をそむけた。ほんの数秒でマツの木っ端に火がつく。かがみこんで、そっと息を吹きかけた。炎が広がってゆく。これでよし。身を起こして診察鞄を開けた。往診鞄というよりは、セールスマンの旅行鞄のようだが、診察に出かけるときには、薬となるハーブや軟膏をすべて持ち歩きたい。出かけた先で、必要なものが自生しているとはかぎらないからだ。アニーはガーゼの袋にきちんと収まったヤナギの樹皮と、お茶を煎じるのに使う小さな鍋を取りだした。

レイフはあお向けのまま毛布の下で縮こまり、彼女が水筒から少量の水を鍋にそそいで、火にかけるのを薄目で見ていた。アニーはお湯が沸くまでのあいだにガーゼを取りだし、その上にヤナギの樹皮を少しだけ計って置くと、ひとつまみのタイムとシナモンを加え、ガーゼの四隅を結んで小さな袋をつくった。それを鍋に入れてから、最後に、甘みづけに壺からハチミツを垂らした。

「なにが入ってるんだ？」彼は尋ねた。

「ヤナギの樹皮、シナモン、ハチミツ、それにタイムも」

「おれに飲ませるものは、まずあんたが味見しろ」

アニーはその侮辱にむっとしたが、なにも言い返さなかった。ヤナギの樹皮のお茶を飲んでも害はないし、彼が毒を盛られると思っているのなら――勝手に思わせておくしかない。今朝の恐ろしい考えに、まだ良心がうずいている。ひょっとすると、彼にそれを気取られたのかもしれない。

「アヘン剤を入れたら、あんたも眠りこける」彼が言い足した。

少なくとも、彼が咎めているのは麻薬を飲ませることで、殺意ではない！　アニーは鞄から茶色い小瓶を取りだして、彼に見えるように掲げた。「これがアヘン剤。ほとんどいっぱいよ。気になるんだったら、ときどき量を確かめたらいいかが。それとも、自分で持ってたほうが安心かしら」瓶を差しだすと、彼は黙ってこちらを見つめた。淡い目が突き刺さり、心が見透かされそうだった。実際、この目にならば読みとれるのかもしれない。

信用してもいいのか？　レイフはじっと彼女を見つめた。彼女のやわらかな茶色い目を見ていると、信用したくなってくる。だがこの四年間、だれも信じなかったからこそ、生き延びてきた。無言で茶色の瓶を取りあげ、ホルスターの脇に置いた。

彼女はなにも言わずに顔をそむけたが、傷ついたのが見て取れた。

アニーは食料を取りだして、持ってきたものがわかるように床に並べた。あまりにもお腹がすきすぎて、吐き気がする。こんな状態では、かえって食べられそうになかった。

彼の荷物のなかにコーヒーポットがあったので、お湯をそそいでコーヒーの粉を入れた。体が濃いコーヒーを欲するだろうから、普段よりも粉は多めにする。それから食料に向きなおった。なにをつくろうか迷う手が震える。うちから持ってきたジャガイモ、ベーコン、豆、タマネギ、それからミール、小麦粉、塩の袋、桃の缶詰、パン、米、チーズ、砂糖。食料が尽きかけていて買い出しにいくつもりだったのに、エダの出産で行きそびれてしまった。

空腹で料理をする気力がない。パンとチーズをちぎって、それぞれの半分ずつを患者に差しだした。

彼は首を振った。「腹は減ってない」

「食べるの」強く言って、パンとチーズを彼の手に握らせた。「体力をつけなきゃだめ。ひと口でも、ふた口でもいい。気持ちが悪くなったらやめていいから」パンとチーズでは病人向きの食事とは言いがたいが、とにかく食べ物だし、いますぐ食べられる。少し休んで元気になったら、スープをつくってやろう。水が飲めるように彼の手元に水筒を置き、アニーは自分のわずかな分をむさぼるように食べた。

彼はチーズこそひと口だけだったが、パンはたいらげ、水筒はほとんど空にした。ふたりが食べ終えたころには、ヤナギの樹皮のお茶が沸いた。アニーは布を使って鍋を火から下ろし、脇に置いて冷ました。

「なぜ、ゆうべは熱さましを出さなかった？」出し抜けに彼が尋ねた。目つきも口調も、厳しさを取り戻している。

「熱はかならずしも悪いものじゃないわ」アニーは説明した。「体が感染に抵抗するのを助けると考えられているの。傷の焼灼が感染を防ぐのは知っているでしょう？　発熱による体温の上昇も、それと同じことよ。危険なのは長引いたり、高くなりすぎたときだけ。そうなると、ひどく体力を消耗させるから」

毛布にくるまれて、すぐ脇で火が燃えているにもかかわらず、彼の震えは止まらなかった。アニーは自分でもわからない衝動に駆られて手を伸ばし、彼の額から黒っぽい髪を払った。これほど強靱で、危険な男には会ったことがないが、それでも、いまは自分の看護を必要としている。

「名前はなんて言うの？」前にも訊いたが、答えてくれなかった。だが、もう周囲にはだれもいないから、名を伏せる理由はないだろう。彼の腕で眠ったのに名前を知らないなんて。アニーはおかしくて笑いそうになった。

レイフは偽名を使うことも考えたが、その必要はないと判断した。彼女をシルバー・メサに帰してから名を変えれば、特定はできなくなる。「マッケイ。ラファティ・マッケイ。あんたは、先生？」

「アニス」アニーは答え、ふっと微笑(ほほえ)みを見せた。「でも、アニーって呼ばれてる」

彼はうなった。「おれはレイフと呼ばれている。なぜ親たちが呼び名をそのまま名づけないのか、おれにはわからん」彼女の顔に笑みが広がった。それを見ているうちに、レイフはわれ知らずその唇の動きに心を奪われた。彼女の手はまだ頭にあり、こめかみや額にかかった髪を、指でやさしく梳(す)いている。ぞくっとする温かな感触に、喜びの溜息が漏れそうになる。撫(な)でられるたびに、頭痛が治まるようだ。

しかしそのとき、彼女が離れた。手をつかんで、胸に当てそうになるのをぐっとこらえる。そんなことをしたら、正気じゃないと思われるだろうが、触れられていると気分がいい。まったく、なにを求めているのやら。突きあげるような欲望を感じていた。

アニーは使い古したブリキのカップにヤナギの樹皮のお茶をつぎ、毒を盛っていないことを示すために飲んでみせた。レイフは肘をついて起きあがると、ごくごくと四口で飲み干し、その苦さに軽く身震いした。「いままで飲んだことのある薬よりはましだな」と言い、押し殺したうめき声を漏らして横たわった。

「ハチミツとシナモンが入ってるから飲みやすいのよ。どちらも体にいいし。さ、横になってて、薬が効いてくるから。わたしはそのあいだにスープをつくるわね。当分は液体のほうが消化しやすいでしょうから」

　まだ疲労は重いものの、食べ物を口にしたおかげで、アニー自身も気分がよくなってきた。重労働のおかげで、とりあえず筋肉もほぐれた。彼の脇に坐ったままジャガイモの皮をむいて小さく切り、小タマネギも同じように切った。充分な大きさの鍋がないので、彼のフライパンに水と塩を入れ、とろみづけに小麦粉を少し加えた。やがて煮立っていい香りがしてきた。火は小さくなり、焦げつく心配はない。念のため少し水を足してから、患者に向きなおった。

「少しは楽になった？」手の甲を彼の顔に当てて尋ねた。

「いくらかな」大腿骨(だいたいこつ)のうずきは消えていた。頭痛も治まった。疲れていてだるく、少し眠いが、体が温まってきた――それに気分もいい。「そいつをずっと煎じといてくれ」

「淹れたてのほうが効くのよ」アニーは反論しつつ笑みを浮かべ、毛布を剥いだ。「さあ、楽にして、脇腹の具合を診るわ」

　やはり、あの飲み物になにか入っていたにちがいない、とレイフは思った。でなければ、黙って彼女に脱がされているはずがない。シャツもブーツも、ズボンまでも脱がされ、いまや靴下と長いネルの下着だけというありさまだ。下着はやわらかすぎて、隠しようもなく股間のラインがあらわになる。指示されたとおり、右側を下にして彼女のほうを向くと、あの部分がかろうじて隠れるところまで下着を押し下げられた。男の器官が動くのを感じて、レイフはひそかに毒づいた。これだから女は医者になるべきじゃないんだ。やわらかい手に撫でまわされたら、どうしたって硬くなる。彼女の顔を見ると、勃起しかけているのには気づいていないようだ。レイフは毛布を腰まで引きあげ、自分ではいかんともしがたい反応を隠した。

アニーは、傷口に湿布をしっかりと留めている布を切った。全神経をいまの作業に傾けていた。ガーゼを注意深く取りのぞき、赤黒かった傷の色が引いているのを見て、満足げな声を漏らした。黄色や茶色の染みがついたガーゼを捨て、かがみこんでじっくりと傷口を診る。腹部の傷の表面近くに、にぶい金属の光が見える。そこで、ふたたび満足げにピンセットを持ち、そっと金属片をつまんで引き抜いた。「また銃弾の破片が出てきたわ。運がいいわね。敗血症で死んでいてもおかしくなかったのよ」

「前にもそんなようなことを言ってたな」

「ええ、ほんとのことだもの」アニーはさらに視診を続けたが、もう銃弾の破片は見つからなかった。傷口がきれいになっている。念のため、もう一度フェノールで消毒し、それぞれの傷を二針ずつ縫って、裂け目のいちばん深い部分を閉じつつ、膿を出す隙間を残した。脇腹のやわらかい肉に針を刺しても、彼はわずかに震えただけだったが、体にはうっすらと汗が浮いた。アニーは汗に注目した。それで熱や痛みの具合がわかるからだ。

続いて、オオバコの葉を湿らせて脇腹に置き、その上から包帯を巻いた。鎮静作用のある葉が不思議な力を発揮しはじめると、レイフはほっとしたように低くつぶやいた。「いい気持ちだ」

「でしょう」毛布を肩まで引っ張ってやる。「横になって休むのよ。体を癒さないと。よかったら、眠って。わたしはどこにも行かないわ」

「信用できない」彼は荒々しい口調で答えた。

アニーは面白くなさそうに笑った。「わたしが毛布を取ろうとしたら、目を覚ますでしょう？　わたしは毛布なしじゃ、夜、凍え死んでしまうわ。ここがどこかもわからないのよ。信じてちょうだい。あなたを置いて逃げたりしない」

「なら、その気は起こさせない、とだけ言っておこう」彼女を信じることはできなかった。たとえ一分でも、警戒を怠るわけにはいかない。彼女はここがどこだかわからないと言ったが、ほんとうかどうかわかったものではない。

「勝手になさい」アニーはスープを味見して、水をもう少し加えてから、床に腰を下ろした。時間の感覚はないが、昼過ぎなのはたしかだ。小屋を掃除するのにずいぶんかかったから。開いたドアに目をやると、長く伸びた木の影が見えた。いやだ、もう夕方だ。「馬に餌をやらなくていいの？」彼が自分にやらせるつもりなら、ぐずぐずしてはいられない。暗くなってから外に出る勇気はなかった。

「ああ」だるそうな声。「もう少し穀物をやってくれ」レイフは苦労して体を起こすと、ホルスターから拳銃を抜き、毛布にくるまったまま立ちあがった。

自分でも驚くほど、アニーは激しい怒りに駆られた。信用されないのは、彼女のほうにも非がある。だが、それよりなにより、彼が休もうとしないことに腹が立った。彼に必要なのは安静と睡眠で、自分のあとをつけまわすなどもってのほかだ。「わざわざ差掛けまで来なくてけっこうよ」ぴしゃりと言った。「ここに立ってて。わたしが逃げようとしたら、背中を撃てるでしょう」

彼の淡い目に、はじめて怒りの炎が燃えあがった。それまでは、氷のような自制心がなによりも怖かったが、その瞬間、アニーは自分には珍しく怒りをぶちまけたのを後悔した。彼のこの反応を怒りと言うとしたら、だ。怒りとは燃えたぎるもののはずなのに、彼の目はますます凍りつき、小屋の反対側にいても、その冷気を感じるほどだった。しかも、あいかわらず自制心を保っている。ただひと言、「他になにが現われても撃てる」と言い、撃鉄を起こして先に外に出ろとうながした。

アニーはこのときはじめて気づいた。彼は誘拐犯であり、自分に危害を加えうる立場にあるとともに、守る立場にもある。彼がいなければ最初の晩に凍え死んでいたアニーにたいして、彼は山中で生き抜く術を心得ているからだ。それに、シルバー・メサへ戻る一縷の希望でもある。それなのにアニーは、小屋から一歩外に出ただけで危険な目に遭うかもしれないことにさえ、気づかなかった。ヘビやクマが出るにはまだ寒く、早すぎると勝手に思いこんでいたが、実際は知識がなかっただけだ。フィラデルフィアでは、そんな心配とは無縁に暮らしていた。以前、骨折した鉱夫が整骨の痛みをまぎらわすために、クマの冬眠についてなにやらつぶやくのを聞かなかったら、クマが冬眠することすら知らなかったろう。

アニーはなにも言わずに、早足で差掛けに向かった。馬たちは彼女を見るといななき、穀物をやるとがつがつ食べはじめた。小川から水をもう二杯汲んできて桶に入れ、夜気から守るためにふたつの大きな背に鞍敷をかけてやった。そして、それぞれの鼻を軽く叩き、重い足どりで小屋に戻った。レイフはまだドアの前に立っていた。餌をやり終えるのをずっとそこで待っていたのだ。アニーが近づくと、脇に寄って道を空けた。

「ドアと窓を閉めろ」彼は静かに命じた。「日が沈むと、急激に冷える」

言われたとおりにすると、洞窟のような暗闇に包まれ、唯一の明かりは暖炉でくすぶっている火だけとなった。頑丈な棒でドアを守りたいが、かつては閂（かんぬき）があったことを示す木製の受けはあるものの、閂のほうが見当たらなかった。レイフは毛布の上に寝そべっている。アニーは暖炉へ行き、スープの入ったフライパンを火から下ろした。ジャガイモが崩れて少し煮つまっていたので、水を足して薄めた。これでいい。カップにたっぷりついで、彼に手渡した。

レイフは気の進まぬようすで口をつけた。まだ食欲がないようだ。だが、飲み終えると

「うまかった」と言った。

アニーはフライパンから直接口に運び、心のなかで苦笑した。こんな姿を見たら、フィラデルフィア時代の知り合いはびっくり仰天するわね。だが、カップもブリキの皿もフライパンもスプーンも、みなひとつずつしかない。あと何日かは、患者兼誘拐犯といろいろなものを共有することになる。アニーはフライパンとカップとスプーンを洗い、彼のためにふたたびヤナギの樹皮のお茶を沸かした。彼女は無言で味見し、レイフはそれを飲み干した。

夜になる前に、ふたりとも外で用を足す必要があった。最初のときと同じように、アニーにはいたたまれない経験だった。

小屋に戻ってもまだ頬がほてっていたが、レイフから拳銃を向けられ、例の抑揚のない静かな声でこう告げられたとき、その顔から血の気が失せた。「服を脱げ」

4

アニーは目をみはり、茫然と彼を見つめた。にぶい耳鳴りに襲われて、一瞬気絶するかと思ったが、それもかなわなかった。突きつけられた拳銃の銃身は巨大で、その上にある彼の目が遠くに見えた。

「いや」

ささやいたが、声が喉に詰まってほとんど音になっていない。いくつかの考えが、形にならないまま頭のなかを乱れ飛んだ。まさか、そんなこと――いいえ、それが無理なのはわかってるはず。撃つわけない、わたしがいなければ、看病してもらえない。

「必要以上に、自分を痛めつけるな」彼は忠告した。「おれはあんたに危害は加えたくないだけだ。さっさと脱いで、横になれ」

アニーは拳を握りしめた。「いや！」語気鋭く繰り返す。「そんなことさせるもんですか」

その顔は蒼白で、体はこわばっていた。いまにも夜の闇に飛びだしていきそうな勢いだ。

レイフは面白がってにやりとした。「これは、これは、ずいぶんとタフに見られたものだ」のんびり言った。「あんたが思っているようなことは、逆立ちしたってできっこない」

アニーは気を許さなかった。「だったら、どうして服を脱がせるの？」

「あまり長く起きていられないからだ。おれが寝ているあいだに、こっそり逃げだされたら困る。服がなければ、あんたも外に出られない」

「逃げようとしたことなんてないわ」必死に反論する。

「ひとりで逃げだすのは危険だ。それはまちがいない。だから、その気を起こさないようにしておきたい」

彼の目の前で服を脱ぐなんて、想像もできなかった。頭が考えるのを拒否している。

「し、縛ればいいじゃないの。ロープがあるんだから」

レイフは溜息をついた。「縛られるのがどんなにつらいか、わかっていないようだな。眠ることもできないぞ」

「かまわないわ。脱ぐくらいなら――」

「アニー、服を脱げ。早くしろ」

その声にははっきりと警告の響きがあった。アニーは身震いしつつも首を振った。「いや」

「いやだったら、あんたを撃つしかない。それは避けたい」

「あなたには、わたしを殺せないわ」アニーは虚勢を張った。「少なくともいまはまだ、わたしが必要だから」

「殺すとは言ってない。おれは銃が得意だ。どこでも狙ったところに命中させられる。脚と肩とどっちがいい？」

撃つはずないわ、とアニーは自分をなだめた。撃てるわけがない。看病できないようになったら、困るのは向こうだ。だが、彼の表情にはまったく迷いがなく、拳銃を持つ手は微動だにしなかった。

くるりと彼に背を向け、震える指でブラウスのボタンをはずしはじめた。

ブラウスを脱いで床に落とすと、なめらかな肩が火明かりに照らされて輝いた。うつむいているせいで、うなじの優雅なくぼみがあらわになる。レイフは、ふと、唇を押しつけたい衝動に駆られた。その体に腕をまわして、自分から守ってやりたかった。疲れて目がくぼんでいるのに気づきながら、昨晩と同じように今日も忍耐の限界まで追いやった。そして、彼女は、あの華奢な体から命令どおりに動くだけの力をふりしぼった。彼にたいして感じているであろう当然の恐怖をこらえ、力のかぎり看病してくれた。そのお返しが彼女を辱め、脅えさせることだとは。しかし、警戒心をゆるめるつもりはなかった。逃げようという考えを起こさせないようにすること。それが彼女のためであり、自分のためだった。

アニーはがっちりしたハーフブーツを脱ぎ、背を向けたままスカートの前を持ちあげて、ペチコートの腰紐を探った。ペチコートが白い泡のように足元に落ち、アニーは足を抜いた。

薄暗がりでも、震えているのがわかる。「続けろ」と、静かにうながした。彼女の脅えぶりを見て胸が痛んだが、スカートの落ちるところを見たくないと言えば嘘になる。見たくないどころではない。股間はすでに硬くなり、勃起したペニスが薄い下着を突きあげていた。もし彼女が振り向いたら、このざまを隠してくれるのは体をくるんだ毛布だけだ。どれくらい具合が悪くなったら、こいつは女を抱けないという信号を受けとるんだろう？一瞬そんな思いが頭をよぎった。いま以上の重病人にならなければならないのはたしか。最悪の気分だった。

彼女がウエストバンドのボタンをはずすと、スカートが床に落ちた。

まだ裸ではない。長靴下、膝丈のズロース、シュミーズを身につけているが、体のラインはくっきり浮かんでいた。急に胸苦しくなって、レイフは大きく息を吸った。股間が脈動しはじめている。痩せているというより、華奢な体。細く優美で、腰から腿にかけてたおやかな曲線を描いている。いつしか汗が噴きだした。

彼女はそれ以上動けないのか、立ちすくんでいた。止めるならいまだ。長靴下と下着姿では、どこへも逃げられまい。

「長靴下」

彼女は前かがみになり、膝の上のガーターをはずして、白いコットンの長靴下を脱いだ。裸足(はだし)のつま先が、厚板の床で丸まっている。

「ズロースもだ」レイフは自分のかすれ声を聞いた。彼女も気づいただろうか？　ちくしょう、ここまで脱がせる必要はないのに、抑えられなくなっている。彼女を見たい。たとえ手だしできなくとも、一糸まとわぬ姿で横たわった彼女を抱きしめたかった。あの、なんとも言えない熱い刺激は手だけだろうか？　彼女におおいかぶさったら全身にあの刺激を感じて、なかはもっと熱いのかもしれない。あの不思議な興奮をペニスに感じるのを想像し、レイフは思わずうめきそうになった。

いまやアニーは、頭のてっぺんからつま先まで、木の葉のように震えていた。シュミーズの丈は腿まであるが、それでも……ズロースを脱ぐと、すっかり肌をさらしているようだった。むき出しの尻に冷たい空気が触れたときはショックで、下半身はシュミーズでおおわれているはずなのに、手を伸ばして確かめずにいられなくなった。唯一残っている布はあまりに薄く、ひどく心もとなかった。

レイフはシュミーズを剥ぎとり、彼女を裸にしたかった。すらりと伸びた脚だけでもどうにかなりそうなのに、腰の曲線とくびれを、豊かな乳房を、隠された愛らしい花びらを見たかった。彼女を貫けるほど元気だったら——たっぷり時間をかけてあの脚を開き、奥深く分け入り、硬いペニスを包みこむ襞が打ち震えるのを感じられるのに。これまで経験したあらゆる方法で彼女を抱き、話に聞いたすべての技を試したい。彼女を味わって、口と指と体で狂わせるのだ。みずからの欲望の激しさが、レイフの体を震わせた。

そして、アニーは恐怖に震えていた。

シュミーズを脱がせるわけにはいかない。これ以上、怖がらせてはいけない。レイフは自分の毛布を取って彼女の肩にかけ、ぴったりくるんだ。すがりつくように毛布をつかむアニーは、まだうつむいて顔を隠している。レイフはその髪にそっと指を滑らせてすべてのピンをはずすと、細くやわらかく、豊かな髪を両手に受けて、前に垂らしてさらに顔を隠した。それから肩越しに後ろへ流した。髪は腰まで届きそうだった。

脇腹の引きつれに顔をしかめながら、レイフはかがんで暖炉に薪を足し、脱ぎ捨てられた彼女の衣類を集めた。ペチコート以外を寝ていた毛布の下に入れて、硬い床とのあいだのクッションがわりにした。これで、彼女が服を取ろうとしたら目が覚める。念のため、自分の服も重ねて入れた。残ったペチコートは丸め、枕として毛布の片端に置いた。

「寝ろ」静かに命じると、彼女は屈辱のせいで口もきけずに従った。

アニーは毛布にくるまったまま横たわろうとしたが、感覚の失せた指から毛布を剥ぎとられた。一瞬硬直したのち、昨晩同様、ふたりで毛布を使わねばならないことに気づいた。膝をつき、シュミーズを押さえながら、間に合わせのベッドに横たわった。それでも裸でいるようだった。右側を下にして、彼に背を向けた。

　レイフが隣に横たわり、やはり右を下にした。毛布を引っ張りあげ、左腕を彼女の腰にまわした。その重みでアニーは自由を奪われ、背中全体に彼を感じた。彼の胸毛が肩甲骨に触れる。レイフが引き寄せた彼女の尻に股間を押しあて、腿を張りつけてくる。アニーの呼吸は速く、浅くなった。彼の……彼のペニスが当たっているのを感じる。薄いネルの下着に包まれたものが、下半身に押しつけられている。シュミーズはほとんど役に立たず、身につけていないも同然だ。まくれ上がって、むき出しになっているのかも。アニーは悲鳴をあげそうになったが、手を伸ばして確かめる勇気はなかった。

「静かに」レイフのささやき声が、髪にかかる。「怖がらずに眠れ」

「どう――どうしたら眠れるっていうの？」アニーは言葉を詰まらせた。

「目を閉じて体を楽にすればいい。今日は存分に働いた。眠らなきゃだめだ」

　目を閉じるのさえ、至難の業だった。彼のむき出しの上半身と、自分の裸が気になってしかたがない。いつもならゆったりしたナイトガウンにくるまって、脚に巻きつくやわらかな生地に守られて眠るのに。

「一応、言っておく」レイフがささやく。その唇で髪が動くほど、密着していた。「おれの右手には拳銃がある。取りあげようとしたら目が覚め、あんただとわかる前に殺すかもしれない。それから、ライフルは装填してない。あんたが馬の世話をしているあいだに、弾を抜いておいた」じつは嘘だった。自分から武装を解いたことはないが、彼女には知るよしもないことだ。かわいそうに、この女は町の外で生き抜く術をほとんど知らない。町のなかでも、だ。彼女の小屋を見てまわったとき、メス以外には武器になるものがひとつもないのに気がついた。シルバー・メサは新興の町で、乱暴で金に飢えた酔っ払いの男どもがあふれているのに、身を守るもっとも基本的な道具さえ持っていなかったのだ。町に来て最初の週に襲われなかったのが、不思議なくらいだ。

腕のなかのアニーは、やわらかくて甘い香りがした。レイフは無意識のうちに彼女を抱き寄せ、靴下をはいた足を彼女の小さな素足の下に押しこんで、暖を分かち合った。アニーは息を凝らしていた。興奮を煽(あお)らないようにしているのだろう。なんと言っても医者なのだから、尻に押しつけられているものの正体はわかるはずだ。だが、アニーは小刻みな震えを抑えられずにいる。寒さのせいではない。いまは充分暖かい。まだ脅えている証拠だが、どうしたら落ち着かせられるのか、レイフには見当もつかなかった。

もうあまり起きていられそうになく、寝入ってしまう前に、アニーを安心させてやりたかった。彼女も疲れているはずだ。いまの状態から気をそらせてやれれば、体の疲れが勝って眠りにつけるだろう。

「生まれはどこだ？」レイフは低く穏やかな声のまま、ささやいた。西部ではたいがいの人間がよそ者だ。

　ふたたび身震いしつつも、アニーは答えた。「フィラデルフィア」

「フィラデルフィアには行ったことがない。ニューヨークと、ボストンはあるんだが。こちらに来てどれくらいになる？」

「こちらへ――シルバー・メサに来て八カ月」

「その前は？」

「デンバー。一年いた」

「いったい、なんでまたデンバーからシルバー・メサに？　少なくとも、デンバーはまっとうな町だ」

「デンバーには新参の医者が入りこむ余地がなかったから。シルバー・メサにはあった」

詳しいことを話す気はなかった。周囲に傷つけられ、考えられないほど深く心に傷を負っていたからだ。

　いいぞ。やっと声が落ち着いてきた。レイフはあくびを噛み殺した。彼女の耳からそっと髪を払いのけて寄り添い、毛布で肩をくるみなおした。「シルバー・メサは、いつまであるかわからないぞ」かろうじて聞こえるほどに、声を落とす。「新興の町はにわかに栄えるが、滅びるのも早い。銀が尽きたら鉱夫はよそへ移り、他の人間もそれに続く」

　シルバー・メサでの生活には贅沢(ぜいたく)など無縁だし、快適でさえないが、また一からやり直すと考えただけで、アニーは気が重くなった。少なくともいまは、なによりもやりたいこと、つまり医者として開業できている。ときにはいらだちが募って、怒鳴り散らしたくなることもある。手遅れにならないうちに患者が来てくれさえしたら、知識は充分にあり、適切な治療もできるのに、診療所に来ないことを選んで、命を落とすものがあまりに多い。それも、ただ、医者が女だからという理由で。

けれどいつか、もしシルバー・メサの銀が尽きるようなことになれば、自分の将来を考えざるをえない。でも、いまはそのシルバー・メサに戻れる保証がなかった。まずそのことを心配すべきなのに、筋道立った思考ができない。長い一日が終わり、やっと疲れた体を休められた。休んではだめ。かすかな警戒心が全身を駆け抜けたが、たちまち消えて、アニーは身動きひとつしなかった。目を開けなければ——いつ閉じたの？　温かい。なんて温かいんだろう。手足がぐったりして、力が入らない。まるで繭にくるまれているみたい。それほど、彼の体温に包みこまれていた。繭……そう、毛布と、彼の腕と脚と、その全身でできた繭。体はほとんど動かず、そもそもそんな気力もなかった。そして、眠ってしまいそう、と思ったときには、すでに眠りに落ちていた。

彼女の体からすっかり力が抜けたのがわかると、レイフは満ち足りた気分になった。疲れきっていたのだろう。怖さを忘れさせたら、たちまち眠りについた。これで彼女がなによりも必要としている休息を与えられる。レイフのほうも、もう休んだほうがいいのに、できるだけ起きていたいのだから厄介だ。腕に抱いた女の感触を楽しみたかった。女の体はまさに自然の驚異、男にとって地上の楽園だ。それに、こんな贅沢はじつに久しぶりだ。ぴったり寄り添う女を抱いて、なんとも言えない温かさと心地よさ、安心感を味わう。レイフは彼女のお腹に手をまわし、奇妙な安堵を覚えながら眠りについた。

翌朝、アニーが気づくと、すでにレイフは起きていた。彼が火をおこしなおす音で目が覚めたのだ。驚いて立ちあがり、あわてて毛布で体を隠した。彼が振り向いた。謎めいた目で見つめられると、なぜだかわからないけれど緊張した。

「服を着ていいぞ」ようやく彼が口を開いた。「おれも着る。今日はおれも仕事を手伝う」

アニーはためらったが、治療したいという気持ちが勝った。片手でしっかりと毛布を押さえながら、もう一方の手でヒゲの伸びた頬に触れ、彼の容態を確認して軽く眉をひそめた。まだ熱が高すぎる。続いて彼の手を取り、太い手首に指を当てて脈を測った。少し速いし、弱すぎる。「今日はだめよ」アニーは断言した。「せめてあと一日は薬を飲んで、休んでて。簡単な仕事でも、まだ早すぎるわ」

「寝てばかりいると体がなまる」

アニーは取りつく島のない返答にかちんときた。肩を怒らせて、厳しい顔で彼を見た。

「なぜわたしを連れてきたの？　医者はわたしで、あなたじゃない。服を着たかったらどうぞ。それくらいなら、さわりはないわ。でも――」

「今日は、馬の牧草地を見つけなきゃならない」レイフはさえぎった。「それに、罠も仕掛ける必要がある。ジャガイモと豆だけで暮らしたくなければ」

「食料なら、当分、補給しなくても大丈夫よ」アニーは強固に言い張った。

「おれたちは大丈夫でも、馬がもたない」彼はゆっくりとかがんで寝ていた毛布の下から服を取りだし、やはりそろそろとズボンに足を通して、腰まで引きあげた。

アニーは唇を噛んだが、脱いだときと同じく、彼の目の前で服を着なければならないという結論に達した。急いでスカートをつかみ、苦労しながら毛布と格闘したあげく、毛布を落として、彼がズボンをはいたのとまったく同じように、スカートに足を通した。脚が隠れるとひと安心したものの、冷たい空気が腕や肩に当たって、まともな格好にはほど遠いことを思い知らされた。とにかく見苦しくないようブラウスを着てボタンを留め、ペチコートやズロースは後回しにした。どんなにしわだらけでも、また服を着られて、泣きたくなるほど嬉しかった。

レイフはシャツを着たが、自力でブーツをはこうとはしなかった。そのかわり入口に行ってドアを開き、明るくさわやかな早朝の陽射しを招き入れた。突然の明るさにアニーは目をしばたたき、目が慣れるまで顔をそむけた。流れこむ冷ややかな空気に、震えが走った。「もう春なのに」悲しげに言った。

「ここじゃ天気が暦に気づくまでに、あと二、三回は雪が降る」レイフは木々の合間から空をながめた。くっきりと澄んでいるから、すぐには暖かくならないだろう。日中は温度も充分に上がるが、夜は凍えるほど冷えこむ。

　彼が背を向けている隙に、アニーは下着とペチコートをつけ、長靴下をはこうと腰を下ろした。レイフが振り向くとスカートが膝までまくれ上がっていて、形のよいふくらはぎと足首に、しばし目を奪われた。

　アニーは鼻にしわを寄せた。もう二日間も同じ服を着ている。体も服も洗わなければならない。彼にしても同じことだが、どうしたらいいのか考えて途方に暮れた。ふたりで使う分のお湯を沸かすのは簡単だが、服が乾くまでのあいだ、ふたりして裸体を毛布にくるみ、坐って待つなんてまっぴらごめんだ。けれども、なんとかしなければならない。父が口を酸っぱくして言っていたように、患者を治したいと思ったら、医者の技術や知識と同じくらい、清潔さが大切になる。清潔にしていれば回復も早い。

「ランプを持ってくるべきだったわね」アニーは身を縮めた。「そしたら、ドアを開けて寒い思いをしなくても、なかが見えたのに」

「サドルバッグにロウソクがある。だが、天気が悪くてドアを開けられないときのために、とっておいたほうがいいな」

　アニーは火に近づいて強く手をこすり合わせ、手櫛(てぐし)を通して髪を結いあげた。コーヒーを火にかけ、簡単な朝食を用意していると、レイフが戻ってきて毛布に腰を下ろした。

アニーはちらりと目をやった。「お腹はすいてる？」

「それほどでもない」

「本格的に具合がよくなってきたら、あなたにもわかるわ。食欲が戻るから」

彼女はレイフの目の前でベーコンを炒め、パン生地を練った。見ていて心地よい、てきぱきとした動き方だ。無駄な間合いも動作もなく、それでいて持ち前の優雅さを保っている。ふと見ると、髪をふたたび丸く結っていた。下ろしたままのほうが好みだが、煮炊きをするのに長い髪は危ない。少なくとも、これで夜、床につく前に彼女が髪を下ろし、ほどいた髪を手に感じるのを楽しみにできる。今夜はそれほど怖がらないだろう。そのことでは彼女を責められない。それに、こんな状況で少しも脅えないのは、よほどのばかだけだ。

「服を洗わなければならないわ」アニーがきっぱりと言った。こちらには目もくれず、慣れた手つきで練り粉をすくって、フライパンに落としている。「それに、体も洗わなきゃ。どうやったらいいのか見当もつかないけど、どうにかしなければ。不潔にしていたくないの」

いまより強烈なにおいを放っていたことも何度となくあるが、女にはその手のことに関して別の基準がある。「おれは大丈夫だ」レイフは答えた。「サドルバッグに、きれいな服が何枚かある。着替えも詰めるように言えばよかったな。だが、他のことで頭がいっぱいだった」なんとか意識を失わないこと、トラハーンからのがれて生き延びること、驚きと興奮を呼び覚ました彼女の熱い手のこと。「おれのシャツを着てもいいが、ズボンはどう考えても大きすぎる」

「ありがとう」アニーはつぶやいた。火にかがみこむと、顔がほてった。ズボン！　脚のラインがくっきり見えてしまう——そこで、はたと気づいた。彼にはもうそれ以上を見られている。それに、服を洗うためなら喜んでズボンをはこう。慣習と必要がぶつかったとき、優先順位はおのずと変わる。

　彼は充分な量を食べ、まったく口をつけないかもしれないと思っていたアニーを喜ばせた。ふたたびヤナギの樹皮のお茶を煎じてやると、こんどは疑わずに飲み、横になって傷を見せた。一日でいちじるしい回復ぶりだ。アニーは新しい包帯用にオオバコの葉をひたしながら、彼にそう告げた。

「つまり、おれは生き延びるというわけだ」レイフは感想を述べた。

「そうね、少なくともこの傷じゃ死なないわ。明日はもっとよくなるはずよ。今日はできるだけ食べてほしいけど、気持ちが悪くならないように気をつけて」

「仰せのとおりに」包帯を巻かれながら、彼女の手に、まぎれもない喜びの溜息を漏らしそうになった。

　それが終わると、レイフは残りの衣類を身につけたが、ブーツをはくときに脇腹の縫い目が引きつれた。アニーが食後の片づけを終えて振り返ると、外套とガンベルトを身につけ、ライフルを持って立っていた。「外套を着ろ」彼は命じた。「馬に餌をやる」

アニーはそんなに歩かせたくなかったが、無駄な言い争いに言葉を費やすのはやめておいた。彼がアニーから片時も目を離さないと決めている以上、意識を失いでもしないかぎり、どうすることもできない。アニーは黙って外套をはおり、先に立って小屋を出た。

狭い場所に閉じこめられていたせいで、馬たちはそわついていた。鹿毛は外に連れだそうとするレイフを乱暴に突いた。レイフの顔から血の気が失せるのを見て、アニーはあわてて綱を奪った。「わたしが連れていくから、あなたは歩くだけにして。それとも、ふたりして馬に乗る？」

レイフは首を振った。「そんなに遠くへは行かない」正直なところ、必要に迫られれば無理ではないにしろ、とてもまだ鞍にまたがれる状態ではなかった。

レイフは一キロほど行ったところで、格好の牧草地を見つけた。幅が五十メートルもない陽当たりのいい狭い草地で、北にそびえる山の斜面が冷たい風をさえぎっている。馬たちがひたすら冬の草に鼻を突っこんでいるあいだ、レイフとアニーは腰を下ろして暖かい陽射しを浴びた。ほどなくふたりとも外套を脱ぎ、彼の顔にはかすかに赤みが差した。

ふたりはほとんどしゃべらなかった。アニーは立てた膝に頭をもたせかけ、目を閉じていた。心地よい暖かさと、馬がたえまなく草を食む音が、安らぎをもたらしてくれる。あまりに静かで穏やかな朝なので、ともすれば眠りに引き戻されそうだった。聞こえてくるのは自然の音ばかり。木々の上のほうをかすめる風の音、鳥のさえずり、馬がゆっくりと草を噛む音。シルバー・メサには、こんな静けさはなかった――通りにはたえず人がいたし、酒場は閉まる気配がなかった。都会の喧噪に慣れていたので、それほど騒音を気にしたことはなかったが、こうしていると、そうした音がいかに耳ざわりだったかわかる。

彼が坐りなおした。何度めかだ。アニーは目を開けた。「坐りにくいの？」

「まあな」

「だったら横になったら。そのほうがいいんだから」

「おれなら大丈夫だ」

このときもアニーは無駄な言い争いは避けて、尋ねた。「いつまで草を食べさせるの？まだやることが山ほどあるのに」

レイフは太陽に目をやり、馬に視線を移した。アニーの去勢馬は食べるのをやめ、ゆったりしていた。頭をもたげ、こちらの声に耳をぴんと立てている。鹿毛はまだ食べているものの、空腹は癒せたのだろう、ややペースが落ちている。ほんとうなら馬を外に出しておきたいところだが、馬から離れたところで追いつかれたらことだ。明日になってもっと体力が回復したら、簡単な囲いをつくれるだろう。そうすれば、馬たちを差掛けに閉じこめずにすむ。低木とロープを利用したら、それほど苦労せずに馬たちが歩きまわるスペースは確保できるはずだ。

「そろそろ戻ろう」ただ陽射しを浴びて坐っているだけで満足だったが、レイフはついに言った。歩くと、自分の消耗具合を思い知らされる。

アニーが馬たちをつかまえ、綱を引いてきた。小川へ連れていき、たっぷり水を飲ませると、二頭とも素直に差掛けに戻った。

入浴の方法を考えて、アニーはくじけそうになった。たらいも水差しもなく、あるのは水を汲みあげるための手桶のみだ。かといって、小川の水は冷たすぎる。考えた末、コーヒーポットと深鍋を洗い、それぞれに水を入れて火にかけた。沸騰すると、手桶の水に加えた。「お先にどうぞ」アニーは言った。「わたしはドアのすぐ外に――」

「だめだ」レイフが淡い目を細めてさえぎった。「おれの目の届くところにいろ。見たくなかったら、背中を向けて坐っていればいい」

彼の頑固さにはほとほとあきれるが、反論して通じる相手でないのはわかっている。アニーは口ごたえせずに彼に背を向けて坐り、牧草地にいたときと同じように、立てた膝に頭をもたせかけた。彼が服を脱ぎ、やがて体を洗う水音がした。五分ほどしてふたたび服を着る音が聞こえ、彼の声が続いた。「ズボンをはいたから、振り返ってもいいぞ」

アニーはあわてて立ちあがって振り向いた。彼はまだ上半身裸で、着替えのシャツは毛布の上に置いたままだった。アニーは胸毛のうずまく広い胸から目をそらした。これまで裸の胸など何度も見てきて、好奇心しか感じなかったのに、彼の胸にはどうしてこんなにどきどきするのだろう。広くて筋肉が盛りあがっていて、黒々とした胸毛におおわれているのはそのとおりだが、胸は胸でしかない。そりゃあ、ゆうべ抱きしめられたときは、岩のように硬く感じたけれど。「ヒゲを剃るから、鏡を持っててくれ」そう言われてはじめて、カミソリと小さな鏡が取りだされていることに気づいた。

アニーが近づいて鏡を持つと、彼は石鹸をつけ、顔をおおっていた黒い頬ヒゲを慎重に剃り落とした。アニーはどうしようもなく彼に見入った。最初に会ったときには少なくとも一週間分はヒゲが伸びていたので、剃った顔が見たくてたまらなかった。彼は何度か面白い形に顔をゆがめた。父も同じようにしていたのを思いだして、口元がほころんだ。愛する父と、自分を情けのおもむくままに――少しでも情けがあるとすれば――操るこの危険な見知らぬ男にささいな共通点を見つけたことで、心が慰められた。

剃り終わったとき、ヒゲの下から現われた顔にアニーは息を呑み、表情を悟られまいとあわてて顔をそむけた。予想に反して、彼の場合はヒゲが顔つきをやわらげていた。すっかり剃り落とすと、黒々と力強い眉の下で氷のように光る淡い目とあいまって、いっそう怖ろしげだ。高くまっすぐな鼻。口は真一文字で、両端に薄いしわが刻まれている。御影石のような下顎、力強く確固とした顎先には、それまでヒゲで隠されていた浅いくぼみがある。人へのやさしさや、信頼をまるで感じさせない顔。あまりにも多くの死を目撃して、みずからももたらしてきたために、もはや死をなんとも思わなくなった男の、よそよそしい表情をまとっていた。アニーは目をそむける直前、彼の口元に苦痛を見て取った。それはけっして消えそうもないほど深く刻まれ、見ていて痛ましいほどだった。いったい、なにが人間をこんな表情にするのだろう。なんでも疑ってかかり、だれも信用せず、おそらく自分の命以外はなにひとつ大切なものがないような——それさえも、〝おそらく〟でしかない——男なのに。

だが、危険な男ではあっても、ひとりの男でしかなかった。疲れはて、傷つき、彼女を脅えさせつつも、危害を加えなかったばかりか、精いっぱい慰め、守ってくれた。たしかにアニーを守るのは彼自身のためであり、つらい目に遭ったのはすべて彼のせいだが、同時に恐れていたほど、あるいはたいがいの男ほどは、無慈悲でも乱暴でもなかった。脅すような言動はあったけれど、たんなる冷酷さから出たものではない。彼の行動にはかならず理由があり、それが妙な安心感につながっていた。アニーは彼の言葉を信じる気になっていた。きっとこの人なら、具合がよくなりしだい、わたしを無傷でシルバー・メサに帰してくれる。逆に逃げようとすれば、あらゆる手を使って妨げるのも、また明らか。鞍から撃ち落とすことも辞さないだろう。

「さあ、次はあんたの番だ」

アニーが振り向くと、レイフはすっかり服を着てガンベルトまでつけていた。汚れた服は床に脱ぎ捨てられ、彼女のために清潔なシャツが出してあった。

アニーは二者択一を迫られて、シャツを見つめた。「わたしと服と、どっちを先に洗おうかしら」

「服だ」レイフが答えた。「そのほうが、乾かす時間がある」

「服を洗っているあいだは、なにを着ればいいの？」淡々と尋ねる。「いま、あなたのシャツを着たら、濡れてしまうわ」

彼は肩をすくめた。「どうすべきかは、どのくらい清潔な服を望むかによる」

アニーはその意味を理解するなり、それ以上なにも言わずに彼の服と石鹸を手に取った。むしゃくしゃしながらさっさと小川に行き、川岸に膝をついた。彼もついてきて、五メートルほど離れた場所にライフルを膝に置いて坐った。アニーは意を決して洗濯を始めた。水は氷のように冷たく、数分もたたないうちに手がかじかんだ。

彼のシャツを絞り、茂みの上に広げて乾かした。ズボンをごしごし洗ってから、ようやく口を開いた。「ヘビが出るには寒すぎるわ。たぶんクマも。なにからわたしを守ってるの？　オオカミ、それともクーガー？」

「いま時分にクマを見かけたことがある。元気なオオカミなら、あんたには目もくれないだろうが、傷を負ったやつは襲いかかってくるかもしれない。クーガーも同じだ。もっと危険なのは、うろついている男に出くわしたときだ」

アニーは身を乗りだしてズボンを川にひたし、流れてゆく石鹸の白い泡を見つめた。

「男の人ってわからないわ。むやみに残酷な人が多すぎる。思いやりのかけらもなく、女、子どもや動物を虐待するくせに、カードでいかさまを咎められれば怒りおかしくなる。そんなの名誉でもなんでもない。たんなる愚かさよ、わたしに言わせれば」

レイフは答えなかった。たえず目を動かして、あたりをうかがっている。アニーはたっぷりと水を含んだ厚い生地を絞ろうとしたが、手が冷えきってこわばっていた。と、レイフが立ちあがってズボンを受けとり、力強い手で難なく水気を絞った。それを広げて別の茂みの上に置き、ふたたび腰を下ろした。

アニーは彼の下着を水に浸(つ)けて、石鹸で洗いはじめた。

「なかには、生まれつきの悪人もいる」レイフがしゃべりだした。「男にも女にもだ。生まれながらにして卑しく、死ぬまで卑しい。だが、少しずつ道をそれてゆく者もいる。そして、ときには、追いつめられたがゆえにそうなる」

アニーはうつむいたまま、洗濯に集中した。「あなたはどうなの?」

レイフはしばらく考えてから答えた。「おれにはどうでもいいことだ」

実際、どうでもよかった。追いつめられてこうなったが、そのこと自体はもはや意味を失っている。信じて必死に手に入れたものをすべて失い、家族を失った。そうしたものを求めた理由がまったくの茶番と化し、塵(ちり)と消えうせるのをまのあたりにした。国じゅうを追われたが、しまいにはその原因が消滅し、現実だけが残った。たえず追っ手を気にしながら逃げまわるという現実が。だれも信用せず、追ってくる者は進んで殺す。ただそれだけだった。

5

自分の衣類を洗うのには大変な困難が伴うので、アニーは固い決意をもってその仕事に挑んだ。レイフに背を向けたまま坐って長靴下を脱ぎ、ペチコートとズロースの紐をほどくと、立ちあがって滑り落ちた二枚の布から足を抜きとった。見られていたかどうか、振り返って確かめたりしない。どうせ見ていたに決まっている。あのいまいましい男は、なにひとつ見のがさない。アニーは頬がほてるのを感じながら、あらためて川岸に膝をつき、下着を洗いはじめた。この顔の熱が少しでも手に伝わればいいのに。川の水は凍らないのが不思議なくらい冷たかった。

シュミーズとブラウスを洗うためには、小屋に戻ってレイフのシャツに着替えなければならなかった。彼が外で待っていてくれたのには心から感謝したものの、持ちあがった窓板から流れこむ冷気にむき出しの乳房を撫でられて、悲しくなるほど裸体を意識した。大急ぎで彼のシャツを頭からかぶり、やわらかなウールに包まれた安心感に溜息を漏らした。ぶかぶか。あまりのシャツの大きさに、びっくりして小さく笑った。ボタンを全部留めても襟元がゆるく、鎖骨があらわになる。裾は膝まで届き、袖は指先よりゆうに十五センチは長い。アニーは手際よく袖を丸めて、またもや笑った。肘まで丸めるとほとんど袖がなくなり、肩の縫い目は肘のすぐ上にある。「もう一本、ベルトがないかしら？」声を張りあげた。「これじゃあ、だぶついて動きにくくてしょうがないわ」

言い終わるなり、レイフが戸口に現われた。姿が見えなかっただけで、小屋にもたれていたのだ。アニーは身震いした。たった数メートルしか離れていなかったのに、もろ肌を脱いでしまった。見られたかどうか、知りたくもない。

彼がロープを短く切ってくれたので、それをほっそりした腰に巻きつけた。そして残りの服をつかむや小川へ戻り、洗濯を片づけた。これからまた小屋に水を運び、入浴用の湯を沸かさなければならない。こんなにくたくたなのに、そうまでする必要があるかどうか疑問だけれど、たとえあと一日でも、いまの状態には耐えられない。

窓とドアを開けたままの入浴にも、やはり耐えられなかった。彼に見られていそうで気が気ではない。それに彼は平然としていたが、とにかく寒い。アニーは窓を閉めて火をおこし、挑むように彼を見た。「ドアを開けっ放しじゃあ、体を洗えないわ」

「おれはかまわないぞ」

またもや頬が熱くなる。「それに、あなたがいたら洗えない」

「信用しないのか？　おれは背を向けている」

アニーのやわらかな茶色の目が苦しげに曇った。レイフは手を伸ばして彼女の顎をつかみ、すべすべとした肌に触れた。「このおれが約束してるんだぞ」

アニーは唾を呑んだ。「お願い」

レイフはアニーの目を見つめたまま、顎の下のやわらかい部分を親指でそっと撫でた。アニーは体が震えだすのを感じた。熱と緊張が伝わってくるほど、大きな体がすぐそばにある。光を放つ曇りのない目からのがれたいのに、痺れたようになって瞼を閉じられない。間近で見る彼の瞳は、冬の雨のような灰色で、印象をやわらげる青みはまったくなかった。白と黒の斑点があるせいか、水晶のようにも見える。その澄んだ冷たいまなざしには、いくら探しても同情らしきものが見当たらなかった。

レイフは手を下ろして離れた。「外にいる」アニーはほっとしてへたりこみそうになった。彼女の顔によぎった表情を見て、レイフはつけ加えた。「スカートを脱げ。おれが洗っておいてやるよ」

アニーはためらった。清潔な服を求める気持ちと、慎みとがせめぎ合った。服が乾くまで彼のシャツだけでいるわけにはいかないが、毛布を巻きつけておくという手はある。ぐずぐずしているとくじけてしまいそうなので、急いで後ろを向き、大柄な彼のシャツがすっぽりおおってくれるのに感謝しつつ、スカートを脱いだ。

無言でスカートを受けとったレイフは、小屋から出てドアを閉めた。小川に向かいながら彼女の入浴姿を想像し、ドアのすぐ向こうにいる裸体を痛いほど意識した。またもや全身が熱くなったが、ケガのためというより、欲望の炎のためだった。顔以外の部分にも触れたかった。ゆうべのように並んで横たわり、やわらかな体を抱きしめたい。もう、脅えた目は見たくない。すらりとした腿が開いて、自分を迎え入れるところが見たかった。

それがレイフの求めているものだった。実際はあと数日で体力を戻して、約束どおり彼女をシルバー・メサへ連れ帰り、あとは黙って消えなければならない。彼女の裸身を思い描くよりも、なすべきことに集中すべきときだ。所詮、女は女。男と同じように背格好や肌の色はそれぞれ異なっても、根本の部分では変わらない。

そしてその根本の部分が、いつの時代にも男を狂わせてきた。

レイフはスカートを洗いながら笑ったが、それは自分にたいする冷笑だった。彼女は他の女とはちがう。同じだと思いこもうとしても無駄だ。手には恍惚感をもたらす不思議な熱っぽさがあって、その忘れがたさに、軽くでもいいから何度でも触れてもらいたくなる。こちらから触れたときも、やはり似たような感覚があった。今朝、女の肌がこんなにしっとりとやわらかいと感じたのは、はじめてだ。今朝、彼女から離れて毛布を出るときは、身が切られる思いだった。時を重ねるほどに誘惑が強まるのは明らかで、それを否定するのは浅はかというもの。しかし、女に気を取られてトラハーンのことを忘れれば、もはや救いようがない。

レイフはスカートを絞って、空を見あげた。太陽が山の背に隠れて気温が下がりはじめているから、茂みの上に広げても、もう乾かない。そこで、まだ湿っている服をかき集めて小屋に戻った。水の跳ねる音が聞こえる。「まだ終わらないのか?」なかに声をかけた。

「ええ、まだよ」

小屋の壁にもたれて考えた。女というのはなぜ男よりも長風呂なのだろう? 男よりも小柄で、洗う部分が少ないのに。

それから十五分して、ようやくアニーがドアを開けた。石鹸と湯で垢を落とし、温まったおかげで、顔が紅潮している。たぶん最初に髪を洗ったのだろう。暖炉の火で、すでにところどころ乾きはじめていた。レイフのシャツを着て、古代ローマのトーガのように毛布を巻きつけている。「お待たせ」けだるく満足げな溜息を漏らした。「ああ、さっぱりした。馬にやる水を汲んできたら、夕食のしたくをするわ。お腹はすいてる?」

レイフは空腹だった。けれど、我慢できないほどではないので、しばらくアニーを休ませてやりたかった。彼女は今朝目を覚まして以来、途中、馬の放牧中に草地に坐っただけで、ずっと働きづめだ。これでは細い体に余分な肉がつかないわけだ。

アニーは毛布のせいで水を運びにくそうにしていたが、レイフが手伝いを申しでると断り、レイフのほうも体力に自信がなかった。川とのあいだを行き来する彼女について歩くのが精いっぱいで、不満が高じて腹立たしさを覚えたものの、その思いは顔にも態度にも表わさなかった。怒りを向けるとしたら唯一の矛先はアニーになり、彼女はなにひとつ悪くない。むしろ女がこんな状況に置かれたら、泣き言や不平、不満を並べたてるのがふつうなのに、彼女は肩をそびやかせ、少しでも快適に過ごせるように骨を折っていた。

　ようやく雑用がすべて片づくと、ふたりは小屋に入ってドアを閉め、冷気をさえぎった。アニーはわずか三十秒ほど休むと、すかさず夕食の支度にとりかかった。かぎられたわずかな食料のなかから豆とベーコンを炒め、この日もパンを焼いた。レイフがはじめて食べる意欲を見せたことに、アニーは満足げだった。よくなってきた証拠だ。食事のあとで彼の額に手を置き、かすかな湿り気を感じて微笑んだ。「熱が下がったわ」念のため、もう片方の手を頬に当てた。「汗をかいてるわね。気分はどう？」

「だいぶよくなった」レイフは治って損した気分だった。これで彼女にさわってもらう理由がなくなる。奇妙なことに、体調がよくなったいま、彼女の手の力が変わったように感じられた。熱く鋭い刺激というよりは、全身をやさしく撫でまわされるような感覚がある。強烈な快感が押し寄せて、身震いしそうになった。

　アニーがにっこりした。「治してあげると言ったでしょう」

「あんたは優秀な医者だ」と告げると、彼女の顔が輝いた。レイフは息を呑んだ。

「ええ、そうよ」アニーはうぬぼれも、うわべばかりの謙遜もなく、ただ事実を受け入れた。「ずっとそうなりたいと思ってきたの」

彼女は鼻歌を口ずさみながら外に出た。レイフは内心毒づいて立ちあがると、拳銃の握りに手をかけてあとを追い、二本の小枝を手に引き返してきたアニーと、あやうくぶつかりそうになった。アニーは彼の目に冷ややかな怒りを見て取り、目を丸くした。「歯ブラシにする小枝を取りにいっただけよ」枝を差しだした。「ごめんなさい。忘れてたわ」

「忘れるな」レイフはぴしゃりと言うと、ドアを閉められるよう、彼女の腕をつかんでなかに引っ張りこんだ。彼女の顔が赤くなり、先ほどまでの輝きが消えた。それを見て、レイフは刺々しい口調を悔やんだ。

アニーが歯磨き用の塩を出し、レイフは小枝をくわえて彼女から離れた。きちんと日常の習慣を守るアニーと一緒にいると、そうした細かいことが自分にも当然だったころを思いだす。そのころは毎日ヒゲを剃り、風呂に入り、いつも洗いたての服を着ていた。ヒゲ剃り石鹸、ナトリウム入りの歯磨き粉、入浴用の細かい粉石鹸をあたりまえのように使い、高価なコロンをつけては、明るい目の娘たちと数えきれないほどワルツを踊った。だが、それははるか昔、戦争の前の、遠い過去のことだ。いまの自分とそのころの若い男とが同じ人物とは、とうてい思えない。記憶はあるが、自分のものではなく、だれか知り合いの記憶のようだった。

アニーは診察鞄を引っかきまわして、樹皮らしきものを二枚取りだした。一枚を口に放りこみ、残りを差しだした。「シナモンよ」

レイフは受けとってにおいを嗅いだ。たしかに、シナモンだ。ゆっくり噛んで味わった。そういえば、かつてつき合った娘たちも、口臭を防ぐためにシナモンやペパーミントの香錠を噛み、キスのときにはそのさわやかさを楽しんだものだ。

その記憶のせいかもしれないし、たんにそうしたことに飢えていたからかもしれない。レイフは言った。「キスができるほど息がきれいになったんだ。無駄にするのはもったいない」

目をむいて振り返ったアニーの髪の下に手を滑りこませ、首筋をつかんだ。引き寄せようとすると、身をこわばらせて抗（あらが）った。

「だめ」アニーは焦って口走った。

「シーッ。たかがキスじゃないか。怖がらなくていい」

低くものうげな彼の声に包まれて、アニーは自分の体から力が抜けるのを感じた。頭を振ろうとしたが、首をつかまれていて動かせない。思わずのけぞると、じょじょに近づいてくる口に目が釘づけになった。だめ、だめよ。キスを許すなんて。姿を見るだけで心臓がはちきれそうなのに、そんな男の口を感じるなんて。だがその誘惑はあまりに甘く、あまりに鮮烈だった。彼を前にすると無力になるのは、出会った晩から感じていた。心底震えあがりながら、その一方であやうい魅力を感じていた。だが、いままで手を出してこなかったので、いつしか安全だと思いこんだ。ゆうべ、裸同然で抱かれて眠ったときも、例外ではない。しかし、いまになって自分の置かれている状況の危険さを悟った。けがれない身でシルバー・メサに戻るつもりなら、抵抗しなければならない。顔をそむけて、彼に爪を立てなければ——

もう遅すぎる。

レイフは慣れたようすで強引に口を押しつけて彼女の悲鳴をさえぎると、その体を抱きすくめて、じっくりと唇を味わった。キスの経験ならアニーにもあるけれど、こんなのははじめてだった。いくらじたばたしても、彼は悠々とキスを深め、無理やりアニーの唇をこじ開けた。熱い波が全身を駆けめぐり、いやおうなく体が燃えあがる。彼を押しやる手が止まり、とっさにシャツをつかんで、導かれるままに口を開いた。と、彼が頭を傾け、ここぞとばかりに舌を滑りこませてくる。アニーはその衝撃に震えた。

男の人がキスをするのに舌を使うなんて、いままで知らなかった。医学校時代から開業していまに至るまで、男ならたくさん見てきたのに、口のなかを舌でやんわりと愛撫されると骨抜きになり、熱くなって乳首が硬くなってうずくなんて、はじめて知った。このままキスされていたい。彼に体を押しつけて胸の鼓動を鎮め、たくましい腕で抱きしめられていたい。はじめての経験だけにどうしたらいいかわからず、自分の欲望を抑えることも、次に彼がどうするのか予想することもできなかった。

レイフは苦労してうなじから手を離し、ゆっくりと唇を引いた。できることならキスを、いや、それ以上を求めたかった。だが、動くたびに左の脇腹が痛むわ、脚には力が入らないわで、いやでも、女を抱けるような状態ではないのを思い知らされた。むしろ、体の都合に救われたと言っていい。こんなときにセックスして事態をややこしくするのは、愚か者だけだ。手つかずで彼女を帰すかどうかはべつにしても、諺にもあるように、玩具にされて捨てられた女の恨みには底がない。侮辱されたと感じなければ、彼女もレイフのことを他人に話すまい。レイフは彼女から離れながら、みずからの貴重な忠告にそむかないことを、願わずにいられなかった。

アニーは青ざめてぼんやりしていた。こちらを見ようともせずに、炎を凝視している。細い首が動いて、唾を呑みこんだのがわかった。

「ただのキスだ」レイフはつぶやいた。彼女の顔を見て、慰めてやりたくなった。だが、ふと気に食わない考えが浮かび、顔をしかめた。彼女はキスに応えたように見えたが、乱暴されるのを怖がっていただけかもしれない。口を開いただけで、キスを返したとは言えない。熱くなって緊張をみなぎらせていたのは自分だけだったか、と思うと無性に腹が立つが、あながち否定できない可能性だった。「あんたを襲うつもりはない」

アニーは必死に気を鎮めようとした。彼が自分の反応を恐怖のせいだと考えているのなら、そのほうがずっとよかった。やめないでほしいと思っていたことは知られたくない。手元を見つめてみたが、言うべきことは浮かんでこなかった。頭は働かず、心臓はいまも暴れまわっている。

レイフは溜息をつくと、楽な姿勢をとるため鞍を引き寄せてもたれた。ゆうべと同じように、なだめてやる必要がありそうだ。「なぜ医者に？　そういう女はめったにいない」

これならアニーも気軽に話せる。話題を与えられたことに感謝して、ちらっとレイフを見やった。「しょっちゅうそれを痛感させられてるわ！」

「だろうな。なぜなった？」

「父が医者だったから、わたしは薬に囲まれて育ったの。物心ついたときから、薬を見るとわくわくした」

「医者の娘でも、たいていは薬じゃなくて人形で遊ぶもんだ」

「そうでしょうね。父の話によると、直接のきっかけは、わたしが五歳のとき、井戸に落ちたことみたい。父はわたしが死ぬんじゃないかって、それはもう心配したそうよ。呼吸が止まって、脈が見つからなかったとか。だからわたしの胸を拳で叩いて、心臓をもう一度動かした。少なくとも、父からはそう聞かされたわ。いまにして思えば、気絶していただけなんでしょう。それでも、父がわたしの心臓を動かしたっていう話がとても気に入って、以来、口を開けば医者になると言っていた」

「落ちたときのことは憶えているのか？」

「あんまり」アニーはうっとりと火を見つめた。先端だけが青白い、小さな黄色い炎が揺らめいている。「憶えているけれど、実際に落ちたというより、夢のなかのできごとみたいなの。夢のなかのわたしは、落ちてから自分で立ちあがり、おおぜいの人が明かりを手にやってきた。父の言ったようなことは、まったく記憶にないわ。なにしろ、まだ五歳だったから。あなたは五歳のときのこと、なにか憶えてる？」

「ニワトリを家のなかに入れて、ケツをひっぱたかれた」彼がぼそりと言った。

そのようすを思い浮かべて、アニーはひそかに微笑んだ。彼の言葉遣いには驚かなかった。新興の町で数カ月も働けば、聞き慣れない言葉はほとんどなくなる。「何羽くらい？」

「なにしろ、たくさんさ。その歳じゃ、ろくに数を数えられなかった。だが、半端な数じゃなかった気がする」

「きょうだいは？」

「兄がひとり。戦争で死んだ。あんたは？」

「わたしはひとりっ子よ。母は二歳のときに亡くなったから、思い出はまったくないの。父は再婚しなかったし」

「あんたが医者になりたがって、親父さんは喜んだのか？」

アニーは折りに触れてそのことを考えてきた。「どうかしら。たぶん、誇りに思う一方で、心配してたんだと思う。医学校に入って、やっとその理由がわかったけど」

「苦労したのか？」

「入学するだけでも大変よ！　ハーバードに行きたかったんだけど、女だからという理由で断られて、結局、ニューヨークのジェニーバにある医学校に入学した。エリザベス・ブラックウェルが学位を取った学校よ」

「エリザベス・ブラックウェル？」

「アメリカで最初の女医。彼女が学位を取ったのは四九年だったけれど、状況はほとんど変わっていなかった。講師には無視されたし、他の学生からは嫌がらせを受けた。面と向かって、ふしだらな女だと責められたものよ。たしなみのある女性なら、わたしが見ていたようなものは見たがるはずがない。女なら女らしく結婚して――そんなわたしでも相手がいればの話だけど――子どもを産め、医学はそれを理解する頭脳を持つ人間に任せておけって言われたわ。つまり男ね。授業のときも食事のときも、ひとりぼっちだった。でもやめなかった」

　レイフは火明かりに浮かぶ、上品な細面を見つめた。やわらかな口元に不屈の意志が表われている。この女なら、激しい妨害に屈しなかったのもうなずける。医学の名のもとに、これほどまでに彼女を駆りたてている情熱は理解を超えているが、彼女の講師や同級生がそれを見くびっていたのはまちがいない。女医に出会ったのはこれがはじめてながら、戦争中、みずから進んで病院で働く女たちを見てきた。そうした女たちがいなければ、どれだけの病人やケガ人が死んだことか。男の裸は当然たっぷり見ていたろうが、それで尊敬されることはあっても、さげすまれることはなかった。

「だれかと一緒になって、子どもは欲しくないのか？　それでも医者は続けられるだろう？」

アニーはちらりと微笑んで、恥ずかしそうに視線を火に戻した。「結婚を考えたことはないわ。すべての時間を医者になるために費やして、学べることはすべて学んだ。ほんとうはイギリスに行って、リスター博士のもとで勉強したかった。でも費用が足りなかったから、自分のできる範囲で学ぶしかなかった」

リスター博士の名なら、レイフも聞いたことがある。イギリスの有名な外科医で、殺菌消毒法で医学に画期的な変化をもたらし、感染による死亡率を大幅に下げた人物だ。レイフは戦場で、リスターの消毒法を軽んじた手術をいやというほど見てきたうえに、みずから感染症にかかったことで、その重要性を思い知らされていた。

「じゃあ、いまはどうなんだ？　腕ききの医者になる方法は学んだ。次は結婚相手を探すつもりか？」

「そのつもりはないわ。医者を妻にしたい人は多くないだろうし、適齢期もとっくに過ぎてるもの。次の誕生日で三十よ」

レイフは短く笑った。「おれは三十四だ。それにくらべたら二十九歳なんてまだ若い」

彼女の歳は想像がつかず、またあっさり明かしたことにも軽い驚きがあった。これまでの経験では、女は二十歳を過ぎると、年齢の話題を避けたがるものだ。アニーはいつも疲れていて――しかたないことだが――そのせいで実際よりも老けて見えた。そのくせ、肌は赤ん坊のようにやわらかくなめらかで、丸い乳房は少女のように張りがある。彼女の乳房を思い浮かべると股間が硬くなり、もぞもぞと体をずらした。シュミーズ越しに見ただけで、乳房にじかに触れたこともなければ、乳首を見たことも、その甘さを味わったこともない。詐欺に遭った気分だ。

「あなたは結婚したことあるの?」彼女の質問で、ふいに会話に引き戻された。

「いや。しようと思ったこともない」二十四歳になって家庭や家族の絆について考えはじめたとき、ちょうど戦争が始まった。その後、四年にわたってモズビーのもとでゲリラ戦に身を投じるうちに非情な人間となり、六五年の冬に最後の身寄りである父が死んでからは、戦争が終わるまで各地を転々としてきた。だが、六七年にニューヨークでテンチ・ティルマンと再会していなかったら、所帯を持っていたかもしれない。哀れなティルマンは、自分の守っていた恐ろしい秘密に気づかず、その秘密のために命を落としたが、せめてもの救いは、裏切られたのを知らずに死んだことだ。

思いだすだけで苦いものがこみ上げてきて、アニーに八つ当たりしないよう、必死に心をなだめた。「さあ、寝るか」つぶやいたとたん、眠りながらでもいいから、また彼女を抱きたくなった。きっと、あの独特のやさしい手の感触が陰鬱な心を癒してくれる。レイフは立ちあがり、火に灰をかぶせはじめた。

会話を楽しんでいたアニーは、彼のそっけない態度に驚きつつ、素直に立ちあがった。と、毛布を服がわりにしていたのを思いだし、手放さなければならないことに気づいた。その場に突っ立ったまま、すがるような目でレイフを見た。

振り返ったレイフは、彼女の表情を正確に読みとった。「今晩は縛らなければならない」できるかぎり穏やかに告げた。

アニーは毛布を握りしめた。「縛る？」おうむ返しに尋ねた。

レイフは、床に広げて干してある服を顎で指した。「濡れた服の上で寝るつもりはない。服を動かせないなら、あんたを服から離しておくしかない」

ゆうべは服を脱ぐくらいなら縛ってほしいと頼んだが、いまは裸同然で縛られようとしている。縛られることよりも、毛布を失うことに動揺した。いま着ている彼のシャツのほうが、昨晩のシュミーズより体を隠してくれるとはいえ、その下の裸を意識せずにはいられなかった。

レイフが彼女の腰に毛布を巻きつけていたロープをほどくと、毛布はずるずると滑り落ちた。アニーはいったん毛布をつかんだものの、やがて歯を食いしばって手放した。さっさと縛られれば、早く横になって毛布に身を包める。この屈辱的な姿をいつまでもさらしたくないのなら、抵抗をやめることだ。

レイフはやわらかい肌にロープが食いこまないよう、アニーの手首までシャツの袖を下ろした。彼女は微動だにせず、茶色の目を見開いてまっすぐ前を見ている。彼はその両手を合わせて、左右の手首にそれぞれロープを巻きつけて手際よくまん中で結び、結び目とロープのきつさを確かめてから、手を下ろした。アニーは無意識のうちに手を引っ張り、ロープの加減を調べた。痛みがあるほどきつくもないし、かといって余分なたるみもない。

レイフは手早くブーツを脱いでガンベルトをはずし、毛布を広げた。「横になれ」

体の前で手を縛られているのでむずかしいが、できないことはない。アニーは毛布に膝をついて坐り、なんとか横向きに転がった。だが、具合の悪いことに、動くたびにシャツの裾がずり上がる。あわてて後ろを引っ張ろうとしたが、腕が縛られていては、それもかなわなかった。裸の尻に冷たい空気が触れる。どうしよう、すっかりめくれているの？顔を上げて確かめようとしたとき、レイフが隣にどさっと横たわり、もう一枚の毛布をふたりの上にかけた。大きな体をアニーの背中に押しつけ、腕を腰に巻きつけてくる。

「痛いだろう？」低い声が耳元でささやいた。「横向きで腕が圧迫されるようだったら、あお向けになるといい」

「大丈夫よ」アニーは暗闇を見つめながら嘘をついた。腕は早くも痛みだしているが、彼ができるだけゆるく縛ったのはわかっている。

レイフは彼女の髪や肌の甘くすがすがしい香りを吸いこんだ。幸福感に暗い気分が追いやられるのがわかる。さらに抱き寄せて、右腕を彼女の頭の下に滑りこませた。華奢な体はやわらかく、とりわけ丸みを帯びた小さな尻は、まさに女のものだった。アニーは気づいているのか？　横になったときにシャツがまくれ上がり、曲線を描いた白いヒップがちらりとのぞいた。ズボンに押しこめられたペニスは、痛いほどそそり立っている。だが、それはこのうえなく心地よい痛みだった。

五分もしないうちに、アニーがわずかに肩を動かして、楽な姿勢をとろうとした。二度めに動くのを感じたとき、レイフは左手を彼女の腰に巻きつけ、上手にあお向けに転がした。「意地っ張りめ」

アニーは深く息を吸い、肩の力を抜いた。「ゆうべは縛らないでくれて助かったわ」つぶやいた。「いまになって、わかった」服を脱げと強要されたときは怖かったが、じつは思いやりゆえの行為だったのだ。

「ほんとうなら、知らなくていいことだ」

「でも、あなたは知ってた」

「修羅場をくぐり抜けてきた。戦争中には、おれも敵を縛った」

「北軍だったの、それとも南軍？」彼の南部訛りは聞きちがえようがないが、南軍だったとはかぎらない。戦争は州や町、そして家族をも引き裂いた。

「南軍だろうね、たぶん。ようはバージニアのために戦った。おれの故郷だ」

「どの部隊にいたの？」

「騎兵隊だ」レイフにしてみると、モズビーの部隊の実状を説明するにはほど遠いにしろ、そのひと言で充分だった。比較的小編制の部隊だったが、縛りあげた連合軍兵士の数は、その何倍にものぼる。モズビーの部隊を追跡し、行く手を阻み、可能なかぎりとらえようとした連中をだ。つねに北軍の兵士の裏をかいた。モズビー率いる部隊は、再三にわたって敵の手をのがれた。

アニーのゆっくりした息遣いが聞こえてきた。緊張が解けて眠くなったらしい。彼女がこちらに顔を向けてつぶやいた。「おやすみなさい」

欲望が下腹部を直撃した。レイフは傷を呪い、彼女を脅えさせている状況を呪った。〝おやすみなさい〟のひと言に、激しい行為で果てたあとの場面を想像した。彼女の言動のいちいちがセックスを連想させる。あと二、三日、手を触れずにいられたら、まさに奇跡。だがいまは、とても手を出せる状態ではなかった。

「おやすみのキスをしてくれ」気がはやるあまり声がしわがれ、彼女が警戒してふたたび体をこわばらせるのがわかった。

「そんな――そんなこと、できないわ」

「ほんとうなら、あんたを裸にしたい。キスくらい、してくれたっていいはずだ」

ずけずけとしたもの言いに、アニーは身震いした。隣にいるレイフも自分と同じように緊張しているが、その理由はちがう。彼の体から発散され、自分を包んでいる熱っぽさは、発熱によるものではなかった。アニーは自分を誘拐した男を信じてもいいものかどうかわからないなりに、心を鎮める材料が欲しくて尋ねた。「キスをすれば気がすむの？」

「まさか、キスだけで満足できるものか！」レイフは吐き捨てた。「だが、それで我慢するしかないだろう？　あんたがおれに脚を開く覚悟がないんなら」

あまりの衝撃にめまいがした。「わたしは売春婦じゃないのよ、ミスター・マッケイ！」

「セックスをしたからって、売春婦にはならない」レイフは無愛想に応じた。欲求不満のせいで抑えがきかない。「金を受けとればそうなるが」

その発言がアニーを打ちのめした。手荒い扱い――むしろ、暴行と言っていい――を受けていた売春婦の診察に呼ばれたときに、似たような話を聞いたことはあるが、男から面と向かって言われるなんて思ってもみなかった。あまりの粗暴さにひるみ、心臓は肋骨に激しく打ちつけはじめている。敬意を払っている女には、こんな口のきき方はしないものだ。ということは、つまり――

縛られた手と下腹部のあいだに、彼の手が忍びこんできた。その熱さに肌を焦がされ、呼吸が荒くなる。彼は指をわずかに曲げて、やがてやさしく愛撫しだした。「落ち着けよ。襲うつもりはない」

アニーは喘ぎながら尋ねた。「だったら、どうしてそんなひどいことを言うの？」

「ひどい?」その反応と、考えうる原因についてレイフは思いをめぐらせた。医者である彼女が、男と女のあいだでは自然な、最高に気持ちのいい行為にたいして体裁ぶるとは予想もしていなかった。レイフはとうの昔に、女の前でセックスの話を慎むような〝紳士〟的な態度を捨てた。彼女の反応からすると、男に虐待された経験があるか、あるいは処女のどちらかで、手っとり早く知るには尋ねるしかない。処女であってもらいたい。だれかに虐待されたと考えるだけで、獰猛な怒りが突きあげた。「処女なのか?」

「なんですって?」動転するあまり、声がうわずってかすれた。

「処女か、って訊いてるんだ」彼女の腹部を撫でる。「アニー、いままでだれかに——」

「どういう意味かぐらい、わかってます!」続きを聞くのが怖くて、アニーはさえぎった。

「もちろんまだ、その——未経験よ」

「〝もちろん〟なんてありえない。あんたはもう二十九で、あどけない十六の小娘じゃないんだから。一生寝床に男を引きこまない女などほとんどいないし、結婚前というのも珍しい話じゃない」

アニーは医者になってから、それを裏づける例を何度も見てきたが、それで自分のあり方が変わることはなかった。「他の女の人はどうだか知らないけど、わたしはないわ——一度も」

「したいと思ったことは?」

アニーは必死に彼に背を向けようとしたが、お腹を押さえつけられているので動けない。しかたなく、顔をそむけた。「まさか、そんな」

「まさか、そんな、って」レイフは繰り返した。「あるのか、ないのか?」

しだいに息苦しくなってきた。空気が重く熱を帯び、彼の肌の麝香の香りに圧倒された。ごまかすのが苦手なアニーは、とうとう、執拗に繰りだされるショッキングな問いをはぐらかすのをあきらめた。「わたしは医者よ。人間がどうやって性行為を営むのかは知ってるし、男性が服を脱いだらどんなふうかも知っている。だから、もちろんその過程について考えたことはあるわ」

「おれも、その過程について考えたことがある」レイフはがさついた声で言った。「最初に会ったときから、そのことばかり考えていた。まるで地獄だ。重傷で立つのがやっとだったのに、あんたのスカートをまくり上げたくてたまらなかったんだから。常識的に考えれば、あんたには手を出さず、約束どおり二、三日でシルバー・メサに帰すべきだろう。だがあんたを抱くためなら、寿命が十年縮まってもかまわない。この二日間、ずっと硬くなりっぱなしなんだ、アニー」

初対面のときから感じていた抗しがたい魅力を相手も感じていたと知って、アニーの胸にほろ苦い安堵が広がった。診察とは言え、彼に触れると燃えるような深い快感を覚え、さっき口づけされたときは、胸がはちきれそうになった。もっと知りたい。彼の腕に身をゆだねて、軽い好奇心で想像していただけの世界を味わわせてもらいたい。いまや、軽い好奇心ではすまない。ほてった肌は敏感になり、体の秘められた部分が激しくうずいている。ちゃんと服を着ていないせいで、いっそう、そのうずきが強烈になっている。彼がほんの少しシャツをたくし上げるだけでいい……そう考えると、苦しくてたまらなかった。

レイフが欲しかった。けれども彼に、そしてみずからの卑しい願望に屈すれば、一生取り返しがつかない。彼は無法者。ほどなくアニーの人生から退場する。彼に身を捧げ、婚外子を宿し、そのことで心が引き裂かれる危険を冒すなど、愚か以外のなにものでもない。

アニーは声を落ち着けて、思慮分別に従った。「あなたの誘いに応じるのはまちがってるわ。あなたにもわかってるはずよ」

「ああ、わかってる」レイフはつぶやいた。「ただ、まったく気に入らないだけだ」

「でも、それが正しい道よ」

「それなら、おやすみのキスをしてくれ。それだけでいい」

アニーがためらいがちに顔を向けると、レイフはゆっくりと力強く口をとらえて、彼女の唇をこじ開け、抵抗を封じこめるように舌を差し入れた。キスしか許されないのなら、心ゆくまで味わってやる。深く激しいキスで彼女の口を支配し、セックスさながらに舌を使った。そのうちにアニーは縛られた手を上げてよじり、彼のシャツをつかんでそっと喉を鳴らしだした。この女のなかに精を放ちたい。その欲望に全身が脈打つまで、キスを続けた。アニーの唇が腫れ、睫毛の下から涙がこぼれ落ちた。

レイフは涙の滴を親指でぬぐうと、無理やり自分を抑え、「寝よう」と、かすれ声でささやいた。

アニーはかろうじてうめき声を押しとどめた。いくら目をつぶっていても、火のついた肉体が眠りにつくには長い時間が必要だった。

6

翌朝、目覚めたアニーは、レイフがいないのに気づいて、山中に置き去りにされたのかとあわてふためいた。手のロープがほどいてあるのに気づいたときは、さらに鼓動が速まった。見捨てるつもりでなければ、縛めを解くわけがない。寝ぼけ眼に髪を垂らしたままよろよろと立ちあがり、ドアを開けて走りだした。むき出しの脚に冷気がまとわりつき、石や小枝が足に刺さる。「レイフ！」

レイフが馬小屋から姿を現わした。片手にバケツ、もう片方に拳銃を掲げている。「どうした？」厳しい声で尋ねつつ、淡い瞳で彼女のようすを探った。

それで、急に裸に近い自分の格好と、素足の下の凍りつく地面を意識して、アニーはぴたっと足を止めた。「置いてかれたのかと思った」こわばった声で言う。

レイフは冷ややかな目つきになったが、顔は固い表情のままだった。しばらくして口を開いた。「なかに戻れ」

言われたとおりにすべきなのはわかっていたが、アニーは心配で立ち去れなかった。

「気分はどう？　まだ水を汲める状態じゃないわ」

「なかに戻れと言ってるんだ」冷静そのものながら、鞭のように鋭い声が飛んでくる。アニーはくるりと向きを変えるや、やわらかい足の裏に食いこむ荒れた地面の感触に顔をしかめながら、足場を選んで引き返した。

小屋に入ると外が見えるように窓を押しあげ、服を調べた。ごわごわでしわだらけだが、乾いているし、なにより清潔だ。寒さに震えながら、手早く服を身につけた。昨日の朝よりも寒く感じるのは、シャツ一枚で外に出たせいだろう。それに、レイフはまだ火をおこしていなかった。

指で髪を梳いてピンでまとめると、火をおこして朝食の支度にかかったが、体だけが勝手に動いていた。レイフのことが頭から離れず、さまざまな思いが脈絡もなく頭をめぐる。今朝はずいぶん元気そうだから、熱が引いたのだろう。目のよどみはなくなったし、顔もやつれていない。まだ体を動かすには早すぎるけれど、人に言われてやめる人じゃない。あとはただ、縫った傷口が開かないのを祈るだけだ。

いつの間に小屋を抜けだしたのだろう？　たしかに、ゆうべは寝つくまでに時間がかかったし、ひどく疲れてもいた。でも、普段なら目が覚めないほど寝込んだりはしない。昨晩はレイフも長いあいだ起きていた。寝返りは打たなかったが、アニーを抱く腕や体からひしひしと緊張が伝わってきた。言葉なり、仕草なり、少しでも誘うそぶりを見せたら、のしかかってきただろう。

アニーのほうも何度か、心のかせを解いて、誘いの言葉を口にしかけた。もう少しで無法者に操を捧げるところだったのだと思うと、恥ずかしくなる。それに、厳格な道徳基準に基づいて名声や自尊心を守るために誘惑に抗ったのだ、とみずからを慰めることもできない。身をゆだねなかったのは、たんなる臆病のせい。怖かったのだ。それは未知の世界への恐怖であり、心身ともに傷つけられる不安でもあった。これまで男の不注意や、乱暴ゆえに傷つけられた女たちを治療してきたし、はじめてのとき女には避けがたい痛みがあるのは知っていた。けれども欲望で全身がうずいていたので、それだけの理由なら屈していたかもしれない。男の下に横たわり、重い体を受け止めて自分のなかに迎え入れるのは、どんな感じがするのだろう？　アニーはそれを知りたかった。

だが、彼の前でまったく無防備になることが、なににも増して怖かった。体を奪われれば、心を守る壁も破られてしまう。みずからの忠告や常識に逆らって、欲望のままに彼を求めたら、体とちがって簡単には癒えない傷を負うだろう。あんな男を求めるわけにはいかない。彼は無法者の人殺し。逃げだせばかならず撃たれると、いまでも思っている。そのくせ、逃げようとしなければ、約束どおり無傷のまま数日で帰してくれるとも信じているのだから、みょうなものだ。

アニーは自分のことをまっとうな道徳観を持ち、正しい道を選ぶだけの分別のある人間だと思ってきた。彼女にとって道徳とは、良識ではなく思いやりの問題だった。だが、見るからに荒々しいところのあるレイフ・マッケイに、最初から強く惹かれているのはどうしてなのだろう。冷淡なうえに、驚くほど平静で、獲物を狙うクーガーのごとく危険な男。それでも彼の口づけに打ち震え、さらに求めた。心のなかで、彼に抱かれなさい、とささやく声がする。シルバー・メサに戻っても、無法者に身を任せたことはだれにも悟られまい。アニーはそんな誘惑に屈しそうな自分が怖かった。

そのとき、ドアが開いた。アニーは振り向きもせずに料理に集中していたが、レイフが炉辺にバケツを置くと、ちらっと目をやった。バケツには水がたっぷり入っている。そのバケツの重さを身をもって知っているだけに、彼を案じずにはいられなかった。気が進まないながらも、もう一度尋ねた。「気分はどう？」

「腹が減ってる」ドアを閉めるなり、レイフは毛布に倒れこんだ。「ほぼ回復した。あんたの言ったとおりだ」

レイフを盗み見た。口調は穏やかで、先ほどの刺々しさは微塵もないが、彼は声に表わす感情を自在に操れる。「ほぼ回復だなんて言ってないわ、具合がよくなるって言っただけで」

「そのとおりだ。馬の世話をしても、昨日ほど疲れない。ただし、縫い目にかゆみがある」

　傷口が癒合しているしるしだ。それにしても、これほど早く治るとは驚きだ。回復力があるのはまちがいなく、この小屋までの悪夢のような旅で証明されたとおり、超人的な体力の持ち主でもある。

「それなら、ほぼ回復してるわ」アニーは訴えかけるような生真面目な目つきで彼を見た。「今日、シルバー・メサに帰してくれるの？」

「だめだ」

　にべもないひと言に、わずかに肩を落とした。レイフのそばにいるという危険な誘惑からのがれるにはそれが最善の方法だが、言い争うつもりはなかった。彼の行動にはそれなりの理由があり、アニーにはいまのところその決定を左右する力はなかった。シルバー・メサに帰してもらえるのは、彼が望んだときで、それまではだめだ。

　レイフは目を細め、コーヒーをつぐ彼女を見つめた。手渡された濃いめのコーヒーを口にすると体の芯からぬくもり、彼女を見ているだけでほてっていた体がさらに熱くなった。今朝の彼女は落ち着きがない。殺されるのではないかと恐れていたときもそんなようすはなかったのに、レイフを性的に意識することで、はじめて雄馬に追いつめられた若い雌馬のごとくびくついている。ふたりのあいだには、ピンと張った針金のように緊張が張りつめていた。

　アニーは布を隠れ蓑(みの)にでもするように、自分の服をきっちり着込み、慎み深い格好をしていれば、彼を寄せつけないと無邪気にも信じこんでいる。レイフはカップを傾けながら、口元をゆるませた。女というのは、自分たちがどれほど男を引き寄せるか気づかないものらしい。やわらかい肌や、なだらかな曲線には魔力があり、そんな女を貫いて天にも昇る快感を得たいという男の欲望は、腹がよじれるほど強力なものだ。それなのに女は、みずからの欲望の強さや、自分の体が少しずつ防御を崩していることにも気づかない。アニーも例外ではない証拠に、布のように役に立たないものに包まれて安心している。裸を見せなかったら、相手が欲望を感じないとでも思っているのか。

激しさのあまり拷問と化した肉欲が、常識を脇に押しやっていた。アニーを抱いてやる。もはや、彼女を味わいつくさずにシルバー・メサへ帰すことは考えられなくなっていた。いましも、手を伸ばしそうだ。あまりに長いあいだ死や苦しみと背中合わせに生きてきたために、彼女の心地よい熱には、砂漠で出合った水のごとく、抗いがたい魅力があった。

それでも、いま彼女を毛布に押し倒さずにいるのは、たっぷり誘惑する時間があるのがわかっているからだ。それに、今日じゅうに片づけるべき仕事もある。気温はめっきり下がり、低く重たげな雲が山間部に近づいている。レイフの目に狂いがなければ、あれは雪雲だ。雪になる前に彼女をシルバー・メサへ戻すことも可能だろうが、そのつもりはなかった。これだけ深い山だと大雪になり、早春の吹雪はかえって冬より激しいことがある。ふたりは数日から、場合によっては数週間、小屋に閉じこめられるだろう。それほどの長きにわたってアニーが自分に、あるいはみずからの体に抵抗できるとは思えなかった。

だが、今日のところは薪を大量に集め、食料を手に入れるために罠を仕掛けておかなければならない。ライフルを使って狩りをすれば手っとり早いが、それでは銃声を聞きつけられる危険があり、ここに自分たちがいることはだれにも知られたくない。それに、馬の心配もある。動きまわるスペースのない狭い小屋に、何日も閉じこめておくわけにはいくまい。両脚を縛って草を食べさせておいて、その間に馬小屋をつくりなおそう。急に出発しなければならないかもしれないから、馬から離れるのは気が進まないが、連中は草を食べたがっている。食べさせてやれるとしたら今日じゅうと、せいぜい明日の早いうちだけだ。雪が降るという予想は、アニーには内緒にすると決めていた。ふたりで雪に閉じこめられると知ったら、パニックに陥るかもしれない。

レイフは飢えたオオカミのように腹をすかせていたので、ベーコンとパンが焼きあがるのを待つのさえもどかしかった。アニーがコーヒーのおかわりをつぎ、彼はふたりで飲めるようにまん中に置いた。質素な食事のあいだ、どちらも口をきかなかった。レイフは旺盛な食欲を見せ、甘いハチミツを塗った焼きたてのパンをむさぼり食べた。

食事のあと、傷を診てもらうためにシャツを脱いだ。ついでにむずがゆい縫い目の周囲をそっと掻くと、アニーに手をぴしゃりと叩かれた。「だめ。寝た子を起こすようなものよ」

「それならあいこだ。おれはこいつに起こされっぱなしだ」

「おかげで回復が早いんだから、ぶつぶつ言わないの」傷口は閉じ、順調に回復して、赤みもあらかた引いた。通常なら一週間から十日かかるのに、あと一日かそこらで抜糸できそうだ。

アニーは縫い目のまわりにかゆみ止めのリンゴ汁を塗り、傷口に厚いガーゼを当てて包帯で固定した。

両腕を上げて立っていたレイフは、顔をしかめて脇腹を見おろした。「今日はなんでまた、そんなにきつく巻くんだ?」

アニーが手際よく布を結ぶと、レイフは腕を下ろした。「傷を守るためよ」

「なにから?」レイフはシャツを頭からかぶって、ズボンにたくしこんだ。

「おもにあなたから」道具を診察鞄にしまいながら答えた。

レイフはうなりながら外套をはおり、サドルバッグから小さな手斧を取りだした。

アニーは鋭い刃を一瞥(いちべつ)した。「薪を割る必要はないわ。まだ地面にたくさん落ちてるもの」

「薪のためじゃない。馬小屋を広げる」彼はライフルのケースを背負い、銃を滑りこませた。「外套を着ろ。今日は冷えるから着ていったほうがいい」

アニーは黙って従った。言うことを聞けば、波風が立たない。ただ、あと一日、二日のことなのに、馬小屋にそれほど手をかける理由がわからなかった。彼女としては、その程度でシルバー・メサに帰してもらえると思いたい。なんと言っても、レイフはだいぶ回復した。あと数日。そうしたら誘惑から解放されて、貞操を守ったまま無事に家に帰れる。その程度の期間なら、毅然としていられる自信があった。そう、あのペネロペイアは二十年ものあいだ、熱心な求婚者たちから貞節を守りとおして、夫オデュッセウスの帰りを待ったのだ。

落ち着きのない馬をふたりで空き地に連れていくと、レイフが足かせをこしらえて、草を食べられるようゆるめにつないだ。帰り道には落ちている薪を拾い、ドアの外に積みあげた。

次にアニーは簡単な罠作りを手伝った。興味をそそられる作業だった。レイフはより糸と、斧で切りとったしなやかな枝だけを材料にして、何種類もの罠をつくった。最後のひとつは、彼に教わりながらアニーがつくった。手先は器用なほうだが、慣れない作業だと思ったように指が動かない。レイフはけっして腹を立てず、けれど満足のゆくものができるまで何度もやり直させた。ようやく仕上がったときには、達成感と寒さとでアニーの頬はほてっていた。

アニーは小屋に向かう途中、険しい坂道を楽々と登るレイフの長くたくましい脚を見つめながら、山と沈黙だけに囲まれたこの場所で、彼の後ろを歩くのが日常になりつつあるのを意識した。これだけ孤立していると、自分たちが地球に存在するたったふたりの人間——男とその女——のように思えてくる。そう考えたとたんに胸が締めつけられ、あわてて打ち消した。自分のことを彼の女だなどと考えたら、もうあとはない。すべてを見透かす力があるらしい彼はそれを感じとり、あの淡く鋭い目を向けてきて、アニーが屈したのをその表情から察するなり、襲いかかってくるだろう。冷たい森の地面だろうと、かまう男ではない。

心の迷いを振り払うため、レイフが犯したであろうさまざまな罪を思い浮かべた。と、彼を当然のごとく犯罪者とみなしていることに気づいて、かすかな絶望感に襲われた。彼は容赦なくて、冷淡で、感情をあらわにしない。自分には恐れていたよりもましな態度で接してくれているものの、本質が変わるとは思えない。いまこの瞬間でさえ、野生の動物のように警戒をゆるめず、たえずあたりをうかがってあらゆるものに目を配り、かすかな物音にも聞き耳をたてている。

「なにをしたの？」知ればかえって不安になるとわかっているのに、尋ねずにいられなかった。

「いつ？」レイフはつぶやくなり、立ち止まった。飛び立った鳥を目で追い、やがて緊張をゆるめると、ふたたび歩きだした。

「どうして追われてるの？」

レイフは肩越しに彼女を一瞥した。危険をはらんだ冷ややかな目だった。「そんなことを訊いてどうする?」

「強盗?」アニーはなおも尋ねた。

「必要とあらば盗みもする。だが、それで手配されているわけじゃない」

こともなげな口調。アニーは身震いして、手袋をした彼の手をつかんだ。「だったら、どうして?」

レイフは足を止め、アニーを見おろした。口元が皮肉っぽくゆがんでいる。「殺人だ」

アニーは喉がからからになり、つかんでいた手を取り落とした。彼の暴力的な素質には最初から気づいていた。けれども、珍しい鳥の名前でも口にするように平然と答えるのを聞いて、心臓が止まりそうになった。アニーは唾を呑み、さらに突っこんで尋ねた。「ほんとうにあなたが殺したの?」

彼はその問いに虚を突かれたらしく、一瞬眉をつり上げた。「おれが罪に問われている相手は殺っていない」たしかに、哀れなテンチは殺していないが、数えきれぬ追っ手の命を奪ったので、いまさらそのちがいに意味があるとは思えなくなっていた。

だが、アニーはそのニュアンスを聞きのがさなかった。そしてレイフの脇を抜けて前に出たので、彼があとを追うはめになった。

アニーは一心不乱に歩いた。自分は医者であって判事ではないのだから、病気やケガをした患者にその理由を訊く権利はない。みずからの技術や知識で患者を救わないうちから、彼らの人間としての価値を推しはかる権利もない。求められているのは、精いっぱい治療することだけ。けれども、みずからを殺人犯と認める人間を助けたという事実に向き合ったのははじめてで、苦悩のあまり神経がねじ切れそうだった。この男が生き延びたせいで、あとどれだけの人が命を落とすのだろう？　アニーが助けなくても、あるいは生きながらえたかもしれない。だが、それを確かめる術はなかった。

それに……だからといって、あの最初の晩に彼の治療を拒めただろうか？　答えはノーだ。医療にたずさわる身である以上、いかなる状況でも治療に力を尽くさねばならない。だが、使命感はべつにしても、レイフをみすみす死なせることはできなかった。一度ならずも彼に触れて、その野性的な魅力に打ち震え、低いかすれ声が官能的な魔力を生みだすのを感じてきた。なぜ自分に嘘をつくの？　このふた晩は心の底から怖かったのに、彼に抱かれながら、気がつくと全身を快感にほてらせていた。

夜になれば、また彼の腕のなかで眠る。

体に震えが走り、アニーは外套をしっかりとかき合わせた。たぶん、彼のほんとうの姿を知ってよかったのだ。そうすれば抵抗もできる。

だがいまでさえ、来るべき晩を思うと乳房がうずき、下腹部が熱くなって、そしてアニーは恥を知る人間だった。

馬小屋を広げるという重労働には、苦痛をやわらげる作用があった。アニーも体を動かすのに専念していられた。レイフは差掛け小屋を取り壊すと、削って荒く磨いた板を取り分けた。それから、切り倒した若木を重ねて縛り、それを斜面と立木に立てかけて、木どうしが組み合うように切り目を入れた。アニーは言われたとおり、泥をこねはじめた。間に合わせの壁が風よけになるよう、隙間に目塗りするのだ。注意しながら作業する彼女の姿に、レイフは心のなかで微笑んだ。手はどうしたって泥だらけになるが、洗濯したての服が汚れないように気をつけている。

レイフは小屋の幅を倍以上に広げた。どちらの馬も水が飲みやすいように水槽を中央に動かし、二本の若木を横棒にして、スペースを均等に二分した。力仕事をするたびに手を止めて脇腹をさすっているが、アニーが見るところ、鋭い痛みに耐えかねてというより、痛む筋肉を揉みほぐしているようだった。

作業を始めたとき、アニーは明日まではかからないまでも、一日がかりにはなると思っていた。だが、四時間もしないうちに、レイフは古い木材で扉と骨組みをつくっていた。アニーは隙間を泥でふさぎ、彼の手を借りて最後の仕上げを終えると、後ろに下がってふたりの努力の成果をながめた。およそ立派とは言いがたい粗末な造りだが、用は足りる。馬たちが新しい場所を気に入ってくれるといいけれど、とアニーは思った。

ふたりして冷たい川で手を洗うと、アニーは太陽の位置を確かめた。「そろそろ豆と米を火にかけなきゃ。ゆうべは豆がまだ半煮えだったものね」

外の寒さにもかかわらず、レイフは汗をかいていた。これならさすがの彼も喜んで休むはずだ。重い感染症の直後に体を酷使したのだから、本人もこたえているにちがいない。小屋に入ると、彼は溜息とともに毛布に倒れこんだ。だが、ほどなく顔をしかめて、床の隙間に固い指先を突っこんだ。

「どうしたの？」食事の支度をしていたアニーは、顔を上げて渋面を見つめた。

「隙間から冷気が入りこんでる」

アニーもかがんで、床に手をかざしてみた。たしかに冷たい。「いま心配しなくてもいいでしょう？　今日まで大丈夫だったんだし、いくらあなたでも床は取り替えられないわ」

「もうかなり寒いが、これからもっと冷えこむ。このままだと寒くて眠れないぞ」レイフは立ちあがると、ドアに向かった。

アニーは驚いて彼を見た。「どこへ行くの？」

「もう少し若木を切ってくる」

遠出はしなかったらしく、木を切る音が聞こえてきた。ほどなく、四本の若木を持って戻った。二メートルほどのが二本、あとの二本はその半分の長さしかない。それらを長方形になるよう置いて、それぞれの角を縛った。次に腕いっぱいにマツの葉を運んできて枠のなかに敷きつめ、分厚くやわらかいマットがわりにした。枠があるので、葉が散らばらない。その上に毛布をかぶせ、にわかづくりのベッドに横たわって寝心地を試した。「床よりはましだ」

レイフには、まだなにかすると言いだしそうな気配があった。案の定、彼はもっと薪を集めると言い張った。「でも、どうしていまやらなきゃいけないの?」アニーは抗議した。

「言ったとおりだ。これからますます冷えこむから、予備の薪が必要になる」

「必要になったら、取りにいけばいいでしょう?」

「手元にあれば、わざわざ寒いなかを出ていかなくていいだろう?」レイフは言い返した。

アニーは疲れで、気が短くなっていた。「ここには長居はしないのよ。薪ならもう、使いきれないほどあるじゃない」

「山で暮らしたことがあるおれが言うんだ。言われたとおりにしろ」

アニーは従いはしたものの、渋々だった。この三日間、かつてないほど働いたのだから、少しくらい休みたかった。そもそもレイフに会う前から、エダの出産でくたくただったし、ゆうべは彼のせいでよく眠れなかった。本来が穏やかなたちなので、めったなことでは腹を立てないが、疲れのせいでいつになく機嫌が悪かった。

ようやくレイフを満足させられるだけの薪が集まったが、まだ休ませてもらえない。馬を連れ戻してこなければならないからだ。ところが空き地に着くと、馬の姿はなく、アニーはついに爆発した。「逃げたのよ！」

「遠くへは行けない。そのための足かせだ」

十分ほどしてレイフが馬を見つけた。水のにおいに誘われるまま、小川まで行っていた。たぶん、小屋のすぐそばの小川と同じ流れなのだろう。朝はいらだっていた馬たちだが、ゆっくり草を食べたおかげで落ち着きを取り戻し、レイフが端綱をつかんでもいやがらなかった。アニーは自分の馬を引き、ふたりして無言で連れ戻した。

それでもまだ、レイフは休ませてくれなかった。日が暮れる前に罠を調べると言いだして、アニーをつき合わせた。レイフは、彼女の知る人間の体力や持久力の概念を、ことごとく裏切った。昼には疲れはてていたはずなのに、健康な男でさえばてるほど、一日じゅう働きづめだった。

獲物はかかっていなかったが、レイフには驚くふうも、失望するふうもなかった。小屋に戻るころには夕闇が迫り、アニーは日の陰りに疲労が重なって、根の出っ張りに軽くつまずいた。すぐに体勢を立てなおしたので転ぶ心配はなかったが、レイフの手がさっと伸びてきて、悲鳴をあげるほど強く腕をつかまれた。

「大丈夫か？」レイフはもう片方の腕もつかみ、自分の前にアニーを立たせた。

深く息をついて、アニーは答えた。「大丈夫。腕をつかまれて、びっくりしただけ」

「転ばれたら困る。足首を折ってでもみろ。おれの名医ぶりに苦しむぞ」

「大丈夫よ」アニーは繰り返した。「疲れてはいるけど」

それでもレイフは、帰るあいだじゅう、彼女の腕をしっかり支えていた。さわられていなければいいのに、とアニーは思った。がっしりした力強い手は熱すぎて、肌が焼け焦げそうだった。これでは、距離を置こうという、理性にもとづく決意が揺らいでしまう。だが、もちろんレイフはそんな決意はしていないし、彼女が掲げようとしている無関心の盾など認めていなかった。

レイフが小屋の戸締りをしているあいだに、アニーは夕食の支度をした。たとえ隙間から冷気が入りこんでくる硬い床でも、ようやく腰を下ろせてほっとした。ベーコンを炒め、香りづけ用に細かく砕いて豆と米に混ぜ、さらにタマネギを少々加えた。小さな小屋が食欲をそそるにおいに満たされる。レイフが貪欲に目を煌めかせて身を乗りだすと、スプーンですくって差しだした。アニー自身はくたびれすぎてあまり食べられなかったが、むしろ都合がよかった。レイフがぺろりとたいらげたからだ。

床につく前に、アニーにはもうひとつ、やっておきたいことがあった。食器を洗い終えると毛布を一枚手に取り、あたりを見まわして最善の方法を探った。

「なにをしている?」

「この毛布を吊るす方法を考えてるの」

「なぜだ?」

「体を洗いたいから」

「だったら洗えばいい」

「あなたの目の前でなんて、いやよ」

　レイフは険しい目で彼女を見つめると、有無を言わせず毛布を取りあげた。彼の背なら梁(はり)に手が届く。その長身を生かして、毛布のふた隅を楽々と木に引っかけ、狭いスペースを仕切った。アニーはその奥に水の入ったバケツを運び、ブラウスを脱いだ。ややためってから、シュミーズの肩紐をはずして腰まで落とした。できるだけ丁寧に洗いつつ、カーテンからは目を離さない。だが、彼はプライバシーを侵害しようとはしなかった。アニーは服を着ると、ありがとう、とつぶやいて毛布の奥から出た。

　レイフは彼女の手からバケツを取った。「毛布の陰に隠れたほうがいいかもしれないぞ。今日は馬のように汗をかいた。おれも体を洗いたい」

　アニーが、一瞬のうちに毛布の奥に逃げ帰る。レイフは目を光らせながら、シャツを脱いだ。体を洗いたいのは、働きまわったせいだけではない。ひとりなら気にしないが、もうすぐふたりで寝床に入る。アニーのように身ぎれいにする習慣を大切にする女には、汗くさくない男のほうが歓迎されるだろう。汚れたシャツを放り、少し考えてから素っ裸になった。彼女のおかげで、洗いたての服がある。バケツの脇にしゃがんで体を洗い、清潔な靴下、下着、ズボンを身につけたが、シャツは着ないことにした。

毛布をはずすと、ほの暗い火明かりのなかで、アニーが眠たげなフクロウのように目をしばたたいていた。よく見ると、立ったまま眠りかけている。誘惑するつもりでいたが、相手が起きていなければ話にならない。待たなければならないと気づいて、不満がこみ上げてきた。

アニーは医者として、彼の腰に巻いた包帯の具合を調べた。「今日はどうだった？」

「痛みが少し。あんたが塗ってくれた薬のおかげで、かゆみのほうは収まった」

「リンゴ汁よ」アニーはあくびをした。

レイフはためらったのち、手を伸ばして彼女の髪のピンを抜きはじめた。「立ったまま寝そうだぞ、ハニー。眠れるように服を脱ごう」

アニーは疲労困憊(こんぱい)していたので、従順な子どものように突っ立っていた。だが、ブラウスのボタンに手がかかったのに気づいたとたん、目をむいて飛びのき、両手で体を守るように襟をかき合わせた。

「脱ぐんだ」その口調も言葉も、容赦なかった。「シュミーズだけになれ」

無駄と知りつつ、哀願せずにいられない。「お願い」

「だめだ。さあ、早く脱げば早く眠れる」

身を守ってくれる衣類を手放すのは、最初のときよりむずかしかった。いまや自分という人間の頼りなさを悟ったからだ。彼に抗うことはできる。努力は必要だが、できないことはない。けれども、自分に抗うにはどうすればいいの？　たてつこうか？　けれど、無駄な抵抗だとあきらめた。彼のほうがずっと強い。争っても服——アニーの——服が破れるだけだ。けっして触れないでくれと頼んでみたら？　それもむなしい試みだとわかっていた。あの頑固な目でにらまれ、だめだと言われるだけだ。

一歩進みでたレイフにとっさに背を向け、肩をつかまれると、喘ぎながら言った。「自分で脱ぐわ」

「だったら早くしろ」

アニーはうなだれて従った。真後ろに立つレイフが、脱いだものを一枚ずつ震える手から受けとってゆく。例外は靴と長靴下だけ。目の前の火と後ろにいる彼の体の熱とで、燃えあがりそうだった。背を向けたままぼんやり火を見つめているうちに、レイフは服を下にして毛布を広げた。そしてアニーの手を取って、ふたりのためにこしらえた寝床にそっと導いた。

7

レイフは身じろぎし、寝ぼけたままアニーを抱き寄せた。やわらかな尻が股間に当たり、すっかり硬くなっている。その苦痛に眠りを妨げられ、ゆっくりと目を開けた。無意識に火を見ると、それほど眠っていないのがわかった。せいぜい三十分といったところか。溜息をつき、彼女の肌の甘く温かい香りを嗅いだ。こちらに襲うつもりのないことがわかったとたん、アニーは安心してたちまち眠りに落ちた。腕のなかで丸まる姿は、子どものように無防備だ。

目が覚めやらぬまま、レイフは大きくたくましい体でその体を守り、温めるように包んでいた。なめらかで、やわらかい。シュミーズに手を滑りこませ、尻から少しずつ上に這わせた。腹部に手をまわして引き寄せると、アニーが寝言をつぶやきながら腰を動かし、収まりのいい場所を求めて、尻の割れ目をペニスに重ねてきた。

ズボンが邪魔になっている。レイフはボタンをはずして、下着とともに押し下げた。なんとも言えない開放感に、深い安堵の溜息が漏れた。ふたたび腰を押しつけ、むき出しの肌が触れる快感に身震いした。これほど切実に女を欲したことはなかった。他のことは考えられず、ちょっと触れられただけで性器が硬く爆発しそうになる。心やさしいアニー。見殺しにすべきだったのに、おれを救った。まったく意地悪なところがなく、あるのは自分と分かち合うのを拒んだあの独特の不思議な熱だけだ。彼女はまだ少し怖がっている。おれから与えられる快感の大きさが、わかっていないのだ。レイフには自信があった。彼女の体が持つ官能の力は、本人よりもよく知っている。その体の奥にある引きしまって温かい箇所。昇りつめた瞬間に、それが彼をくるみこんで痙攣するだろう。想像しただけで、うめきそうになった。

汗が滲み、動悸が激しくなった。股間が脈打っている。

「アニー」低く差し迫った声で呼んだ。腹にあった手を動かして、丸みを帯びた腰をつかんだ。「こっちを向いてくれ」

アニーは薄目を開けて寝言をつぶやき、彼の手にうながされて向きを変えた。レイフはその右腿を自分の腰にかけて股間をあらわにし、ぐっと抱き寄せた。大胆にも、さらけ出されたやわらかな襞にペニスを押しあてて、口で彼女の唇を探し求めた。

眠気で理性が鈍っていたアニーは、押し寄せる快感の波に呑まれそうになった。彼が脚のあいだに触れている。太くて、熱くて、なめらかななにかで。そして、口は息苦しいほど深く吸われていた。と、シュミーズが肩から滑り落ちた。乳房をつかまれてやんわりと揉まれ、やわらかい乳首をざらざらした親指にいじられるうちに、体に火がついた。無我夢中で彼の肩にしがみつき、なめらかで硬い筋肉に爪を食いこませた。彼が腰を突きだすと、脚のあいだの太いものがさらに迫ってくる。ペニスだわ、とぼんやりした頭で思った。眠気と快感で思考が麻痺しているものの、大きすぎるのはわかる。こんなに大きいなんて。そのとき、脚がさらに高く持ちあげられ、急に圧力が強まった。とっさに身を引こうとすると、がっしりした手に裸の尻をつかまれた。「アニー！」彼のうめき声がした。

その圧倒的な力にやわらかな襞が屈しそうになったとき、アニーは痛烈な痛みに目をみはった。悶（もだ）えながら身をよじり、なにが起きているのか、ふいに気づいて恐怖にむせび泣いた。レイフがばたつく脚を押さえつけようとしている。その手をのがれて粗末な寝床から転がり落ち、手と膝をついた。肩紐がずり落ちているせいで、片方の乳房があらわになり、シュミーズの裾はお腹に巻きついている。尻と胸を隠そうと、大あわてで生地を引っ張った。乾いたむせび泣きに身を震わせながら、レイフを見つめた。目をそらす勇気さえなかった。

「くそったれ！」レイフは腹の底から毒づき、あお向けに転がった。両手を握って、暴走する下半身と、もう一度彼女を抱きたいという耐えがたい欲求を押しとどめようとした。むき出しのペニスは天を突き、膨張しすぎていまにも爆発しそうだ。かたやアニーは硬い厚板に四つん這いになり、髪を振り乱したまま、全身を嗚咽（おえつ）に震わせている。しかし涙はこぼれず、彼の股間を見つめる目には、はっきりと恐怖ととまどいが表われていた。

レイフはそろそろとズボンを引きあげ、ぎこちなく立ちあがった。べそをかきながら自分から遠ざかるアニーを見てまた悪態をついたものの、こんどは歯を食いしばっていたので、ほとんど音にならなかった。かがみこんでガンベルトとライフルをつかむ。縮こまって震える彼女の姿など、見ていられない。「服を着ろ」怒鳴りつけて、大股で小屋を出た。

熱くなりすぎた肉体に冷気が突き刺さる。裸足にシャツも着ず、裸の胸から蒸気が立ちのぼった。だが、いまは寒さがありがたい。自分を焼き殺しそうなほどの熱を冷まさねばならない。傷による熱よりも、はるかにひどかった。

暗闇のなか、木にもたれると、冷たくざらざらした樹皮で背中がこすれた。なんてことを。おれはアニーを手込めにしかけたのか？　目覚めたときには勃起していて、腕のなかにはやわらかくて裸同然のアニーがいた。それで抱くこと以外、考えられなくなった。最初は反応していた。しがみついて、応えるように腰を押しつけてきたからたしかだ。だが、なにかに脅えてパニックを起こした。その瞬間レイフはわれを失い、彼女が怖がって抵抗しはじめたのに無視した。まさに貫く寸前、ひたすら本能に突き動かされていた。これまで、力ずくで女を抱いたことはない。なのに、もう少しでアニーにそうするところだった。

小屋に戻る勇気はなかった。これでは戻れない。無情な熱病のように、欲望が全身を駆けめぐってはちきれんばかりだった。このまま彼女の隣に横になったら、抱かずにはいられなくなる。

長いこと、思いつくかぎりの悪態を口にした。汚い言葉が次々と闇を切り裂き、寒さがナイフのように裸の肌に突き刺さった。このままでは、凍え死ぬ。

どうすべきかはわかっていたが、気が進まなかった。それでもズボンを乱暴に押しさげ、緊張のみなぎるペニスを握りしめた。目を閉じて、樹皮に肩を押しつける。噛みしめた歯のあいだから、悪態がこぼれだす。やがて満足はいかないまでも、確実に苦痛がやわらぐ状態に達した。なかに戻るためには、どうしてもこうする必要があった。

とたんに、寒さが耐えがたくなった。それで、木から身を起こして小屋に戻った。ドアを閉めるときには、氷のような自制心で読みとることのできない表情をまとった。

アニーは暖炉の脇に突っ立っていた。彼に命令されるまでもなく、進んで服を身につけ、あわてすぎてペチコートの片方の紐をちぎってしまったが、まだ靴ははいてない。呼吸を整えようとするのに、肺を通るたびに息が震える。

その右手には、彼の大きなナイフが握られていた。

瞬時にそれを見て取ったレイフは、淡い目を煌めかすや、獲物に襲いかかるヒョウのごとく突進した。アニーは悲鳴をあげてナイフをふりかざしたが、ほとんど動かないうちに手首をつかまれ、ひねり上げられた。重いナイフが音をたてて床に転がった。

レイフは手首を放そうとも、ナイフを拾おうともしなかった。ただ彼女を見おろして、その見開かれた茶色の瞳に浮かぶ恐怖を認めた。

「安心しろ」レイフはかすれ声で言った。「おれはおまえを傷つけるつもりはないんだ。安心していい」

アニーは答えなかった。レイフは彼女を放すと、シャツを拾って頭からかぶった。体が震えている。外にくらべたら暖かいが、それでもまだ寒い。薪を足して火を燃え立たせてから、アニーの手首をつかんで自分の横に坐らせた。

厳しい顔つきで告げた。「きちんと話そう」

アニーはすばやく首を横に振って、目をそらした。

「話さなきゃだめだ。でないと、今晩はふたりとも眠れないぞ」

アニーはしわくちゃの寝床に視線をさまよわせたが、すぐに顔をそむけた。「いいえ」その返事では、眠れないと思っているのか、隣に寝ること自体がいやなのか、判断できなかった。

ゆっくりとアニーの手首を放し、右手で体重を支えながら左膝を引き寄せて、その上に手を置いた。彼女はこちらを見ないまでも、一挙一動に注意を払っている。レイフのくつろいだ姿勢に安心して、やや気をゆるめるのがわかった。

「うとうとしてた」レイフは低く単調な声で話しだした。「起きたら勃起してたが、まだ寝ぼけていた。無意識に手を伸ばしておまえを抱き寄せ、目覚めたときには、おまえのなかに入れることしか考えていなかった。寸前だった。意味がわかるか?」指でアニーの顎を上げ、自分に目を向けさせる。「射精しそうだったってことさ。それほどおまえが欲しかったんだ、ハニー」

アニーは愛情深い呼びかけなど聞きたくなかったが、最後の言葉にこめられたやさしい響きに心を開きかけた。彼の鋭い灰色の目には、混乱の跡が見て取れた。

「襲うつもりはなかった」レイフは続けた。「はっきり目が覚めていたら、こんなことにはならなかった。だが、おまえは反応していた。おれを見ろ！」アニーが不安げに目をそらしたとたん、彼の声が鞭のように飛んだ。アニーはごくりと唾を呑んで、視線を戻した。

「おまえも求めてたんだぞ、アニー。おれだけの責任じゃない」

正直であるというのは耐えがたいものだと、アニーは悟った。嘘の陰に隠れることが許されない苦しみがある。自分のなかにしまっておきたいことも、彼には伝えなければならない。「そうよ」アニーはかすれた声で認めた。「あなたが欲しかった」

レイフの顔に、困惑と不満の入り混じった表情がよぎった。「それなら、どうしてだ？なにが怖かった？」

アニーは唇を噛んで顔をそむけた。こんどはレイフも咎めなかった。彼にどこまで話し、どう言えばいいのかわからない。たったいま認めたことの重大さと、それが彼に与えた影響の大きさに、頭は混乱をきわめていた。もう少しゆっくり、気遣ってくれていたら――彼が目覚めていたら――たぶん誘いに応じていた。アニーがみずからの弱みを打ち明けたいま、彼にも、もうなにが必要かわかっているはずだ。

「どうしたんだ？」レイフからうながされた。

「痛かったの」

彼の顔がやわらぎ、口元にかすかな笑みが浮かんだ。「悪かった」手を伸ばして、アニーの顔から髪を払う。肩にかかった毛を、名残惜しげにやさしく撫でた。「はじめてなのは知っていたのに。もっと気をつけるべきだった」

「痛みはつねにつきまとうはずよ」アニーは引き寄せた膝に頭をのせた。「シルバー・メサで、ある売春婦を治療したことがあるの。客に乱暴にされてた。そのことが頭から離れない」

経験のない女がセックスの荒々しく不快な面だけを見ていれば、臆病になって当然だ。「そうじゃないぞ。痛くないと言えば嘘になる。たぶん痛むだろう。だが、そうやって故意に女に暴力を振るう野郎は、ろくでなしだ。撃ち殺すべきだ。おれはやさしくする」レイフは約束した。アニーは身震いした。彼にはひとつしか結論がない。アニーがさらけ出した弱さを受け止めつつ、それを最大限に利用しようとしている。ふたたび寝床に連れこまれたら……それだけは避けなければならない。

「お願い」アニーは頼んだ。「なにもしないで、シルバー・メサに帰して。わたしに手を触れないでほしいの。わたしはひとりで生きていかなくちゃならない。少しでも情けがあったら――」

「だめだ」レイフがさえぎった。「なにも、焼き印がつくわけじゃないんだ。ほんのつかの間、このうえなく親密になるだけだ。悪い思いはさせない、約束する。そのあとおれは姿を消し、おまえは元どおりに生活すればいい」

「わたしが結婚したくなったら、どうするの？」アニーは詰問した。「そんなことありそうもないけれど、可能性がないわけじゃない。夫となる人に、なんと言えばいいの？」

レイフは拳を握りしめた。他の男が彼女に触れて抱く権利を持つと考えると、熱い怒りがこみ上げる。「馬にまたがって乗ったと言え」ぶっきらぼうに答えた。

カッと血が昇って、アニーの顔はまっ赤になった。「そう。でも、一緒になった人に嘘はつきたくない。殺人犯に身をゆだねたと、打ち明けなければならないわ」

その言葉が、鋭いカミソリのごとくふたりを切り裂いた。レイフは冷ややかな表情を浮かべて、立ちあがった。「寝床に入れ。おまえの臆病につき合って、ひと晩じゅう起きているつもりはない」

アニーは最後の言葉を悔やんだが、身を守るには、彼の怒りをかきたてるしかなかった。処女の不安はまったく防御にならなかった。レイフにたいしても、自分にたいしても。彼はそれを承知で、じょじょにアニーを慣らした。さっきはショックと、痛みへの恐怖が重なって、かろうじて誘惑をかわした。彼が小屋に戻ってきたときは、次に触れられたら屈してしまうと絶望のどん底にいた。彼は怖がっているのだと誤解したけれど、体の奥には呼び覚まされた欲望がいまだうずいている。それが恐怖でないのは、よくわかっていた。

ぐずぐずしていると、かがんだレイフに腕をつかまれて立たされた。アニーは手を上げて振り払った。「せめて、服を着たままにさせて！　お願い、レイフ。脱ぎたくないの」

レイフはアニーを揺さぶって、教えてやりたかった。本気で抱く気になったら、綿のズロースなど役に立たない。だが、彼女が布に包まれていたら、やわらかな肌をじかに感じなければ、手に負えない下半身がおとなしくなるかもしれない。「横になれ」彼はぴしゃりと言った。

アニーは感謝しながら毛布に潜りこみ、寝床の隅に横向きに丸まった。

レイフも横になり、暗い天井を見つめた。アニーは自分を人殺しだと思っている。他にもそう考える連中がおおぜいいて、首には多額の賞金がかけられている。そう、たしかに人を殺してきた。この手でぶち込んだ銃弾で死んだ人間の数など、とうに数えられなくなっている。生きるための逃亡生活が始まる、はるか以前の話だ。だが、あれは戦争だった。それ以降に殺したのは、追っ手だけだ。相手か自分の命を選べと言われれば、相手の命はどうしたって二の次になる。

レイフは女が結婚や安住を夢見るような、善良な市民ではない。逃亡生活を始めてからは嘘をつき、強奪し、人を殺した。必要とあらばこれからもやる。たとえ法律のおよばない地に逃げおおせたとしても、将来には希望のかけらもない。アニーを誘拐し、こんな山奥まで連れてきて、死ぬほど怖がらせた。そんな男と寝たいと思う女がいると思うか？アニーに〝殺人犯〟という言葉を浴びせられて、なぜこれほど腹が立つのか。

なぜなら、相手がアニーだから。体じゅうの骨が、血の最後の一滴までが、彼女を求めているからだ。

アニーも起きていた。火が燃えつき、彼が体の緊張を解いて、深い寝息をたてはじめてもまだ眠れず、燃えるような乾いた目で暗闇を見つめていた。

逃げなければならない。あと二、三日なら抵抗して身を守れると思っていたけれど、もう一日だって待てない。いま心の砦になっているのは、完全に彼のものにならなかったという事実だけだ。ひとたび抱かれたら、激しい交わりによって、その砦も打ち砕かれるだろう。彼を愛したくない。元の暮らしに戻って、なにもかも変わっていないことを確かめたい。

だが、最後の薄い防壁が破られたら、すべてが変わってしまう。シルバー・メサに戻り、一日じゅう病人やケガ人の治療にあたったとしても、心には深い悲しみが巣くう。二度と彼に会うこともなく、彼が無事でいるのか、それともとうとう捕まり、首に縄をかけられて絞首台の露と消えたのかどうかもわからない。銃弾に倒れ、だれにも悼まれずに野ざらしにされていたとしても、ひたすら便りを待ちわび、くたびれて薄汚れた旅人が町にやってくるたびに期待をこめて見つめ、レイフではないとわかると、がっかりして顔をそむける。彼のはずがないのに、アニーにはそれがわからないからだ。

ここにいて、弱さや自分のなかの熱い欲望に屈してしまったら、彼の子を身ごもるかもしれない。そうなれば、シルバー・メサを出てほかに開業できる地を探し、子どもが――彼の子が――婚外子の汚名を着せられないように夫を亡くした妻を装わなければならない。そうなれば、たとえレイフが生き延びて、捜しにきたとしても、そのころには町を去って名前を変えているだろうから、見つけてはもらえない。

あらゆる言い訳をレイフにぶつけた。唯一口にしなかったのは、彼を愛したくないという、ほんとうの理由だけだ。愛してしまうのが怖かった。彼女を臆病だと言ったレイフは、当人が思っている以上に図星をさしていた。

だから、逃げなければならない。恐怖のあまり眠れなかった。いま思いきって目を閉じれば、手遅れになるまで目を覚まさないかもしれない。逃げるチャンスは二度とないだろう。

アニーは待った。寒さに震え、暗闇のなかに閉じこめられる時間は、できるだけ短くしたい。逃げだすとしたら、夜が明ける三十分ほど前。レイフの眠りがもっとも深くなる時間帯だ。

危険については、考えないようにした。シルバー・メサへ戻る道すらわからないのだ。

これほど追いつめられていなかったら、ひとりでここから出ようとは思わなかったろう。わかっているのは、シルバー・メサから西へ向かったことだけだ。だから東へ行く。迷ったときは——きっと迷うだろう——ひたすら東に進めば、そのうち山から出られるはずだ。武器は持たず、大きな診察鞄も置いていかねばならない。それを思うと胸が締めつけられるが、この際あきらめるしかない。中身の器具や薬、薬草はまた手に入れられる。

気づくと、うとうととしていた。無理やり瞼を押しあげた。どれくらいたったのだろう。時間の感覚が消え失せていた。あわてふためき、いま行かなければ手遅れになる危険があると判断した。夜明け前というよりは、真夜中に近いかもしれないが、チャンスをのがすわけにはいかない。

細心の注意を払って彼から少しずつ離れ、動くたびにたっぷりと間合いを取った。彼は静かに眠っていた。そのためにかかった時間は、一時間にも感じられたが、実際はほんの十五分ほどだろう。アニーはみごとマツの葉の寝床から抜けだし、床にうずくまった。素足が凍りつくようだ。思いがけず手間取って動揺したが、それでもじりじりと暖炉まで這い進み、暗がりのなかを手探りで靴と長靴下を探しあてた。凍傷でつま先を失ったら大事だ。

あとはすぐに夜が明け、暖かくなってくれるのを、祈るだけだった。外套を取りにいく勇気はない。外套は彼の枕元にあり、その向こうにはライフルが置いてある。取ろうとすれば、彼が起きる。

いちばんの難関は、ドアを開けることだった。アニーは慎重に立ちあがると、荒く削った把手(とって)を探った。

不安のあまり、胸が締めつけられて息苦しい。目を閉じて祈りながら、用心しいしいドアを引いた。おののきながら軋む音に耳を澄ますあいだ、冷たい汗が背筋を伝い落ちた。どんなかすかな物音だろうと、彼はあの大きな拳銃を手に起きあがるだろう。

流れこんできた冷気が、目に突き刺さる。こんなに寒いなんて。

とうとう、かろうじて通れるだけの隙間が開いた。次に待っていたのは、彼を起こさずにドアを閉めるという、同じくらいむずかしい作業だった。凍てつく風が木立を吹き抜け、裸の枝を骸骨のようにカタカタ鳴らしている。だがそれをのぞけば、暗闇はしんと静まり返っていた。

ようやくドアが枠に収まると、ほっとしすぎて、あやうくむせび泣きそうになった。空がかすかに白んでいる。結局、計画どおりの時刻に出られた。もうすぐ夜が明けるのだろう。

暗闇のなかを、つまずかないように足場を選びながら馬小屋にたどり着いた。扉を開けるころには、早くも寒さで体が痙攣したように震えていた。まどろみから覚めた去勢馬がアニーを嗅ぎわけ、喜んで軽く鳴いている。その音でレイフの鹿毛も目を覚ました。二頭とも、けげんそうに鼻を鳴らしてこちらを向いた。

　馬小屋のなかは暖かく、大きな体から発散される熱で心地よささえ感じた。だがいまになって、自分の鞍がレイフの鞍と一緒に小屋にあるのを思いだした。涙が目を刺し、思わず馬の脇腹に頭をもたせかける。大丈夫。アニーは自分に言い聞かせた。たいしたことじゃない。裸馬でも充分に乗りこなせる。たしかにふつうの状態なら、なんの問題もなかっただろう。だが、いまはふつうとはほど遠い。寒くてまっ暗、おまけに道もわからない。ただ、レイフが防寒用に馬にかけた鞍敷があった。アニーはまったくの手探りで進み、そっとつぶやいて去勢馬をなだめると、面繋(おもがい)と轡(くつわ)と手綱をつけた。馬はあっさりと轡を受け入れ、撫でられるままじっとしていた。できるだけ静かに馬を連れだして、扉を閉めた。鹿毛が仲間のいなくなったことに抗議して、いなないている。

　アニーは立ち止まって迷った。ここで馬に乗るべきか、それとも見通しのきく明るい場所まで引いていくべきか。馬に乗ったほうが気は楽だが、馬は暗がりではあまり目が利かず、たいていの場合、進路は乗り手に任される。つまずいて脚にケガでもされたら、窮地に追いこまれてしまう。やはり、馬は引いていくことにしよう。

　寒さで体が麻痺しそうだ。アニーは熱を発散する馬に身を寄せながら、ゆっくり小屋から離れた。

　そのとき、がっしりした腕が腰に巻きついてきて、かかえ上げられた。悲鳴をあげたが、たちまち大きな手で口をふさがれた。甲高い声に驚いた馬があとずさりして、手のなかの手綱が引っ張られる。口をおおっていた手が離れて馬勒をつかみ、馬を引いて鎮めた。

「むちゃしやがって」低く険しいレイフの声がした。

レイフは馬を馬小屋に戻すと、彼女を小麦粉の袋のようにかかえて小屋に運び、毛布の上に放りだした。小声でぶつくさ毒づきながら、火をかいて薪を投げこんだ。アニーは震えが止まらなくなっていた。毛布の上に縮こまって、両腕で上半身を抱く。歯の根が合わずにガチガチ鳴った。

突然レイフが爆発した。薪を投げつけ、彼女に向きなおった。「なにが気に入らないんだ？」わめき散らした。「おれを迎え入れるよりも、死にたいのか？　おれが欲しくないのなら、話はべつだ。だが、おまえは欲しがってる。おれを欲しくないと言え。こんちくしょう。そうすれば手を出さない。聞いてるのか？　おれを欲しくないと言え！」

アニーには言えなかった。彼の怒りにたじろぎつつも、絶望のあまり頭がまっ白になって嘘をつけなかった。力なく首を振り、震えているのが精いっぱいだった。

縮こまるアニーを、レイフが見おろした。長身で火をおおい隠し、広い胸は鍛冶屋のふいごのように上下している。不満が高じた勢いで乱暴に外套を剥ぎとり、それも投げ捨てた。見れば、きちんと服を着ている。つまり、アニーが忍びでたのを知っていたのだ。そうでなければ、身支度をする暇などない。もとより逃げるチャンスはなかったのだ。

「真夜中なのに、外套もはおらなかった」怒りを抑えつけているために、声がかすれている。「二、三時間もしないうちに、死んでいたろう」

アニーは頭を上げた。その目には暗い絶望があふれていた。「もうすぐ夜が明けるんじゃないの？」

「明けるものか！　夜中の二時だ。だが時間の問題じゃない。日が昇っていようがいまいが、おまえは死んでいた。どれだけ寒いかわからないのか？　たぶん明け方には雪が降りだす。山からは絶対に出られなかった」

アニーは何時間もひとりで外にいるさまを思い浮かべた。なにも見えず、刻々と寒くなっていく。ほんの一瞬外に出ただけなのに、いまだ骨の髄まで凍りつくようだ。おそらく朝までもたなかっただろう。

レイフが目の前にしゃがむと、アニーはあとずさりしたいのを必死にこらえた。淡い目が怒りに燃えている。彼はかすれた吐息ほどに声を落とした。「死んだほうがましだと思うくらい、おれに襲われるのが怖かったのか？」

衝撃が背筋を走った。レイフが命を救ってくれた。アニーははじめて見る顔のように、彼の顔をしげしげと見て、造作のひとつずつを確かめた。厳しく、決然とした顔。それは失うもののない、彼女の基準では生きがいのある人生に必要不可欠なものを、まったく持っていない男の顔だった。家も友人も持たず、すばらしいもの、心温まるもの、あるいは確実なものはなにひとつない。彼女が凍死していたら、厄介ごとが減って自分の食料が増えたはずだ。それなのに追ってきた。彼女がシルバー・メサに帰って、だれか――だれ？――に彼の居場所を教えるのを恐れたからではない。帰れないと知っていて連れ戻したのは、アニーを死なせたくなかったからだ。

その静かな瞬間に、アニーは最後のもろい防壁が粉々に崩れるのを感じた。

ためらいがちに手を伸ばして、冷えきった手を彼の顔にあてがった。やわなてのひらに、ヒゲがざらつく。「ちがうわ」アニーはささやいた。「あなたが襲わなくてもいい状況が怖かったの」

彼の目の表情が変わった。その意味を理解するにつれて、食い入るようにアニーを見つめる。

「わたしは自分を相手に、勝ち目のない闘いをしていた」アニーは続けた。「つねに自分のことを貞淑で、規範や理想のある女だと思ってきた。でも、そんな驚くようなことを考えていて、なにが貞淑かしらね」

「あたりまえだろう？」レイフは反論した。「おまえは女なんだから」

アニーは口元にかすかな笑みを浮かべて、彼を見た。おそらくそれが核心だろう。医者になるためにすべてを捧げ、それ以外のものはなにもかも捨ててきた。妻や母という、女としてあたりまえの役割もだ。さっきは結婚を断る口実に挙げたものの、嫁ぐことはないと思ってきた。仕事をやめるつもりはないし、医者を妻にしたい男がいるとは思えない。だがいまは、驚いたことに体がみずからの欲望を見いだしつつある。まさに女としての欲望を。

心を落ち着けようと、深く息を吸いこんだ。禁じられた一歩を踏みだせば、進むべき道が変わり、引き返すことはできなくなる。

実際は、抵抗が崩れるのを感じた瞬間から、すでに引き返せなくなっていた。善かれ悪しかれ、彼を愛しはじめている。アニーはその事実に向き合った。もう、すっかり愛しているのかもしれない。そうしたことに慣れていないために、自分の気持ちがよくわからなかった。ただ、女になりたかった。彼の女に。

「レイフ」アニーは脅えきった小声で言った。「わたしを抱いてくれる？」

8

レイフの黒い瞳が、淡く透きとおった虹彩をおおい隠さんばかりに広がった。口元が締まるのを見て、一瞬、アニーは拒まれるかと思った。だが、レイフは両手を彼女の肩に置くと、乱れた毛布の上にやさしく寝かせた。アニーの心臓は激しく肋骨に打ちつけ、息が苦しくなった。彼に許しを与えた――実際は頼んだ――ものの、自分の体の支配権とプライバシーをあきらめるのは容易ではなかった。それに、さっき見た彼の性器の大きさからすると、痛みは避けられまい。自分が喜んで痛みを受け入れられるとは、とうてい思えなかった。

レイフはアニーの白い顔に緊張を認めつつ、安心させるようなことはなにひとつできなかった。彼女が口を開いた瞬間から、自分のものにすることしか考えられなくなった。痛いほど勃起して、股間が重くはちきれそうだ。さっき外で抜いていなければ、入れる前に破裂していただろう。そうでなくとも、これまであたりまえと思ってきた性的な自制心は、たががはずれたようになっている。

アニーの服を剥ぎとらないように全神経を傾けた。それがいまできる精いっぱいだった。一度に一枚ずつ。それ以上だと、かろうじて保っている肉体の抑制がはじけ飛びそうだ。ブラウスのボタンをひとつずつはずす。そして、スカートのウエストバンド、ペチコートの紐。

ズロースと白いコットンの長靴下のみを残すころには手が震え、うめき声を抑えるのがやっとになった。ズロースを脱がせると、動物のような低い声が漏れた。彼女の華奢な体は、白くてやわらかかった。丸みを帯びた愛らしい乳房を見て、われを失いそうになった。ほっそりした腿はつややかな円柱のように上に向かって曲線を描き、その先にはこぢんまりと生えそろった薄茶色の毛がある。レイフは立ちあがって自分の服を脱ぎ捨てたが、彼女の固く閉じられた股間から目が離せなかった。

進んで身を任せたとはいえ、怯えているにちがいない。なにしろ、はじめてなのだから。だがあいにくレイフには、安心させる言葉も忍耐もなかった。彼女の膝を割ってのしかかり、たくましい腿で閉じた脚を押し開いた。やわらかな割れ目にペニスを押しあてると、アニーの口からか細い驚きの悲鳴が漏れた。

自分の下でアニーが震えている。我慢には痛みと努力を伴い、汗が噴きだしたが、それでも挿入をとどまった。アニーのあごに触れ、脅えて不安げな目をのぞき込んだ。「痛むぞ」レイフは容赦なく告げた。

「わかってるわ」蚊の鳴くような声だった。

「おれはもうやめられない」

アニーにはわかっていた。彼の体にも目にも、ぎりぎりまで追いこまれた苦しさが表われている。「やめないで……」

最後に残っていたレイフの自制心がはじけ飛び、頭がまっ白になった。彼女の裸体のあらゆる部分から、あの名状しがたい熱いエネルギーが伝わってきて、考えることも言葉を発することもできなかった。「レイフ?」と呼びかける声を聞いたような気がしたが、しだいに大きくなる耳鳴りがすべての音をかき消し、アニーが声を出したかどうかも定かではない。彼女を手に入れたい、肉体で烙印(らくいん)を押して自分のものにしたいという、原始的な欲望にとらわれていた。もう一刻の猶予もない。彼女の脚のあいだに手を伸ばして、やわらかな襞を開き、現われた小さな入口にペニスの先をあてがった。腰を突きだして、自分のものを押しこむ。猛襲に薄い膜が破れるのを感じながらさらに奥深く分け入ると、思ったとおり、めくるめくような不思議な快感に襲われた。ぞくぞくする熱が野火のように性器を包みこみ、それが体じゅうの神経の末端まで伝わらないうちに爆発してしまいそうだった。

両手を尻の下に滑りこませ、アニーの腰をかかえて突きはじめた。襞が彼を拒んで、きつく締めあげてくる。歯を食いしばって、その圧力に耐えた。まずい、だめだ、これではすぐに出てしまう。そう思ったところで、止められない。腰に刺すような痛みが走り、睾丸が耐えがたいほど引きつれる。次の瞬間、叫び声を絞りだしてのけぞり、はじけたように精を放った。すべてを放出してからっぽになると、力尽きてぐったりと彼女におおいかぶさった。

　疲れはてて瞬時にまどろんだのか、あるいは茫然としていたのか、現実は確たる輪郭を失っていた。鮮明なのはアニーの存在だけ。体の下に感じる女のにおい、肌ざわり、やわらかな体の形。それ以外のすべてが焦点を失い、意味がなくなった。しばらくして、彼女を押しつぶしていることに気づいた。彼女の胸が小さく引きつったように動き、呼吸をしようともがいている。レイフは苦労して上体を起こし、重みを肘に移した。汗がしたたって目に刺さる。暖炉でパチパチと音をたてて燃える薪や、自分の肌が熱を帯びているのがわかった。気づいたことはほかにもある。アニーがなりをひそめている。まばたきもせずに天井を見つめるその目には、まぎれもない苦痛が宿っていた。

　心を読まなくても、自分がアニーを痛めつけ、次を求めても断られるのがわかった。アニーの体から降りながら、後悔を慰めの言葉にしてささやいたが、彼女の耳には届いていないようだ。アニーには、まだこの行為によってどんな快感がもたらされるか想像がついていない。だが、幸いなことに、レイフにはたっぷり経験がある。彼女を安心させて、当然の喜びを与える方法は承知していた。

体を洗いながら、彼女の血がついているのに気づいて胸が痛んだ。なぜ、もっと抑えられなかった？　こんなに煽りたてられたのは、はじめてだ。行為に没頭するあまり、歯止めがきかなくなった。そんな自分に面食らうとともに、その興奮に胸が高鳴った。早くも、もう一度彼女を抱き、全身をぞくぞくさせるあの熱の喜びを味わいたくてたまらなくなっている。レイフは布を湿らせなおし、戻って彼女の脇に片膝をついた。

さっきレイフが離れたとき、アニーはびくりとした。終わってほっとした反面、わめき散らして拳で彼を叩きたかった。まるで痛めつけられたみたいで、動けないほど弱っていた。脚のあいだの秘められた部分がずきずきし、体の奥に痛みがある。もう二度と彼には触れられたくない。

肉の喜びへの期待は、女を性交に惹きつけるために、本能が生みだした幻想なのか？　騙(だま)されたみたいで、屈辱だった。けっして、忘れられそうにない——ふたりして裸になったときのショックも、彼のペニスが容赦なく押し入ってきたとき全身に走った衝撃も。鮮烈な痛みが奥深くまで響き、肉体を奪われた感覚には、耐えがたいものがあった。それでも、彼を押しやろうとはしなかった。痛いかもしれないと聞かされていたからだ。わずかな自尊心だけを頼りに黙って耐え、歯を食いしばり、毛布を握りしめて痛みをこらえた。

そのとき、脚に彼の手を感じた。さらなる侵略から身を守ろうと、本能的に脚を閉じた。

「拭くだけだ」なだめるようにレイフは言った。「さあ、愛しい人。おれに任せろ」

その声にこめられた耳慣れない響きに動揺して、アニーは唇を噛んだ。〝愛しい人〟という言葉には普段よりも南部訛りがはっきりとうかがえ、その奥に、これまではなかった、自分のもの、という感覚が横たわっていた。

力強い手に脚をこじ開けられそうになり、上体を起こした。彼の目にさらす恥ずかしさに、頬が赤く染まる。腿に流れる血と精液を見たときは、恥辱のあまり死にたくなった。

「自分でやるわ」かすれ声で言うと、布に手を伸ばした。

レイフは彼女の肩をつかんで、無理やり毛布に寝かせた。「静かに横になってろ。いいかい、先生。この方面だけは、おれのほうが心得ている」

アニーは目を閉じた。ふたたび耐え忍ぶしかない。レイフは彼女の脚を広げると、やさしく念入りに拭きとった。「アカニレの軟膏はあるか?」

彼が診察鞄を引っかきまわしているのに気づいて、アニーはぱっと目を開いた。「なに?」

「アカニレの軟膏だ。戦争中に使っていた」

アニーは大切な鞄から彼の手を払いのけたい衝動と、闘わねばならなかった。「ダークブルーの瓶。底の右隅」

小さな瓶を取りだしたレイフは、ふたを開けてにおいを嗅いだ。「これだ」指を突っこみ、たっぷりとすくう。なにが起きるのかわからずにいるうちに、脚のあいだに手を入れられて、痛むところに指が滑りこんできた。軟膏のおかげでするりと入る。アニーはびくっとして両手で彼の手首をつかみ、押しやろうとした。決まり悪さに顔がほてる。

「落ち着け」力ない抵抗を無視して、レイフはつぶやいた。反対の手を彼女にまわして抱きかかえ、やわらかな体の奥まで指を入れた。「おとなしくしてろ、ハニー。こうすれば楽になるのは、おまえだって知っているだろう?」

たしかに知っている。だが彼から世話をされ、心配されるのはいやだった。いま望んでいるのは、この苦々しい怒りを鎮めること。自分のことを、はじめて心の狭い人間だと思う。この恨みを水に流したくないのだ。

レイフはようやく手を離すと、ふたたび彼女を寝かせて毛布をかけた。アニーは裸が隠れた安心感に震えながら息をつき、小屋を歩きまわる彼を見たくなくて、目を閉じた。なんでいつまでも裸でいるの?　そんな彼にむかっ腹を立て、自分は服を着ようと思った。だが、そのためには体を隠してくれている毛布から出なければならない。それがいやなばかりに、動けずにいた。

レイフが毛布に潜りこんできた。アニーは身をこわばらせつつも、抗議の声はあげなかった。互いの体温を分かち合うのがいやなら、それぞれが別々の毛布にくるまるしかなく、それでは効率が悪い。外の寒さを思いだしてみるに、朝方にはもっと冷えこむから、利用できる熱はすべて集めるしかなかった。アニーがそうしたいかどうかに、かかわらず。

レイフが頭の下に腕を差し入れてきて、抱き寄せられた。両手で押して抵抗すると、髪に唇を押しつけてきた。「おれをひっぱたきたいか？」

アニーはごくりと唾を呑んだ。「ええ」

「そうしたら気がすむのか？」

しばらく考えてから答えた。「いいえ。いまはほうっておいてほしいだけ」

その声に表われた絶望に、レイフの胸はちくりと痛んだ。ただ、その癒し方は知っていた。「次はそれほど痛くないはずだ、愛しい人」

返事がない。その瞬間、レイフははたと思いあたった。アニーは次を考えておらず、一度めを最後にするつもりなのだ。そこで、ひたすらやさしく――いまのアニーに必要なのは、やさしさだから――彼女の顎を支えて顔を持ちあげ、そよ風のように軽く口づけをして、ささやいた。

「悪かった。もっとゆっくりすべきだったのに、抑えられなかった」自制心を最大限に働かせるべき場面だったのに、ほぼしょっぱなから、ふつうの女を抱くのとはわけがちがうことに気づいた。アニーは比類ない女で、彼の反応もおのずとそうなった。こんなことを説明しようとしても、おかしくなったと思われるだけだ。当のアニーは自分がもたらす熱く不思議な快感には気づいていないだろうし、説明して理解できるものでもない。彼女に挿入したときは、その衝撃の激しさに、体が吹き飛ぶかと思ったほどだ。いまこうして思い返すだけで、興奮して股間に熱いものがたまってくる。

「わたしもよ」アニーがぼんやり答えた。「常識の抑えがきかなかった」

「アニー、愛しい人」レイフは言いかけて、口ごもった。慰めの言葉が見つからなかった。

彼女は傷つくと同時に、がっかりしている。次は痛くないと示すことはまだできないが、いまは慰めるよりも、その失望を取りのぞくほうが先決だ。

もう一度、心をこめてやさしく口づけした。アニーは口を開かないが、レイフもまだ開くとは思っていなかったし、無理強いするつもりもない。何度も繰り返しキスし、唇だけでなく頬やこめかみ、目、やわらかいあごの下にも唇を寄せ、ささやきつづけた。なんてきれいなんだ、この髪をほどくのがたまらなく好きだ、おまえの肌はやわらかくてなめらかだ。そのうちに、アニーが心ならずも耳を傾け、体の緊張を少しやわらげるのがわかった。

レイフはそっと乳房に手を滑らせ、眠りに誘うようにゆっくりと揉んだ。アニーはふたたび身をこわばらせたが、やさしい口づけと愛のささやきでまぎらわせると、こんども緊張をほぐした。それを待って、はじめて皮の厚い親指でひどく敏感な小さな乳首をこすった。たちまち硬くなって、突きだす。アニーは一瞬、身震いしたものの、すぐにレイフの腕のなかで動かなくなった。怖がっているのか、それとも興奮に目覚めかけているのか？

絹のような肌ざわりのふくらみを撫で、もう片方の乳房に手を這わせると、同じように乳首を尖らせた。それでもアニーはほとんど動かなかったが、彼女に全神経を傾けていたので、呼吸が速く浅い喘ぎに変わるのがわかった。

あらためて欲望をむき出しにして唇を重ねた。ここで先をせいてはいけない。アニーは一瞬ためらってから応じ、そっと唇を開いて受け入れた。ただ舌を入れるのではなく、軽く突くようにしながらじょじょに奥へと進み、最後にはふたりともが求めていた、深く欲望をかきたてるキスに持ちこんだ。彼自身の息も荒くなっていたが、自分のことは二の次だ。どれほど我慢を強いられようと、いまはアニーのための時間だ。彼女に歓びを教えてやれなければ、永久に拒まれるかもしれない。ふと、そんな思いが頭をよぎり、不安に胸が苦しくなった。

アニーの肉体の変化はささやかながら、それにたまらなくそそられた。体が少しずつしなやかになり、肌が温かく湿り気を帯びてきた。乳房を撫でつづけるてのひらに、軽い鼓動が打ちつけている。乳首は指のあいだで熟した果実のように転がり、どうしようもなく、彼女を味わい、その乳首を思いきり吸いたくなった。彼女を手に入れはしたものの、それは愛の行為ではなかった。恋人どうしのあいだに生じうる、かぎりない親密さを求めていた。アニーはおれのものだ、という熱い思いがこみ上げてくる。そのやわらかな体の隅々まで。

アニーの腕が肩に巻きついてきた。指が首筋を撫で、髪に滑りこんだ。熱が全身を駆けめぐり、ペニスがはちきれんばかりに膨張する。ためらいがちな反応ですら、このありさまなのだから、彼女が完全に性に目覚めたら、こちらの命がもつかどうか。だが、それ以上の死に方など、あるとは思えなかった。

レイフは腕のなかのアニーをのけぞらせ、唇を喉まで這わせた。喉元の小さなくぼみに乱れた脈を感じて動きを止め、透きとおった肌に舌を押しつける。そこから、繊細に弧を描く鎖骨を口でなぞり、肩と首の境目の敏感な部分にたどり着いた。彼女の口から、低い震え声が漏れる。それを耳にするなり、ぞくっとして鳥肌が立った。

もう我慢できない。毛布をはねのけると、彼女の胸に顔をうずめて、舌で円を描きながら乳首を舐(な)めた。硬く尖らせて力強く吸いあげ、天然のハチミツのごとく、とろりと甘い味に酔った。アニーが息も絶えだえに鋭い喜悦の声をあげ、華奢な体をからみつかせてくる。レイフはここぞとばかりに、脚のあいだに手を滑りこませた。

アニーは欲望に突き動かされて、ふたたびあられもない声で叫んだ。理性の声が絶望に小さくむせび泣いているものの、体に植えつけられた欲望の渦の前では、心の抵抗など無力なもの。さらに深く、未知の渦へと引きこまれていった。火がついたように全身がほてり、レイフの穏やかな拷問に乳房がうずく。まさに拷問としか思えなかった。しだいに高まる快感に狂わされ、もう一度自分を奪ってと、痛みと後悔しかもたらさなかったあの行為をせがむしかない境地へ追いやられようとしている。なにより悲惨なのは、身を守る手だても、彼と戦うための武器もないことだ。彼はやさしいキスでアニーを幻惑し、自分に慣らしておいてから、乳房への愛撫を受け入れさせ、彼女自身の体に生じる快感で抵抗を封じこめた。彼がおれのものだと言わんばかりの、濃厚なキスを始めたときには、うすうす感づいていたのに、もう手遅れだった。乳房を吸われたときにはその感覚にショックを受けつつ、抗うどころか、その燃えるような行為に歓びさえ覚えた。

秘密の部分に触れるレイフの手つきが、さっきまでとはちがう。ざらざらした指先が、さきっぽの小さな突起をゆっくり撫でまわしている。息が切れていなかったら、悲鳴をあげているところだ。その一点に全神経が集まったようで、全身に野火が燃え広がった。自分がみだらに脚を開き、もっと触れてとせがむように、小さな蕾が脈打ち張りつめるのがわかる。苦痛以外のなにものでもない。彼の指はもっと狂えと円を描き、緊張をやわらげるとともに、煽りたてていた。と、レイフが荒々しいほど強引にその部分に親指を押しあて、中指でひりひりするやわらかな入口をチョウのようになぞりだした。一瞬、ひるんだものの、自分の腰がゆっくりと動きだすのがわかる。その動きも、喉から漏れる興奮の声も止められなかった。こんなの耐えられない。乳首を吸われ、脚のあいだをまさぐられて、熱くたぎった血が全身を駆けめぐった。

そのときレイフの口が乳房を離れ、ゆっくりとじらすように腹部まで下った。手は腿にかかり、さらに大きく広げられる。と、その行為と彼の目的を結びつけるより先に、あらわになった性器に熱い口がかぶさってきた。押し寄せる耐えがたいほどの快感に体がこわばり、思考や理性のみならず、衝撃までが吹き飛んだ。彼はお尻の下に手を入れ、口をつけやすいようにかかえ上げると、火のついたように熱い舌で彼女をこねまわし、吸いあげ、突いた。

アニーには自分のすすり泣きが聞こえた。腿をかすめる彼の髪のぬくもりを感じる。体の下の毛布のざらつき。むき出しの肌の上で躍る暖炉の熱。唇には、彼の味がまだ残っている。いまやアニーは感覚のみで存在するただの肉体となり、彼に支配されていた。

このまま死ぬんだわ。意識がしだいに遠のき、自分を死に導く彼の荒々しい口や唇、歯、舌だけを感じた。全身が信じられないほどこわばり、緊張の糸が引き絞られて、熱に呑みこまれた。息ができず、心臓は壊れそうなほどの速さで鼓動している。情けを請う甲高い悲鳴が、沈黙を切り裂く。だが、レイフは容赦なかった。太い指がゆっくり差し入れられると、痛ましいほど敏感な神経が侵入を察知して混乱をきたした。熱い緊張の糸がさらに張りつめ、突如として切れた。声が聞こえたが、そのかすれた叫び声が自分のものとは思えない。興奮が高波となって押し寄せ、先々にあるものを残らず洗い流し、すべてを奪いとってゆく。レイフがのたうつ体を支え、口を強く押しあててくる。やがて津波は弱まり、ときおりわれ知らず歓びの余韻がはじけて、ぴくりと痙攣（けいれん）するだけとなった。

体力を奪われ、ぐったりして動けなかった。睫毛が重くて上がらない。鼓動は鎮まり、頭はふたたび働きだしたが、奇妙なほどとりとめがない。

どう考えたらいいのだろう？　いま彼がしたこと、自分に与えられたものは、想像の域を超えていた。挿入や射精といった基本的なセックスの知識はあるものの、こんなことが……こんなにも興奮させられることが存在するなんて、夢にも思わなかった。彼のさまざまな行為、それによって引き起こされた感覚……自分を貫きながら突然身をこわばらせ、低くかすれた叫び声をあげたときのレイフも、同じように感じていたのだろうか？　そのあと、彼はおおいかぶさってきた。ぐったり疲れきって、動くエネルギーを使いはたしたみたいだった。

レイフは隣に横たわると、アニーを抱いて上から毛布をかけた。彼女の頭は肩にあり、ふたつの裸体は親しげに寄り添っている。たくましい腿が脚のあいだに割りこんでくると、アニーは溜息を漏らした。これで震える筋肉から力を抜いて、彼から身を守ろうとする努力を放棄できる。

レイフの唇がこめかみをかすめ、大きな手が背中から尻を撫でた。「おやすみ、愛しい人」彼のつぶやきを聞き、素直に従った。

9

　レイフが毛布から転がり出ると、アニーは重い瞼を押しあげた。結局、昨晩はほとんど起きていたので、まだまだ寝たりない。「もう朝なの？」そうでないことを願いつつ尋ねた。隣から彼のぬくもりがなくなったとたん、寒さが忍びこんできて体が震えた。

「ああ」

　どうしてわかるのかしら？　ドアが閉まり、窓板の下がった小屋のなかは、夜のように暗い。暖炉にくすぶっている炭のにぶい明るさで、かろうじて彼の体の輪郭が見えた。なぜ炭に灰がかぶせてないのだろう？　いぶかるうちに、ふいに記憶がよみがえり、なぜ夜のうちに火をおこしなおしたのか、そしてどうしてよく眠れなかったのか思いだした。レイフの長身は素っ裸。それは自分も同じだ。腿のこわばりと、股間のやわらかな襞を意識しながら、毛布の下で縮こまった。彼のあらゆる行為を、自身のうねるような感覚の荒波を思いだし、このまま死ぬまで毛布に隠れていたくなった。普段どおりに振る舞えるはずがない。これからは彼を見るたびに、昨晩の、すべてを打ち砕くような愛の行為がよみがえるだろう。彼はアニーの裸を見て、みずからの裸体もさらした。彼女を貫き、乳房を吸い、そして――なんてことなの――考えうるかぎりもっともショッキングな方法で口を押しつけてきた。もう二度と顔を合わせられそうにない。

レイフが薪を足した。炎が大きくなって、彼の顔がはっきり見える。アニーはあわてて目を閉じたが、たくましい裸体が瞼の裏に焼きついて離れなかった。

「さあ、ハニー、起きるんだ」

「もう少し待って。まだ寒すぎるわ」

彼が服を着る音が聞こえ、やがてしんと静まり返った不安で肌がちりちりして、アニーは急いで目を開いた。

どういう光景を予想していたのかわからないが、自分のシュミーズを火にかざして温めているレイフの姿でなかったのはたしかだ。彼はシュミーズの両面を燃えさかる炎にあてて、布地から冷たさを追いやると、熱をのがさないよう手で揉んで毛布の下に突っこんだ。ほかほかの生地は、信じられないほど気持ちよかった。アニーは軽い驚きに息を詰め、彼を見つめた。続いてズロースを手に取り、思いやりにあふれたその行為を繰り返している。

アニーは毛布をかぶったまま苦労してシュミーズに袖を通したが、もう、彼と向き合うことにとまどいはなかった。裸になるのだって気にならない。レイフは温かいズロースを毛布の下に滑りこませるや、ブラウスに手を伸ばした。没頭した表情で火にかざしている。

アニーの胸に熱いものがこみ上げ、下着を身につけながら涙があふれそうになった。彼には恐怖も味わわされたけれど、アニーが快適に過ごせるように粗野な気遣いも見せてくれた。アニーを奪い、傷つけたかと思ったら、そのあとはやさしくなだめ、深い情熱の渦に導いた。それでも、彼をなかば愛しかけていたが、いまはちがう。服を温めるというさりげない思いやりにふいを突かれ、根本となるなにかが永遠に変化した。心が組みなおされ、落ち着くのを感じ、苦しげな目で茫然と彼を見つめた。その瞬間が意味するものは、はっきり意識していた。取り返しがつかないほど、彼を愛していた。そして、それによって人生はまたたく間に大きく様変わりした。

「さあ、これを着て」レイフが温まったブラウスを持ってくると、起きあがって広げられたブラウスに袖を通した。レイフは腕や肩をさすり、もつれた髪を顔から払いのけた。

「おまえが着替えているあいだに、水を汲んでくる」

レイフは外套（がいとう）をはおり、バケツを持った。彼がドアを開けたとたん、凍りつくほど冷たい空気が流れこんできて、アニーは震えながら毛布にくるまった。なんて寒いのだろう。昨晩レイフに見つからなかったら、いまごろは死んでいた。そう思うと、さらに震えが走った。

着替えをすませ、髪のもつれを丁寧に梳（す）いていると、レイフが戻ってきて、またもや冷気が押し寄せた。「雪が降ってるの？」アニーは尋ねた。冷気に顔をさらしたくなくて、彼がドアを開けたときには、二度とも外を見ていなかった。

「まだだ。だが、えらく冷える」彼はしゃがんでコーヒーを沸かしだした。

ゆうべあんなことがあったばかりなのに、どうして冷静でいられるの？　だが、ふと彼が他の女とも寝たことがあって、はじめての経験ではないのだと気づいて、胸が締めつけられた。抱いたからといって、彼女の気持ちに応えたということにはならない。アニーはその事実に向き合わざるをえなかった。

そのとき、突然レイフが振り返り、暖かい外套の内側にアニーを抱き寄せた。「もう二度と、おれから逃げようとするな」低いかすれ声が、鋭く響いた。

アニーは傷口を押さえないよう注意しながら、彼の腰に手をまわした。「ええ」答える声が、彼の胸に吸いこまれる。

レイフは彼女の髪に軽く口づけした。アニーが外套すらはおらずに、あのひどい寒さのなかで立ち往生していたかもしれないと思うと、ひっぱたいてやりたいと同時に、力いっぱい抱きしめたくなった。もう少しで彼女を失うところだったのだ。

アニーの手がそっと背中を這い、そのあとに燃えるような熱を残す。男の本能がかきたてられ、ふとかすかな疑問が頭をかすめた。いつかはこの熱をあまり感じなくなるのか？　それとも、触れられるたびに、毎回、その気にさせられるんだろうか？

レイフはさらに彼女を抱き寄せた。「大丈夫か？」

その問いの意味に気づいたアニーは頬を染め、そっけなく答えた。「平気よ」

アニーの顔を持ちあげ、淡い灰色の目で、うるんだ茶色の瞳の奥をのぞき込む。「痛くないか？」

アニーはますます赤くなった。「少しはね。でも思ったほどじゃないわ」レイフが塗ってくれたアカニレの軟膏が、ぐっと痛みをやわらげてくれたのはたしかだった。塗られたときのことを思いだし、身悶えしそうになった。

レイフも同じことを考えていた。「服を着る前に見てやればよかったな」声が低くなる。「もっと軟膏を塗ってやろうか？」

「けっこうよ！」

「いや、必要だろう。見せてくれ」

「レイフ！」アニーは甲高い声で叫んだ。火を噴きそうなほど顔が熱い。

そんな反応がおかしくて、レイフはゆっくりと口元をほころばせ、目尻にしわを寄せた。「おれがじっくり面倒みてやるからな、ハニー。痛みがひどいだろうと思わなきゃ、今朝おまえの目がすっかり覚めないうちに、のしかかってたよ」

アニーの胸がどきりとした。目を見開いて、彼を見あげる。また、彼に抱いてもらいたいの？　セックスのあとにした行為は信じがたいほどすばらしく、また激しく攻めたてられたら耐えられる自信がなかった。けれど、性行為そのものには警戒心のほうが強くなっている。二度めも同じように痛かったら、どうしよう？

レイフは彼女の表情を見て、顔をしかめた。「おまえにもわかっていたはずだ」ゆっくりと言った。「ゆうべで終わりじゃないことは」問いかけというより、念を押すような調子だった。

アニーは唇を噛んだ。「ええ、そうね」レイフから求められたら、一度めよりも楽になると信じて体を許してしまう。それがまぎれもない現実だった。なにもなかったことにして、処女には戻れない。それに、アニーもやっぱりそれは望んでいなかった。レイフへの愛情に気づいたショックがまだ尾を引いているものの、愛しているのはまちがいない。それは、彼に身を捧げることだ。

レイフは頭を傾けて唇を重ね、大きな手を堂々と乳房に押しあてた。「馬のようすを見て、罠を調べてくる。そのあいだに朝めしを準備しておいてくれ」もう一度キスしてアニーを放すと、帽子をかぶりながらドアに向かった。

「待って！」アニーは彼を見つめた。昨日あれだけ働き、セックスまでしたにしろ、つい数日前までは重病人だったのだ。ひとりで罠を調べにいかせていいものかどうか、迷いがあった。

レイフは立ち止まり、もの問いたげにアニーを見た。

なぜだかわからないが、アニーは急に自分が愚かしく思えた。「先にコーヒーを飲まない？」

レイフは暖炉に一瞥を投げた。「まだできてない」

「すぐにできるわ。まず体の内側を温めてから、外に出たほうがいい。食事が終わるまで待ってくれれば、わたしも一緒に行くから」

「おまえの外套は薄すぎる。この寒さで外に長居は無理だ」

「いいから、食べてからにして」

「なぜだ？　支度ができるまでには、全部片づけられる」

アニーは勢いこんだ。「ひとりで罠を見にいかせたくないの」

レイフの顔に驚きの表情が浮かんだ。「なぜだ？」

突然、理屈もへったくれもなく彼に腹が立って、アニーは腰に両手をあてた。「なぜって、三日前には、高熱でまともに歩けなかったからよ！　まだ山道を歩きまわるほど回復しているとは思えないわ。途中で倒れたり、力尽きて戻れなくなったら、どうするの？」

レイフはにやりとして彼女を引き寄せ、熱いキスを浴びせた。「それは三日前の話だ。もうよくなったよ。おまえが治してくれたんだ」

レイフはアニーを放し、ふたたび引き止められる前に小屋を出た。たぶんアニーには、彼の発言がどれほど的を射ているかわからないだろう。もちろん医者としての技術や、湿布、薬草湯、糸、包帯、それに小うるさいほどの気遣いも助けにはなったが、実際に治したのは、彼女の手から伝わる熱だ。最初の晩から、自分の体を這う手の力を感じていた。その正体は知らないし、彼女にどう尋ねていいのかもわからないが、たとえ医学の知識がなくても、彼女になら治せただろうと信じて疑っていなかった。

馬に水と餌をやると、低く垂れこめた灰色の雲に警戒の目を向けながら、仕掛けた罠を調べてまわった。三つめの罠にウサギが一羽かかっているのを見て、自分がほっとするのがわかった。鍋にウサギのシチューをつくっておけば、乏しい食料が底をつくのを先延ばしにできる。空はあいかわらずの雪模様。数センチですめばいいが、数メートルになるかもしれない。雪がやむまでは小屋を出られず、それが数日続く可能性もあった。アニーとふたりで小屋に閉じこめられたら……気がつくと、ばかみたいに、にやついていた。食料さえ問題なければ、願うところだ。

ウサギの頭を殴って罠を元に戻すと、急いで残りの罠を調べたが、収穫はその一羽だけだった。小屋から離れた場所を選び、ウサギの皮を剥いでさばき、川に運んで洗ってから、手についた血を落とした。そろそろ朝食ができているころだ。いそいそと暖かい小屋へと戻った。

ドアを開けるとアニーが心配そうに振り向いた。レイフが無事なのを知って、表情をやわらげ、手にある獲物に目をやった。「あら、つかまったのね……なんだか、わからないけど」

「ウサギだよ」

レイフは外套と帽子を取り、アニーがついだ熱いコーヒーをありがたそうに受けとって、それを飲みながら、彼女が簡単な朝食を仕上げてよそうのを待った。用意ができると、ふたりそろって床に坐った。まず、アニーのうなじに手をやり、抱き寄せながら激しく唇をむさぼる。手を離すと、彼女はとまどったように、頬を軽く紅潮させていた。よく長いあいだ手を出さずにいられたものだ、とレイフは皮肉な感慨に駆られた。いまは片時も離せないというのに。

食事を終え、レイフは皿を洗うのを手伝った。また水を汲みに出ようとしたとき、冷気が流れこむのもかまわず、ドアを開けたまま言った。「おいで、雪が降ってる」

アニーは寒さに腕をかかえ、彼の隣に並んだ。大きな白い雪片が音もなく舞い落ちている。森は大聖堂のような静けさに包まれていた。食事をしていたほんのわずかな隙に、地面は白一色に変わり、さらなる雪片が空から幽霊のように舞い降りている。レイフが腕をまわすと、アニーが胸に頭をもたせかけてきた。

「昨日からずっと、雪が降るとわかってたのね」アニーは言った。「だからでしょう？あんなに薪を集めて、快適な馬小屋をつくると言い張ったのは」

彼の鋼のような筋肉がこわばるのを感じた。「ああ」

「体は充分よくなっていたし、時間もあった。わたしをシルバー・メサへ帰すこともできたはずよ」

　彼は繰り返した。「ああ」

「なぜ帰してくれなかったの？」

　レイフは黙りこみ、ふたりともじっと雪を見ていた。沈黙の末に、「まだ帰せなかった」と言うと、レイフはバケツを取って、雪のなかを小川へと向かった。

　アニーは急いでドアを閉め、暖炉に寄り、腕をこすって暖めた。まだ帰せなかった、と彼は言った。心が浮き立つと同時に、悲しくなった。その言葉どおりなら、彼はアニーが恐れていたとおり、自分を家に戻して消えるつもりでいる。そして、いままで……だれも自分を特別だと思ってはくれなかった。父は例外だが、それは親として当然の愛情だった。以前、鏡をのぞき込んだとき、そこに映っていたのは一見して若い盛りを過ぎた、疲れてはいるが感じのいい顔立ちをした、かなり痩せた女だった。髪や肌の色は平凡ながら、顔のなかでひときわ際立つ黒目がちな目にわれながら驚くこともある。いずれにせよ、男性の情熱をかきたてたことは一度としてなかった。

　だがレイフは、最初から熱い視線を送ってきた。アニーはそれを感じつつ、あまりにうぶだったので、その意味に気づかなかった。しかし、彼は気づいていた。あの透きとおった目があやうい光を放っていたのは、そのせいだ。あのときもいまも、変わらぬ荒々しさでアニーを求めながら、彼女を思って自制しているのだ。

　レイフが小川から戻ると、アニーはシチューをこしらえようと、せっせとウサギの肉を切っていた。レイフは風が強まって吹雪になったときに備えて、小屋から馬小屋にロープを張った。これなら、万が一の場合も馬の世話ができる。それがすむと、さらに薪を運びこんだ。寒さのせいで窓板を上げられず、暖炉の火明かりしかない小屋のなかは薄暗かった。加えて、悪天候で冷えこみが厳しいので、普段の用心深さを脇に置いて、盛大に火を燃やしつづけた。白い雪を背景にして、立ちのぼる煙が見えたとしても――見えるとは思えないが――雪をおして、それを調べにくる人物がいるとは思えなかったからだ。

　アニーはシチューにジャガイモとタマネギを加え、黒い診察鞄から取りだしたさまざまな香草を入れた。セージやローズマリー、タラゴンといった料理用の香草の多くは、治療にも使えるので、いつも重宝している。

　レイフは火明かりで丹念に武器の手入れをし、弾薬を確かめていたが、彼の目に留まらないものはなかった。それを証明するように、アニーに尋ねた。「植物に詳しいんだな。どこでそんな知識を仕入れた？　医学校で教えるとは思えない」

「そりゃそうね。ヨーロッパでは何世紀も前から使われているから、ほとんどは一般的な知識なの。でも、ここにはないものもあるから、アメリカで使える植物を探さなきゃならなかったわ。それには、地方のお年寄りに話を聞くのがいちばんね。みんな自分で治さなければならなかったから、なにが効いて、なにが効かないか知ってるの」

「どうして植物に興味を持った?」

アニーは微笑んだ。「治療に役立つものなら、なんにでも興味があるわ」あっさり答えた。

「どこで手に入れるんだ?」

「野原や花畑」彼女は肩をすくめた。「ミントやローズマリー、タイムなんかは自分で育ててるわ。オオバコは本来ならどこにでも生えてる雑草よ。でも、このあたりでは見つからないから、いまあるのは故郷から持ってきた残りだけ。アロエも似たような効きめがあるらしいけど、あなたには摘みたてじゃないと。シルバー・メサに戻れば少し手持ちがあるのよ」

アニーはシチューを煮こむため火にかけると、落ち着かないようすで暗い小屋を見まわした。「一日じゅう暗がりのなかにいて、どれくらい耐えられるかしら。みんなが大金を払ってガラスを取り寄せる理由が、ようやくわかったわ」

「ロウソクがある」レイフは指摘した。

アニーは溜息をついた。「でも、何日も雪が降りつづいたらどうするの? そんなにたくさんはないでしょう」

「ああ、二、三本だ」

「だったら、節約しなきゃね」

　レイフは明かりを灯す手段を、記憶にあるかぎり思い浮かべた。もちろんいちばんいいのは石油ランプだが、あいにく持ち合わせていない。松根タールの松明という手もあるが、これは恐ろしく煙たい。彼自身は薄暗くてもかまわなかった。まっ暗闇というわけではない。だが、根気や忍耐が身につき、鉄並みに頑丈な神経をしているレイフにたいして、アニーは一日として陽射しを浴びずに過ごしたことがないはずだ。神経がまいっても無理はなかった。

　レイフは慎重に武器を置いた。「おそらく、おまえの場合は」彼女を注意深く見つめながら、言葉を継いだ。「暗闇がありがたく思えることを見つける必要があるだろう」

　アニーの唇から飛びだしかけた答えは、火明かりに煌めく淡い目に封じこめられた。目を見開いて、唾を呑んだ。次の瞬間には、レイフの腕のなかにいて、マツの葉の寝床に横たえられた。

　アニーは震えながら、不安げに彼を見つめた。レイフが頭をかかえておおいかぶさってくる。ふたつの唇が重なった。「こんどは痛くない、愛しい人」彼はあの低く、ゆったりした南部訛りで言った。これがセックスのときの声なのね。「いまにわかる」

　結局アニーにできるのは、レイフを信じ、求められるままに応じることだけだった。それ以外は選びようがない。彼はゆうべ、アニーの体が感じうるかぎりの歓びを教えてくれた。もう一度味わいたい。キスされるうちに、その思いが強く熱く胸に迫った。彼はこんども最初は軽く唇を寄せ、それをしだいに深めて彼女を誘い、服の上から休むことなく愛撫を続けた。と、たちまち、アニーは彼と自分の肌のあいだの障壁がうとましくなった。それでも彼はいっぺんに全部を脱がさず、一枚ずつ剥ぎとっては、根気強くキスや愛撫を続けた。永遠とも思える時が流れ、ついに彼の手がシュミーズに滑りこんで裸の乳房をつかまれたときは、安堵のあまり短く鋭い溜息が漏れた。

レイフは厳しい口元をほころばせたが、面白がっているというより、純然たる男としての満足感によるものだった。「気持ちいいだろう?」

アニーはせわしなく脚を動かしながら、彼に顔を向けた。「ええ」

レイフが肩から紐をはずすと、シュミーズがずり落ちて肌があらわになった。こんなにみごとな乳房は見たことがない。張りのある丸い乳房は、誇らしげに上を向いていた。大きくはないが、てのひらを満たす豊かさがある。濃いピンク色の乳首はベリーのようで、触れると赤みを増して硬く尖る。レイフは頭を下げて、ゆっくりと吸った。彼女自身の快感で次の扉を押し開けるため、突きだしたペニスのことは頭から追い払っていた。

アニーがたまりかねて彼のシャツをつかむと、彼は唇を離して頭からシャツを脱ぎ捨てた。

上からおおいかぶさる熱くたくましい裸の胸で、アニーの乳房は押しつぶされた。ゆうべと同じように、彼の手でつけられた火が全身を駆けめぐり、安らぎを求めてせがむように体をこすりつけた。やがて、気がつくとレイフの手はスカートに忍びこんで下着の紐をほどき、彼女は脱がせやすいように腰を浮かせていた。太腿が愛撫をねだるように開いた。最初のうちは軽く、そっと撫でる程度だったが、彼の指はほどなくもっとも敏感な部分を探りあて、執拗に攻めたてだした。恐ろしくもすばらしい緊張が、身内に積みあげられる。アニーは悲しげに鼻を鳴らした。

と、レイフの指が入ってきた。悲鳴をあげて、腰を持ちあげる。脚のあいだが濡れているのを感じたが、気にならなかった。頭が倒れるほど乱暴にキスされ、その激しさに唇が痛くなっても、やはり気にならなかった。彼の汗ばんだ裸の肩にしがみつき、体をすりつけた。

レイフは苦しいほどの刺激に、思わず口走りそうになる悪態を押しとどめ、ズボンのボタンをはずして引き下ろした。彼女の脚を大きく広げて腰を割りこませ、触れ合った下半身から押し寄せる熱に、歯を食いしばった。アニーの動きが止まった。恐怖が欲望に水を差したらしい。レイフは大きな亀頭をあてがってから、両手で彼女の顔をはさむと、視線をからませたまま、ゆっくりと、けれど容赦なく押し入った。

アニーの瞳孔が広がって、目が大きな黒い淵となった。深々と息を吸ったアニーは、頭の片隅で前のような痛みがないことに気づいていた。けれど、組み敷かれ、征服される感覚には耐えがたいものがある。体にはかすかに痛みが残っており、ねじこまれた太いペニスに、神経の末端が抗議の悲鳴をあげた。侵略者を押しとどめたい一心で、むなしく彼のものを締めあげる。と、レイフがうめきながら力なくおおいかぶさった。

それでもレイフは前に進み、根元まで押しこんだ。深みに達したペニスが、子宮の入口に触れている。それを感じたとき、アニーのなかで鋭い快感がはじけた。

レイフがゆっくりと腰を動かしはじめた。しだいに速さと勢いを増し、アニーは熱くなめらかに彼を包みこんでいる。

こんなこと耐えられない。もうだめ、怖すぎる。彼女は身を引こうとしたが、肩の下に差しこまれた手に押しとどめられた。

「じたばたするな」彼のつぶやきが、こめかみに熱く当たった。「気持ちがいいのに、じたばたしてどうする。それとも、痛むのか?」

息が上がっていなかったら、むせび泣いていただろう。激しく喘ぎながら「いいえ」と答えるのが精いっぱいだった。

レイフは腰を引いては突きだして、深く貫いている。アニーの腰はいやおうもなく、前後に振れた。死に物狂いで抗うと、レイフに腕をつかまれた。「心配しなくていい」なだめる彼の声。「もうすぐだ」と、ピストン運動のたびにペニスの根元がこすれるように、体を上にずらした。「腰を持ちあげてみろ、ハニー」低いうめき声とともに命じる。

アニーは言うことを聞かなかった。できなかった。彼からのがれるため、命がけで戦っているみたいで、必死で腰を毛布に押しつけていた。彼に呼び覚まされた刺激が強烈すぎて、爆発させるのが怖かった。自分のすすり泣きが聞こえる。喉を焼きつくすような、ざらついた声だった。

レイフは髪から汗をしたたらせ、自分を抑えつける苦痛に顔を引きつらせながら、両手をアニーの尻の下に差し入れた。やわらかな割れ目に指を食いこませ、わしづかみにする。アニーは驚いて悲鳴をあげた。ふいの攻撃をのがれようと、ぐっと腰を持ちあげた瞬間、興奮が全身を駆け抜けて、意識がしだいに遠のいた。ふたたび深い渦にとらえられる。投げだされ、引きずりこまれて、呑みこまれた。彼は依然として尻をつかみ、腰のリズムに合わせてアニーを上下させている。と、アニーの叫び声にしわがれたうめき声を重ね、巨体を痙攣させた。

しばらくすると、レイフはアニーの頭をかかえ、まだ味わい足りないとでも言うように唇を寄せてきた。情熱が尽きていないのを示すような、深く激しいキスだった。彼女の睫毛から涙がこぼれ落ちたが、痛みの涙ではなかった。自分でも、涙の意味がわからなかった。きっと、疲れのせい。でなければ、骨の髄まで揺さぶられる激しい大波を乗りきったことにたいする、あたりまえの反応なのだろう。なぜ死ななかったの、なぜ緊張で心臓が破裂しなかったの、なぜあの熱で体じゅうの血が煮えたぎらなかったの？　こうしたことがすべて実際に起きて、彼の腕に抱かれている自分が燃えかすのように感じる。そう、あの感覚は幻想ではない。けっして断ち切れない鎖でふたりをつなぐ力となった。

レイフは親指で彼女の涙をぬぐった。「おれを見ろ、愛しい人。目を開けるんだ」

アニーは目を開けて、揺らめく水の膜を通して彼を見つめた。

「また痛かったのか？　それで泣いているのか？」

「いいえ」か細い声を絞りだした。「痛くなかったわ。ただ……すごすぎて。どうやって乗りきったのかわからない」

レイフは彼女に額をつけてつぶやいた。「だろうな」彼にとっても、アニーに触れるたびに覚える感覚は過去に経験のないものなので、どうすることもできずにいた。

10

その日の大半は、間に合わせの寝床でからみ合って過ごした。明けたばかりの長い夜の余韻と、セックスの疲労とで、ふたりとも眠った。アニーは一度だけ起きあがり、寝ぼけ眼でシチューを味見して水を加えると、薪を足した。毛布に戻ったときには、目を覚ましたレイフが彼女の半裸に興奮していた。ふたりして身にまとっていたわずかな衣類を脱ぎ捨て、彼はまだ残っていた先ほどと変わらぬ激しい力で、ゆっくりとアニーを抱いた。次に目覚めたのは昼過ぎ。ふたりは冷たい空気に身を震わせた。

「馬を見てこなきゃならない」レイフは名残惜しそうに言うと、服を着た。できるものなら、あと二、三日、彼女と裸で横たわっていたい。ただ、暖かさを保ってくれる分厚いカバーをかけた、きちんとしたベッドがないのだけが残念だった。おかしなものだ。これまで衣食住に不満をいだいたことなどなかったのに。

アニーも服を着た。まるで骨を抜かれたように、ひどくだるい。雪が降っていることは忘れていたが、レイフが開けたドアの先には、凍てつく空気を送りこむ銀世界があった。

小屋のなかに、この世のものとも思えぬ淡い光が射しこむ。雪は降りつづいており、ふたりが愛を交わしていたあいだにさらに十五センチ以上積もって、森の地面をおおい、木々に冷ややかな白いマントをかぶせていた。

レイフはわずか数分で戻ってきた。足踏みしてブーツの雪を落とし、帽子や外套から雪を払った。アニーは朝食の残りのコーヒーをついで渡した。すっかり煮つまって苦くなっていたが、彼は顔をしかめもせずに飲んだ。

「馬はどうしてた?」

「そわそわしてるが、大丈夫だろう」

アニーはシチューをかき混ぜた。一日じゅう煮こんだおかげで、ウサギの肉がやわらかくなり、ちょうど食べごろだが、食欲がない。なにより、新鮮な空気を吸って頭をすっきりさせたかった。でも、レイフに指摘されたとおり、この天候には外套が薄すぎる。しばらくしてから、それでもかまわないから外に出ようと決めた。

アニーが外套をはおるのを見て、レイフが尋ねた。「どこへ行く?」

「ちょっと外に出てくるわ。新鮮な空気が吸いたいの」

彼はふたたび自分の外套を着こんだ。

アニーは驚いて彼を見た。「あなたまで来ることないわ。ドアのすぐ外に出るだけだから。なかで暖まっていて」

「おれならちっとも寒くない」レイフはかがんで毛布を一枚取ると、彼女に巻きつけ、折り目を引きあげて頭をおおった。それから、不気味に静まり返った銀世界に足を踏みだして、彼女をしっかり抱きかかえた。

息をしても痛いほどの寒さだったが、冷たい空気のおかげで頭がすっきりした。レイフの大きな体にぴったり寄り添いながら、アニーは黙って雪の降るのをながめた。夕暮れが近いので、厚い雲の合間から射しこむ淡い冬の日光が弱まっている。神秘的な光は、太陽ではなく雪によるものだったのだ。厳めしい番人のような黒い木の幹。これほどの静けさがあるなんて、いままで知らなかった。虫の羽音も、鳥のさえずりも、葉の落ちた木の枝がこすれる音さえしない。ふたりは地球上に存在する唯一の生き物のように、完全に外の世界から切り離されている。雪の毛布が音をすっかり吸いこむので、馬の物音さえ聞こえなかった。

冷気がスカートやペチコートの合間から忍びこみ、靴の裏から這いあがってきた。それでもアニーは彼にもたれ、ふたりを取り囲む美しく壮麗な景色に見入っていた。こちらの世界に現実の基盤を与えられ、暗い小屋のなかでの熱い愛の行為が感情のみに根ざした夢のように思える。短期間にあまりに多くのことが起き、人生がひっくり返された。どのくらいたったのだろう？　一生に等しいほど長く感じるけれど、エダの出産を終え、疲れて小屋へ戻ったら、傷を負った見知らぬ男が待ち受けていたのは、わずか四日――それとも五日？――前のことだ。

アニーが身震いすると、レイフが言った。「さあ、もう充分だ。暗くなってきたことだし、なかに戻ろう」

ふたりは外よりも暖かい小屋の空気に包まれたが、アニーの目が暗がりに慣れるには、しばらくかかった。だが、だいぶ目が覚めて、頭の靄が晴れた。コーヒーを淹れなおし、それができるとふたりでシチューを食べた。献立が変わって嬉しかった。

閉じこめられていると、手持ち無沙汰でしかたがない。これがアニーが気づいた問題点だった。最初の数日はくたくたになるまで働いたので、日が暮れると自然と瞼が重くなった。だが、今日はほとんどをベッドで過ごしたので、疲れていない。こんなとき家ならば、薬草を乾燥させたり調合したりと、やることがあるものだ。本を読んでもいいし、フィラデルフィアの古い友人に手紙を書くこともできる。ここには本がないし、たとえあったとしても、読むための明かりがない。繕いものもなければ、掃除すべき場所もない。この二日間のレイフの働きぶりを見れば、もはや治療が必要だと言い張ることもできなかった。なにもすることがないというのはひどく妙なもので、口に出してそう言いもした。

レイフは人によってはたちまち閉所不安に陥るのを知っていた。ほんとうならアニーを寝床に連れこみたいところだが、アカニレの軟膏をたっぷり塗ったところで、彼が望むように、何時間も繰り返し愛し合うのには耐えられないだろう。「サドルバッグにカードがある」そこで、かわりに提案した。「ポーカーはできるか？」

「いいえ、もちろんできないわ」アニーは即答したが、茶色の目が興味深げに煌めくのをレイフは見のがさなかった。「ほんとうに教えてくれるの？」

「なぜそんなことを訊く？」

「いやがる男の人もいるから」

「おれはそういう男じゃない」レイフはポーカーをする女に驚いたことがあるかどうか思いだそうとした。だが記憶はとうに風化し、思い浮かばなかった。

カードはぼろぼろで、変色していた。アニーはそれらを危険で禁じられたあらゆるものの象徴のように見つめた。レイフは暖炉の前に鞍を置いた。これに寄りかかれば、あぐらをかくよりも楽だ。それから、アニーにカードと、得点となる組み合わせを説明した。彼女はすぐに呑みこんだが、どう賭けていいかわかるほどの経験はなかった。そこでブラックジャックをやってみた。ふたりならこのほうが楽しめる。彼女が面白がったので、二、三時間ほど続けた。

とうとうゲームに飽きると、アニーを寝床に誘った。警戒するような視線を投げてくる彼女が、おかしかった。「心配するな」レイフは言った。「痛いのはわかってる。明日までお預けだ」

アニーが顔を赤らめた。いまだに頬を赤らめられるのが不思議だった。

レイフはアニーに寝間着用として、自分のシャツを渡した。裸にしておきたくないからではなく――そのほうがいいに決まってる――シャツを着れば腕や肩が冷えないし、襟ぐりの高いブラウスより寝心地がいいからだ。彼女が愛らしく恥じらいながら毛布の下の腕に滑りこんでくると、レイフは物欲しげな溜息をついた。

ふたりともそれほど眠くなかったが、ただアニーと横たわっているだけで――ほぼ――満足だった。なにげなく彼女の手を取って、指を唇に押しあてた。その熱で口がピリピリした。

アニーは彼の肩にぴったり頭を寄せた。この瞬間にだけ生きられたら、どんなにすばらしいだろう。だが残念なことに、それはかなわぬ夢だ。レイフを愛しているけれど、ともに分かち合う将来はなく、そもそも彼には将来そのものがないかもしれないという事実を忘れることはできなかった。銃弾が力強い体から生命力を奪い、彼が冷たく横たわって永遠に自分の元を去る。そんな場面を想像しただけで、痛いほど胸が締めつけられた。

「あなたが殺したことになってる人だけど」レイフがその話題を好まないのを知りながら、おずおずと切りだした。「実際はだれが殺したか知ってるの？」

ほんの一瞬、レイフは手を止め、ふたたび彼女の指を唇に導いた。「ああ」

「それを証明できる手だてはないの？」

過去に試したことはある。怒りのあまり、彼らに償いをさせようとした。だがあやうく命を落としかけ、結局、あらゆる証拠が自分を指していることを悟った。テンチを殺した人物——少なくとも、それを仕組んだ人物——はわかっているが、レイフが引き金を引いたのではないと証明する方法はなかった。だが、そのことには口をつぐんで、ただ静かに「ない」と答え、彼女の手を顔に当てた。

「そんなの納得できないわ」アニーは低く断固とした声で言った。「きっと方法があるはずよ。なにがあったのか、話してちょうだい」

「だめだ」レイフはこんども拒んだ。「知らないほうが、安全だからだ。おれが追われているのは、自分の犯した罪のためじゃない。やつらの秘密を握っているからだ。おれがその秘密をしゃべったと思われたら、その相手まで殺される」無実の証明をあきらめた理由のひとつが、それだった。彼を助けようとしたふたりが死体で見つかったとき、レイフは手を引いた。自分を信じてくれるのは、おそらく友人だけ。その友人を死なせるわけにはいかなかった。それに、いまさらなんの意味があるだろう？　彼の幻想は打ち砕かれたが、人にはそれぞれ幻想をいだく権利がある。なかには、それを唯一の慰めとする人もいる。

「でも、なにがそんなに危険なの？」アニーは肩から顔を上げて、なお尋ねた。

「その秘密さ。それを話して、おまえの命を危険にさらすわけにはいかない」

「それなら、わたしをここに引っ張ってくる前に、考えておくべきでしょう？　もしだれかに見つかったら、わたしにしゃべったと思われないかしら？」

「おれが診療所にいるところは、だれにも見られていない」

　アニーは攻める角度を変えた。「だれかに追われているんでしょう？　いまも、ってことだけど」

「トラハーンという賞金稼ぎだ。他にもおおぜいいるが、いちばんの難敵はトラハーンだ」

「シルバー・メサまでたどってくるかしら？」

「たぶん、そこまではもう突き止めている。だが、シルバー・メサで蹄鉄をつけ替えたから、その後の足跡は追えないはずだ」

「あなたがケガをしたことは知ってるの？」

「だろうね。おれに鉛の弾をぶち込んだ張本人だから」

「それなら、町に医者がいるかどうか調べるんじゃない？」

「かもな、おれもやつを撃ってやったから。だがおれがそれほど重傷だったのは知らないし、撃たれてからすでに十日以上がたっているから、おれはぴんぴんしてると思っているはずだ」ふたたびアニーの手を唇に運ぶ。「それに、おまえは診察でよく遠出すると言ってたろう？　おまえがいなくても変に思う人間はいないさ」

　そのとおり。アニー自身、同じように考えていた。そのとき、彼の論理の穴に気づき、頬をゆるませた。「わたしがあなたと一緒だってことをだれも知らないとしたら、話しても危険はないはずよ。わたしはシルバー・メサで吹聴してまわるつもりはないもの」

「万が一に備えてだ」レイフは穏やかに言った。「危険は排除しておきたい」

がっかりして溜息が出たが、レイフの頑固さはわかった。それが彼の性格の柱なのだろう。いったんこうと決めたら、けっして引かない。彼にかかると、ただの強情も筋が通っているように見える。

「戦争の前はどうしてたの？」

この質問に虚を突かれ、レイフはしばらく頭を悩ませた。「法律を勉強していた」

「えっ？」アニーにとって、これほど意外な答えはなかった。生まれつき危険な雰囲気を漂わせ、なるべくして無法者になったような男が、スーツ姿で判事や陪審の前でもったいぶっている光景など、想像できなかった。

「得意だったとは言ってないぞ。親父が判事だったから、それが当然だと思ってた」モズビー大佐は弁護士だったので、ふたりして法律の曖昧な点について何時間も議論を闘わせたものだ。だが、それで身を立てるほど、法律に興味が持てないのにも気づいていた。判事の息子として、多くを学んだにすぎない。レイフはなにげなくアニーの手を自分の胸に導き、その指で乳首をこすった。甘く鋭い刺激に、乳首はたちまち硬くなった。

アニーは硬く平らな乳首が、自分のと同じように突きだすのに興味を惹かれた。彼もあの刺激を感じているのかしら？　レイフに導かれて、もう片方の乳首へ手をやると、やはり同じように反応した。彼は放心したようすで、アニーの指を胸の上でゆっくりと左右に這わせた。

アニーは溜息をついた。「弁護士のあなたなんて、想像できないわ」

「おれもさ。戦争が始まると、ほかにもっと向いているものを見つけた」

「なんだったの？」

「戦闘だよ」あっさり答える。「おれは優秀な兵士だった」

ええ、そうでしょうね。「騎兵隊にいたって、言ってたわよね？」

「ジェブ・スチュアート率いるバージニア第一部隊にしばらく在籍していた。六三年までだ」

「そのあとは？」

「遊撃隊(レンジャーズ)に加わった」

アニーはしばしとまどった。その言葉で唯一思いつくのはテキサス騎馬警備隊(レンジャーズ)だが、もちろんそんなはずはない。戦争中にはしばしば〝レンジャーズ〟という語を耳にした。けれど戦いが終結して六年もたつと、記憶がぼやけてくる。「どのレンジャーズ？」

「モズビーの遊撃隊だ」

衝撃が体に響いた。モズビー！　その評判は伝説と化し、恐ろしい噂がささやかれた男。医学校で勉強に励んでいた彼女の耳にも、モズビーと彼の残酷な兵士の話は届いていた。

兵士といっても、ふつうの兵士ではない。彼らは策略や奇襲攻撃を得意とするため、捕獲はほとんど不可能とされた。沈着な弁護士姿は想像できなくとも、ゲリラ戦士のレイフなら、いやになるほど容易に想像できた。

「戦争のあとは、なにをしていたの？」

レイフは肩をすくめた。「放浪した。戦争で父と兄を失い、ほかに家族はいなかった」こみ上げてくる苦い思いを封じこめ、アニーの手がもたらす官能的な刺激に意識を集中した。ゆっくりと左右を行き来する手に愛撫されて、乳首がつらくなるほど硬くうずいている。これまで彼女から性的な愛撫を受けたことはなかった。目を閉じて、その手がペニスを包みこむさまを思い浮かべてみる。まずい、欲求不満で頭がおかしくなりそうだ。

「もし可能なら、帰りたいと思う？」

レイフは考えてみた。東部はすっかり文明化された。かたやレイフのほうは、長らくみずからの規律に従って過ごすうちに、自分を取り巻く広大な土地に慣れてしまった。文明を捨てたいま、ふたたび抑えつけられたいとは思わない。「いや」しばらくして答えた。「向こうにはなにも残っていない。おまえはどうだ？　都会が恋しいか？」

「そうでもない。ふつうの町の便利さは恋しいけれど、わたしにとっては開業できるかどうかがなにより大切なの。東部ではできなかったわ」

誘惑に押しつぶされそうになりながら、レイフは言った。「東部ではできないことが、

「ほかにもある」

アニーはいぶかしげな顔をした。「あら、なにかしら?」

「これさ」レイフは彼女の手を毛布に引きこみ、ペニスをつかませた。全身を電流が駆け抜ける。その強烈な刺激に息を呑み、全身をこわばらせた。

彼女は押し黙った。かろうじて呼吸しているのがわかる。

アニーは衝撃を受けると同時に、心を奪われていた。手のなかで太いペニスがのたうっている。実際に大きくなるのを感じて、嬉しくなった。ひとたび衝撃が収まると、その神秘に惹かれた。熱く力強くて、それ自体がひとつの生き物のように脈動している。それに、なめらかな皮膚の下は、信じられないほど硬い。大きくふくらんだ先端を撫でまわしてから、だらりと重い陰嚢に指を這わせた。てのひらに受け、やわらかく冷たい感触を味わってみる。すると、見る間に縮んで上に引っ張られた。夢中になりすぎて、驚くことさえ忘れた。

レイフは毛布の上でのけぞった。血がどくどくと流れている。考えることさえ、むずかしい。誘惑に抗うべきだった。彼女の手の熱い刺激に、性器が耐えられるわけがなかった。視界に濃いもやがかかり、興奮が高まって爆発に向かっている。と、かすれたうめき声とともに、急いで身を引いた。「そこまで！」

アニーは彼の反応の荒々しさにぎょっとしつつ、やがて自分に備わった女としての力に目覚めた。レイフを見あげ、口元に女そのものの笑みをたたえた。彼の上半身に手を滑らせると、雄馬のように身震いが走る。「わたしを抱いて」甘くささやくと、レイフは待ってましたとばかりに毛布から飛び起き、すかさず彼女にまたがった。アニーは奪われるために腰を浮かせ、違和感にひるみつつ受け入れた。彼に快感を与えているのがわかっているので、心には深い喜びがある。レイフは深く貫き、震えながら子種を放つと、ぐったりと倒れこんだ。

波打つ肺に必死に空気を取りこんだ。いつまでもこの調子では、早晩、彼女との交わりで命を落とす。この激しさもいずれは手に負えるようになる、と踏んではいるものの、いまのところそのきざしはない。毎回、性急な欲望に取り憑かれ、振りまわされている。

危険なのは、欲望で判断力が鈍ることだ。あろうことか、すでに誤りを犯している。彼女はシルバー・メサへ帰し、自分はできるかぎり遠くへ逃げるべきだった。だがそうはせずに、故意に出発を遅らせて雪に足止めされた。彼女を誘惑するつもりが、自分の性欲を満たすうちに、みずからが溺れてしまった。いま考えられるのは、あと二、三日、この暖かく暗い小屋にふたりで閉じこめられ、あの独特の熱を独り占めすることだけだった。

快楽に陶然とするうちに数日が過ぎた。アニーには、服を着ているよりも、裸でいる時間のほうが長く感じられることもあった。昼間から毛布の上でからみ合い、つねにセックスを終えたばかりか、あるいはまたしようとしているかのいずれかだった。昼も夜もなくなり、うたた寝から目覚めると、どちらだかわからないこともあった。彼に貫かれるのに慣れるあまり、離れているよりも自然に思えた。

先のことは考えると怖くなるので、考えないようにした。存在するのはいま、ともに過ごす暗い官能の日々だけだ。彼の後ろ姿を見送る日。その日に、将来のことを——彼のいない、永遠にのろのろと進む時間のことを——考えればいい。彼女はそう心に決めていた。いまは、肉体に溺れるに任せていた。セックスがこれほど激しく、癖になるものだとは、夢にも思っていなかった。レイフは男が女にたいして用いるありとあらゆる方法で彼女を愛し、思いもよらなかった歓びに導き、自分のものだという烙印を押した。アニーはその快楽の虜(とりこ)となり、セックスへの自信が芽生えた。

雪が降りだして八日め、水のしたたる音で目が覚め、雪が溶けているのに気づいて動揺した。身を切るような寒さに慣れていたため、気温が急に零度を超えると暖かくさえ感じ、地面はまだ雪におおわれているものの、まぎれもない春の息吹があった。それから数日間、小川は雪解け水で嵩(かさ)が増し、レイフは馬を木立に囲まれた小さな草地へ連れていった。馬たちは長いあいだ閉じこめられていたいらだちを発散させ、蹄(ひづめ)で雪をかいてやわらかい緑の新芽を探しだした。

じきに出発しなければならないのはわかっていた。実際はもう出発できたが、溶けかかった雪は危険を招く。レイフがそれを言い訳にしているのはうすうす感じつつ、それでかまわなかった。時間はもうほとんど残されていない。彼と過ごす一分一分が、このうえなく貴重だった。

ある朝、レイフが馬に草を食べさせにいったので、その間にアニーは入浴用の湯を沸かすことにした。小屋から数分の距離ながら、レイフは出かけるにあたって用心のために予備の拳銃を置いていき、アニーはそれをスカートのポケットに入れて、小屋と小川を往復した。重たい銃にスカートを引っ張られていらいらしたが、小屋に残しておくのは愚かというもの。冬眠から目覚めたクマは、空腹で気が立っている。レイフによれば、クマが彼女に襲いかかる可能性は低いとはいえ、危険はできるかぎり避けたい。たとえ狙ったものに命中しなくても、銃声を聞けばレイフが駆けつけてくれるだろう。

二度めに小川から戻るときのことだ。溶けかかった雪で地面がぬかるみ、滑りやすくなっていたので、足元に注意しながら歩いていると、ふと馬のいななきが聞こえた。アニーは顔を上げて、ぎょっとした。小屋の前に、馬に乗った見知らぬ男がいる。動揺するあまり、水の入ったバケツが手から滑り落ちた。

「これは失礼、奥さん」男は言った。「怖がらせるつもりはなかったんだが」

アニーは言葉が出てこなかった。頭がまっ白になり、唇が麻痺（まひ）している。

男は鞍の上で体を起こした。「煙が見えた」と切りだす。「こんな山奥に人が住んでいるとは知らなかったので、野営地かと思ってね」

この男は何者だろう？　ただの流れ者か、それともレイフの敵？　脅威を与えるようには見えず、実際、攻撃的に見えそうな仕草は慎重に控えていた。だが、ふたりだけの世界に踏みこまれた衝撃で、頭がくらくらする。レイフはどこ？　ああ、だめよ、どうかいまは戻ってこないで！

「危害を加えるつもりはない」男は続けた。目は穏やかで、声はやさしげだった。「旦那は近くにいるのか？」

アニーはどう返事していいか、わからなかった。いると答えれば、ひとりでないのを知られてしまう。いないと言ったら、なにをされるかわかったものではない。何年にもわたって多くのケガを治療してきたため、人間の善良さを無条件には信じられなくなっている。世の中には、善良さのかけらもない男もいる。だがいずれにせよ、この山奥でひとり暮らしだと言っても、信じてはもらえまい。アニーはようやくうなずいた。

「少し話がしたい。居場所を教えてくれれば、あんたの仕事の邪魔はしない」

またもや難問にぶつかった。レイフに警告しないで、この男を近づけていいのだろうか？　レイフなら話を聞く前にまず攻撃を仕掛け、それによって罪のない男が死ぬかもしれない。だが、この男がそれほど罪のない男でないとしたら、逆にレイフの命が危険にさらされる。心臓が早鐘を打った。「じきに戻ります」ついにアニーは言った。はじめて口にした言葉だ。

「待っているあいだに、コーヒーでもいかが？」

男は微笑んだ。「じゃあ、そうさせてもらうか」馬から降り、アニーが近づくのを待っている。彼女はからのバケツを拾い、ふくらんだポケットを隠すようにした。男をなかに入れさえすれば、レイフは馬に気づいて用心するだろう。それにポケットに忍ばせた拳銃があれば、レイフを危険にさらさずにすむという確信があった。

ケースに入った男のライフルは鞍に残っていたものの、アニーは腰の下に大きな拳銃が留めてあるのに気づいた。レイフと同じように、ホルスターを腿に巻きつけている。珍しいことではないが、警戒心は高まる。男は軽く片脚を引きずりつつも、痛みがあるようにも、それほど不自由そうにも見えなかった。

アニーは先に小屋に入り、暖炉の脇にバケツを置くと、朝食の残りのコーヒーをついで渡した。男はつばの平らな黒い帽子を取り、丁寧に礼を述べた。

窓板は持ちあがり、日光と気持ちのいい新鮮な空気を招き入れていた。男はコーヒーを飲みながら、興味深げにあたりを見まわした。小屋のほぼ左半分を占めている間に合わせのマツの葉のベッドのあたりに視線を漂わせている。アニーは顔を赤らめたが、男はなにも言わなかった。みすぼらしい小屋は掃除が行き届いており、家具のないがらんとした床に鞍がふたつ置いてある。そうしたことから、男は自分なりの結論を引きだした。

「この小屋を見つけて幸運だったようだな」男は言った。「雪が降る前に」

雪に立ち往生している旅人だと思っている。だが、アニーがほっとしたのもつかの間、相槌を打つ前に、男は黒い大きな診察鞄に目を止めていぶかしげに眉をひそめた。診察鞄！　アニーは苦しげに鞄を見やった。それがなんであるかは一目瞭然だった。国じゅうの医者が似たような鞄を持ち歩いている。どう見ても、入植者や旅人がふつうに持っている荷物ではない。

「あんたか」男はおもむろに言った。「ここ数週間、シルバー・メサで行方不明になっている医者というのは。女医など聞いたこともなかったが、どうやら町の連中の言っていたことは、嘘ではなかったようだ」

医者はわたしの夫よ、と言いたかった。それがいちばん筋の通った、もっともらしい説明だった。だが嘘の下手なアニーは、このときもうまく言いのがれることができなかった。口がからからに乾き、鼓動が激しくなった。

男がアニーを見た。たとえまだ疑っていなかったとしても、彼女のまっ青な顔と、うろたえて見開かれた目を見たら、疑念をいだいて当然だ。それから、振り返って鞍をじっと見つめ、次の瞬間、大きなリボルバーをまっすぐアニーに向けた。

「あれはマッケイの馬具だ」断言する。愛想のよさは消え、荒々しく脅すような口調になった。「医者が必要なら、思ったよりも重傷を負わせたようだな。やつはどこだ？」

この男を草地に近づけるわけにはいかない。「か、狩りよ」アニーは口ごもった。

「馬に乗ってか？　それとも歩きか？」

「あ、歩きで。馬は草をた、食べてるわ」声の震えが止まらない。黒々とした巨大な銃身は、微動だにしなかった。

「いつ戻る？　痛い目に遭いたくなかったら答えろ！　いつ戻るんだ？」

「知らないわ！」アニーは唇を舐めた。「たぶん、獲物をとらえたら」

「出かけてどれくらいになる？」

アニーはふたたび動転した。なんと答えるべきか、見当もつかない。「い、一時間？」問いかけるように答える。「よく、わからない。洗濯用のお湯を沸かしていたから、ちっとも気にして――」

「ああ、ああ」男がいらだたしげにさえぎった。「わかった。それにしては銃声が聞こえないな」

「あの人は――彼は罠も仕掛けているから。獲物がかかっていれば、撃つ必要はないわ」

男はあたりを見まわした。鋭い視線が小屋をさまよい、やがて開いたドアから、目につきやすい場所につながれた馬を見た。顎でドアを指す。「外へ出ろ。おれは馬を隠す。外にいるあいだにやつが現われたら、地面に伏せるんだな。弾が宙を飛び交う。大声はあげるな。やつに危険を知らせるんじゃないぞ。あんたを傷つけるつもりはないが、マッケイはなんとしてでも捕まえたい。一万ドルは大金なんでね」

一万ドル！　どうりでレイフが逃げまわっているわけだ。それほどの大金がかかっていれば、国じゅうの賞金稼ぎが彼を追いまわす。

男に拳銃を突きつけられたまま、アニーはよろよろとからっぽの馬小屋へ向かった。男は片方の枠に自分の馬を入れた。これがレイフを追っている賞金稼ぎ、彼を撃った相手だ。だが、レイフがこの男をなんと呼んでいたのかは思いだせなかった。恐怖のあまり脳が凍りついて、考えることも策を練ることもできない。これまで数々の悲惨な状況を思い浮かべてきたが、レイフが目の前で銃弾に倒れる場面だけは想像していなかった。考えるのも恐ろしい悪夢ではあるけれど、自分がそれを阻止する手だてを思いつかないかぎり、現実になりつつある。しかし、いまはスカートを押さえて拳銃でふくらんだポケットを隠すのが精いっぱいだった。

拳銃に頼るしかない。だが、どうやって機会をとらえていいかが、わからなかった。自分に拳銃を抜き、撃鉄を起こして、弾を命中させられるとは思えない。しかも、男はアニーに目を光らせている。やるとしたら、男の注意がそれたとき。つまりレイフが近づいてきたときだ。弾を撃ちこむ必要はない。発射するだけでも男を攪乱(かくらん)でき、同時に銃声が警告になって、レイフにも勝ち目が出てくる。自分にどれほどの勝ち目があるのかは、あえて考えなかった。

男からうながされるまま小屋に戻ると、アニーは壁に背を向けて暖炉の脇に突っ立った。

男は窓板を二枚とも下ろした。これで側面から近づいても、なかが見えない。たぶんレイフはドアから入り、溶けかかった雪の反射光に背後から照らされて、輪郭をくっきりと浮かびあがらせる。屋内の暗さに視界を奪われるレイフにたいして、待ち受ける賞金稼ぎには完璧に的が見えている。これではレイフには勝ち目がない。

ただ、窓板が下ろされていることに気づいたら、話はちがってくる。レイフならおかしいと思うはずだ。アニーが暗い小屋を嫌うのは知っている。それで、正面の蹄の跡に気づくかもしれない。彼は野生動物のように敏感で用心深く、けっして隙を見せない。こうした異変にも気づくはずだ。だが、気づいたところで、なにができるだろう？　やみくもに銃を撃ちながら飛びこんでくる？　もっとも利口な方法は、こっそり馬まで引き返して、できるだけ遠くに逃げることだ。アニーは目を閉じて、彼がそうしてくれるように祈りはじめた。レイフがどこかで無事に生きていると信じられれば、二度と会えなくても耐えられる。耐えられないのは、目の前で殺されることだ。

「あなたの名前は？」アニーは震える声で尋ねた。

男は険しい顔を向けた。「トラハーン。そんなことはどうでもいい。あんたはやつが入ってきたときに見えるよう、そこに立ってりゃいいんだ」

トラを罠におびき寄せるためのヤギだ。トラハーンは左側の陰に身をひそめている。暗闇に慣れたアニーにはよく見えるが、レイフにはまったく見えないだろう。

　アニーはなにかしゃべろうとしたが、トラハーンに身ぶりで押しとどめられた。ふたりしてレイフの足音が聞こえまいかと耳を澄ませる。アニーは恐怖のあまり足がすくみ、絶望に目をみはって、開け放たれたドアを凝視した。刻々と時が過ぎ、こわばった膝が震えだす。震えはじょじょに上に伝わり、全身が痺れたように引きつれた。叫びだしたくなるほどの静寂だった。

　なにもなかったはずの空間に、突如、レイフが現われた。アニーは茫然として警告を発することもできなかったが、もとよりその必要はなかった。レイフが唇に指をあてている。小屋から一メートルほど離れ、開いたドアを通して、彼女の視界にかろうじて入る位置に立っている。アニーは壁にピン留めされた気分だった。しかも、入口から射しこむ光に照らしだされている。トラハーンの視線を感じるので、レイフのほうに目を動かすこともできなかった。ブラウスの生地が波打つほど心臓が激しく打ちつけ、手は汗ばんで氷のように冷たい。肺が締めつけられたようで息苦しかった。

　と、レイフがいなくなった。幻のようにかき消えた。

　アニーの手はスカートの襞（ひだ）に隠れていた。少しずつポケットに近づけ、湿った手で銃の大きな床尾に触れた。撃鉄に親指をかけ、起こせるかどうか試してみた。恐ろしいことに、まったく動かない。両手を使わないと、撃鉄も起こせない！　思いがけず怒りがこみ上げてきた。レイフのばか！　どうして扱える武器をくれなかったの？

アニーは壁につけたまま頭を動かし、トラハーンを見た。なにか感じとったにちがいない。彼の目が入口に釘づけになっている。

トラハーンが自分の銃の撃鉄を起こした。カチッという小さな音が、爆発音のようにアニーの神経にさわった。

そのときレイフが見えた。開いたドアに忍び寄ってくる。拳銃を手に、いつでも発砲できるよう構えているが、奇襲をかけるには条件が悪すぎる。トラハーンは完全にレイフの姿をとらえられるのに、レイフのほうは敵の位置を推察せねばならない。

トラハーンが直感的に警戒して、かすかに動いた。オオカミのように、獲物が近づいてくるのを察している。レイフが姿を見せるなり撃つつもりだ。そしてレイフは彼女の目の前で息絶え、あの激しい目からは光が失われる。

アニーは視界の隅にレイフの動きをとらえた。力とスピードを炸裂させ、ヒョウのようにしなやかに、音をたてることなく襲いかかる。アニーは口を開いたが、喉が詰まって悲鳴が出てこない。トラハーンの手が上がると、つられるようにして彼女の手も上がった。その手がポケットを出ることはなかった。どこからそんな力が湧いてきたのか、気がつくとスカートの生地越しに銃を発射していた。

11

銃声が小さな部屋を揺るがし、アニーの耳を聾（ろう）した。煙が立ちこめ、コルダイト爆薬の刺激臭が鼻を刺す。アニーは拳銃を握りしめたまま、一歩も動けなかった。焦げて穴の開いたポケットから銃身が突きでている。レイフがそこにいるが、どうしてだかわからなかった。彼がドアから入ってくるのを見た憶えはない。だれかの悲鳴が聞こえた。

レイフがなにか怒鳴っているが、理解できなかった。耳鳴りのせいで、声がほとんど聞こえない。レイフが自分の足や腰を叩いている。彼を押しやろうとしながら、アニーはすすり泣きだした。スカートが燃えているのに気づくのに、しばらくかかった。

やがて衝撃とともに、砕け散った現実がふたたび形をなした。

レイフが部屋を横切って、トラハーンの伸びた手から拳銃を蹴ると、悲鳴はうめき声に変わった。アニーはどうにか震える脚を前に出したものの、二、三歩進むとふたたび凍りついて、床に倒れている男を見つめた。

男の下腹部は血に染まり、暗い部屋のなかだと、シャツやズボンが黒く変色して見えた。

血だまりが体の周囲や下に広がり、床の隙間に染みている。目を見開いた男の顔は、ひどく青ざめていた。

「なぜおれを撃たなかった?」レイフは気色ばんで尋ね、賞金稼ぎの脇に片膝をついた。自分がトラハーンに絶好のチャンスを与えるのをわかっていながら、アニーのスカートが火を噴くのを見たとき、上に燃え広がらないうちに彼女のもとに駆けつける以外はどうでもよくなった。そして、文字どおり、賞金稼ぎに背を向けた――なのにトラハーンは発砲しなかった。

「意味がなかった」トラハーンはしわがれた声で答え、咳払(せきばら)いした。「金を受けとりにいけない。なんてこった」ふたたびうめいて、続ける。「まいったよ。この女が銃を持っているとはな」

アニーの体に恐怖が走った。わたしが人を撃った。別の銃声も聞こえたが、おぼろげな記憶では、レイフがドアから飛びこんできたときには、もうトラハーンは倒れていた。狙ったわけではない。どうやって撃鉄を起こしたかも憶えていない。しかし銃弾は標的を探りあて、床には血まみれのトラハーンが瀕死(ひんし)の状態で横たわっている。

急に手足が動くようになった。振り返って診察鞄をつかみ、賞金稼ぎのところへ引きずった。「出血を止めなくちゃ」勢いこんで言うと、レイフの隣に膝をついた。なんてむごたらしい傷だろう。トラハーンは腹を撃たれており、アニーの本能はなんとか助けなければ、と叫んでいたものの、医者としての経験が助かる見込みはないと告げていた。

アニーが手を差し伸べると、途中でレイフにつかまれた。灰色の目には、容赦ない表情が浮かんでいる。「やめろ。もう手の施しようはない。苦労したって無駄になる」いくらアニーの手が傷を癒すといっても、これほどの重傷では効果は望めない。力を使いはたして消耗するだけだ。

アニーは手を振り払おうとしたが、できなかった。目に涙が浮かんだ。「出血は止められるわ。自信があるの」

「あんたがそれでかまわなきゃ、弾を腹にかかえたまま、苦しんで二、三日長生きするよりも、出血多量で死んだほうがましだ」トラハーンは力なく言った。「幸い、いまはそれほど痛みもないしな」

アニーは息を吸いこんだ。胸に痛みが走る。医者として考えてみた。傷口の出血は、通常の腹部の傷にくらべてはるかに多い。その位置と出血量からして、銃弾は脊椎に沿った太い血管を切断したか、少なくとも損傷を与えている。レイフの言うとおりだ。トラハーンを救うことはできない。間もなく息を引き取るだろう。

「たまたま運がよかったんだ」トラハーンがつぶやいた。「シルバー・メサで足跡を見失ったんで、脚が治るまで休むことにした。昨日、傷が完治して、今朝おまえの煙を見つけた。たんなる幸運、それが運の尽きさ」目を閉じた。しばらく休んでいるようだ。やがて、ふたたび重たげに目を開けた。

「おまえがこのあたりにいるという噂が広まっている」トラハーンは続けた。「他の賞金稼ぎが……連邦保安官も、おまえを追っているとか。アトウォーターというやつだ。狙った獲物はのがさない。おまえはおれが追ったなかでもピカイチだったがな、マッケイ、アトウォーターはしつこいぞ」

その法執行官の名前なら、レイフにも聞き憶えがあった。ノア・アトウォーター。トラハーンより手ごわく、あきらめという言葉を知らない男。急いでここを発たねばならない。アニーを見やり、胸に痛烈な痛みを覚えた。

トラハーンが咳きこんだ。意識が混濁しているようだ。「ウイスキーはあるか？　飲むものをくれ」

「いや、ウイスキーはない」レイフは答えた。

「アヘン剤があるわ」と、アニーはもう一度手を振り払おうとしたが、レイフは放すどころか、逆に引き寄せた。「レイフ、放して。たいしたことができないのはわかってる。でもアヘン剤を飲めば、痛みがやわらぐ――」

「もう必要ないんだ、ハニー」静かに言い、彼女の頭を肩に抱き寄せた。

アニーは彼を押しやって、トラハーンの顔を見た。ぴくりともしない。レイフが手を伸ばして、賞金稼ぎの瞼を閉じた。

アニーはショックに固まっていた。レイフに導かれて小屋を出て、外の石に腰かけたきり動けない。いっこうに体が温まらず、毛布にしっかりとくるまれていた。

人を殺した。アニーは心のなかで何度も繰り返し、そのたびに、ほかに方法はなかった、撃たねばならなかったという事実を受け入れた。考える間もなく、行動するしかなかった。弾が命中したのはまったくの偶然だが、それを理由に弁解することはできない。銃弾がトラハーンの命を奪うとわかっていたとしても、発砲していただろう。レイフとトラハーンの命を天秤(てんびん)にかければ、選ぶまでもなかった。レイフを救うためなら、どんなことでもやるだろう。どう考えたところで、全力で人を助けるかわりに命を奪ったのだ。誓いを破り、医師としての信念を曲げ、みずからの価値を貶(おとし)めたのはまちがいなかった。アニーは思いがけず表われたみずからの本性に茫然としていた。同じ状況に立たされれば、何度でも撃つだろうと思うと、たまらなかった。

レイフはてきぱきと、手際よく荷物をまとめていた。地面は依然として凍っていて穴が掘れないので、トラハーンの死体は小屋に横たえたままだ。自分はなかに戻れないのが、アニーにはわかっていた。

レイフは次の行動を考えていた。トラハーンの武器と装備を手に入れた。自分の馬は、休養も餌も充分に与えた。しばらく食料を補給する必要はない。アニーをシルバー・メサへ帰したら、アリゾナ砂漠を南に突き進んでメキシコへ向かおう。賞金稼ぎはそれでも追ってくるだろうが、アトウォーターの追跡は断ち切れる。

アニー——だめだ、彼女のことは考えられない。長く一緒にいられないのは、もとよりわかっていた。彼女に家と仕事を返し、元の生活に戻してやらなければ。

だがアニーのことが心配だった。トラハーンが死んでから、ひと言も口をきいていない。顔面蒼白で表情はなく、ショックのあまり目が恐怖に見開かれている。レイフは戦争中、はじめて人を殺したときのことを思いだした。あのときは、喉が擦りむけ、胃の筋肉が痛むほどの吐き気に襲われた。アニーは吐いていない。吐いてくれたほうが、まだ安心できる。

レイフは馬に鞍をつけ、彼女に近づいてしゃがみこむと、冷えきった手を取り、こすって暖を分け与えた。「出発だ、ハニー。日没までには山を出て、おまえは今晩自分のベッドで眠れる」

アニーが彼を見た。おかしくなったのかと言わんばかりの目つきで。「シルバー・メサには戻れない」この一時間ではじめて口にした言葉だった。

「もちろん戻れる。戻らなきゃいけない。家に帰れば気が落ち着く」

「わたしは人を殺した。逮捕される」アニーは一語一語、区切るように言った。

「いいや、ハニー。そうじゃない」レイフはすでにそのことを考えていた。トラハーンが彼を追っていたのは、おそらく周知の事実だ。しかもアトウォーターがそのあとに迫っているとなれば、トラハーンの死体が発見されるのは時間の問題だろう。「やつらはおれの仕業だと考える。おまえが一緒だということはだれも知らないから、最初に考えたとおりに事は運ぶ」

だが、アニーは頭を振りつづけた。「あなたにわたしの罪を背負わせるわけにはいかない」

レイフは耳を疑った。「なんだって?」

「あなたの罪でもないのに、責任を取らせるわけにはいかないと言ったの」

「いいか、アニー、よく聞くんだ」彼女の髪を顔から払いのける。「おれはすでに殺人の罪で手配されている。トラハーンの一件で、事情が変わると思うか?」

アニーは彼をじっと見つめた。「あなたはいまでも他人の罪を着せられている。そのうえ、わたしの罪を着せることはできない」

「くそっ」レイフは立ちあがって、髪を掻きむしった。アニーを納得させる方法があるはずなのに、すぐには思いつかない。まだショックが尾を引いているのかもしれないが、その決心は固く、彼にはどうともできなかった。レイフはあえて今後の展開を考えてみた。トラハーンを殺した罪で、彼女が絞首刑になったり投獄されることはないだろう。なんと言ってもアニーは女であり、立派な医者で、たいするトラハーンは一介の賞金稼ぎ。法執行官は賞金稼ぎには重きを置かない。だが、ひとたびトラハーンの死んだ状況が明らかになれば、つまりアニーが二週間近くレイフと行動をともにしていたのが知れたら、彼女の命はまったく価値を失う。四年にわたる逃亡生活をレイフに強いたと同じ人物の手によって――実際はその部下の手で――殺されることになる。レイフの天敵には、ささいなことで手を汚す必要がないだけの財力があり、その金の大部分は他人の血によって手に入れたものだ。

アニーを連れていくしかない。

単純であると同時に、恐ろしい結論だった。アニーが逃亡生活に耐えきれるかどうかは保証のかぎりではない。たしかなのは、シルバー・メサへ帰したら生きられないということだ。あのいまいましい道徳心のせいで。彼女はけっして主張を曲げず、それが命取りになる。少なくとも彼にとっては、高すぎる代償だった。

しかし、懸命に築きあげてきたものをすべてあきらめたら、アニーはどうなるだろう。医者であることが大きな意味を持つ女だ。彼とともに夜道を逃げていては、その天職も続けようがない。

嘆いていてもしかたがない。選択の余地はないのだから。シルバー・メサに戻っても、アニーには診療はできない。結局は死が待ち受けているだけだ。

たぶん熱のせいだろうが、彼女を家から連れ去ったときは判断力が鈍っていた。あるいは、レイフの傲慢さがそうさせたのかもしれない。自分の優秀さには自信がある。あのときは、トラハーンの追跡をかわしつつ、アニーの癒しの力を利用し、やわらかな体を堪能したうえで、気づかれないいままシルバー・メサへ帰すことができると確信していた。だが、その計画の妙所を打ち砕くいたずらを運命が準備しているとは、想像すらしていなかった。いまやアニーまでも、彼が四年間とらわれている悪夢のような罠にかかってしまった。

ただひとつ、ふたりでいることをだれにも知られていないのは好都合だった。アトウォーターが捜しているのは単独の男であって、女連れの旅人ではない。目をごまかすにはもってこいだ。

いまだショックの渦中にあるアニーは、そうは考えていないが、どのみちトラハーン殺しの犯人はレイフとみなされる。だれもレイフといることを知らないのだから、彼女は疑われようがない。彼女が告白しないかぎり、危険はおよばないのだ。だとしても状況は変わらない。やはりアニーは一緒に逃げるしかない。

そう結論するとめまいがしたが、しばらくしてそれは安堵のせいだと気づいた。いままでは心を鬼にしてアニーをシルバー・メサへ帰し、別れを告げて立ち去るつもりでいた。それがいま、その必要がなくなった。アニーはおれのものだ。

レイフはふたたびアニーの前にしゃがみ、大きな手でその顔を包むと、自分に目を向けさせた。ぼんやりと、平静を失った大きな茶色の目。その目を見ても、激しく唇を吸わずにはいられなかった。その行為がアニーを呼び覚ました。目をしばたたいて、顔を離そうとする。ほかに考えなきゃならない重要な問題があるのに、なぜそんなことをしているのか理解できないと思っているようだ。

それでも、もう一度、彼女にキスした。キスしたのは離れられないのを示すため。そして彼女が離れるのが耐えられなかったからだ。「おまえをシルバー・メサには帰さない。おれと一緒に来るんだ」

口論になるかどうかは、考えていなかった。反論は戻ってこない。アニーはしばらく彼を見つめ、やがてうなずいた。

「わかったわ」口ごもり、心配に顔を曇らせる。「足手まといにならないといいけれど」

なるだろうが、それがなんだ。アニーを残しては行けない。レイフは彼女を立たせた。

「出発しよう。ここから離れなきゃならない」

アニーは素直に鞍にまたがった。「なぜトラハーンの馬を連れていかないの？」

「馬を憶えてるやつがいるかもしれない」

「馬は大丈夫かしら？」

「鞍をはずしておいた。腹が減れば草を探す。だれかに見つかるか、野生化するさ」

アニーは小屋を見つめ、死して横たわるトラハーンのことを思った。埋葬せずに去るのは忍びなかったが、しかたのないことと、あきらめた。

「もう考えるな」レイフが命じる。「おまえがなにをしたって結果は変わらなかったし、いまできることはないんだ」

恐ろしく現実的な忠告。それを受け入れるくらい、心が強かったらいいのに。アニーはそれだけを願った。

降りそそぐ陽射しが雪にまばゆく反射し、どこまでも青い空がアニーの心に突き刺さった。ようやく春のきざしが訪れ、雪の下に新しい息吹が芽生えたことを告げるみずみずしく甘い香りが漂っている。ひとつの命が終わり、時は刻まれてゆく。二週間前に、暗闇のなか、悪夢のような道のりをこの山まで連れてこられた。寒さと恐怖に震え、体力も気力も限界を超えていた。あのときは、凍てつく冬が、まだしっかりと根を下ろしていた。それがいま、その同じ山を一抹の後悔をかかえながら立ち去ろうとしている。前にいるのは自分を誘拐した男。その男に嬉々として従い、受け止めきれないほど荒々しく、激しい美しさをたたえた自然に囲まれている。この二週間で傷ついた無法者を治し、その男に心を奪われた。その男がいまは恋人となった。そして、この淡い目をした、長身で頑固な男を守るために、他の人間の命を奪った。わずか二週間。たったそれだけのあいだに、この一帯も、彼女の人生も、大きく様変わりした。

レイフは馬にできるだけ雪の上を歩かせた。そのせいで、必要以上にペースが落ちて、足跡もくっきり残った。それを指摘しようとしたとき、アニーは雪が溶けはじめているのに気づいた。やがてふたりの通ったあとは、きれいに消え去る。これなら、いますぐ小屋を見つけて跡をたどらないかぎり、追っ手は手がかりを失う。

「どこへ向かっているの？」アニーは尋ねた。すでに二、三時間たっていた。

「シルバー・メサだ」

彼女は馬を止めた。「いやよ」青ざめる。「一緒に来いって言ったじゃない」

「ぐずぐずするな」レイフがぴしゃりと言った。「おまえは連れていく。シルバー・メサに行くと言っただけで、置いていくとは言っていない」

「でもどうして？」

「まず、おまえにはもう少し服がいる。普段ならそんなむちゃはしないが、診療所は町の中心からだいぶ離れている。おれなら、気づかれずに出入りできる」

アニーはスカートを見おろした。脇のポケットがあった部分が焼け焦げて、大きな穴が開いている。もう少しで生きたまま焼け死ぬところだったと思うと、ぞっとした。しかも、そのときは、危ないのに気づいてさえいなかった。

「わたしも行きたい」

「だめだ」

その声には決然とした響きがあったが、アニーは一応言ってみた。「見られる心配がないなら、どうしてなの？」

「万が一ってことがある」レイフは答えた。一度はそれを無視した。同じ過ちは二度と繰り返さない。「万が一見られた場合、おれたちが結びつけられるようなことは避けたい。おまえを守るためだ。いるものを指示してくれたら、探してきてやる」

アニーは小さな植木鉢に植わった、さまざまな薬草を思い浮かべた。あれは残していくしかない。そして、たくさんの本。父から引き継いだものを含め、大半が二度と手に入らない宝物だが、やはり持っていくことはできない。もしみずから戻り、わが家となった場所で見慣れた持ち物を目の前にして、なにを持ってなにを置いていくかを決めるよう求められたら、はるかにつらい思いをする。このまま見ずに、失ったことを受け入れたほうがいい。レイフなら着替えを詰めて、それで終わり。少なくとも手元には、なにより大切にしている診察鞄がある。

ゆっくりと進んだにもかかわらず、日暮れまでに時間を残して麓にたどり着いた。レイフの指示で、暗くなるまで、身を隠せる木立のある場所で待つことになった。休憩はアニーも大歓迎だった。一連のできごとで疲れはて、心は依然として人生の変化と格闘している。これまでいろんな筋書きを思い描いてきたが、こればかりは予想外だった。

夕焼けが空を染め、やがて紫色の影が忍び寄った。木陰はほぼ闇に沈んだ。「そろそろ行く」レイフはかろうじて聞きとれる程度の小声で言うと、アニーの肩に毛布を巻きつけた。「ここで待ってろ」

「わかったわ」暗がりにひとりで残されるのは心もとないが、なんとかなるだろう。「いつ戻ってくるの?」

「状況しだいだ」レイフは間をおいて、続けた。「もし朝までに戻ってこなかったら、捕まったと思ってくれ」

アニーの胸が痛いほど締めつけられた。「だったら、行かないで!」

レイフは膝をつき、彼女にキスした。「たぶん大丈夫だ。だが、万が一ということがある。もし、仮におれが捕まるような――」

「わたしのしたことで、あなたを絞首刑にはさせない」アニーの声は震えた。

レイフはアニーの頬に触れ、「やつらも死人は絞首刑にしないよ」と言うと、鞍に飛び乗った。くぐもった蹄の音が、しだいに静寂に呑みこまれていった。

アニーは力なく目を閉じた。レイフは絞首刑になると思っていない。賞金稼ぎは裁判にかけるためわざわざレイフを生かしておくような手間はかけず、その場で殺す。法執行官に捕まった場合にのみ、生きて裁判にかけられる可能性がある。だが、レイフなら、何カ月も監獄に入れられた末に絞首刑になるよりは、その場で射殺されるほうを選ぶだろう。

アニーは闇を見つめた。疲労で目が焼けるようなのに、眠れなかった。今朝のあのできごと――あれ以外の方法はなかったのだろうか? なにも思いつかなかったけれど、アニーは心の目で、トラハーンの見開かれた虚ろな目を見つづけた。彼は金のために人を追う殺人者だったが、それほど下劣には見えなかった。アニーには礼儀正しく、最初は安心させようと努め、できる範囲で危害がおよばないように気を配った。道徳心から？　それとも彼女を殺しても得にはならないから、関心がなかっただけ？　彼が野蛮な卑劣漢であってくれたらと願わずにいられないが、はっきり白黒つけられないのが人生というものなのだろう。

だが、トラハーンにとっては白か黒かだった。チャンスがあったのにレイフを撃たなかった。自分の死を察知し、賞金を手に入れられないと悟ったからだ。トラハーン自身が言ったように、レイフを殺しても意味はなかった。金がすべてだったのだ。

星がまたたきだした。アニーは木々の合間から空を見あげた。星の位置で時間がわかればいいのに。レイフが去ってどれくらいになるのか見当もつかないが、それはたいした問題ではない。朝までに戻るか、戻らないかのどちらかだ。

もし彼が戻らなかったら？　シルバー・メサへ帰って、放りだした時点から人生をやり直すのか？　そして、遠方まで往診を頼まれたと嘘をつく。だが、レイフの死を知りつつ、平然と町に戻って、そんな茶番を演じられるとは思えなかった。

レイフがそのまま逃げる可能性があるのは、頭ではよくわかっていた。もうここへは戻らないつもりかもしれない。けれど心は、そんな可能性を拒否していた。確たる証拠はなく、彼への愛だけが支えだったが、そんなふうに自分を見捨てる人でないのはわかっていた。レイフは戻ると言った。生きているかぎり、約束を守ってくれる。

　たっぷりと時間が過ぎ、そろそろ夜が明けるころだと思ったとき、近づいてくる蹄の音が聞こえた。アニーはあわてて立ちあがるなり、倒れそうになった。長いこと坐りつづけていたせいで、脚が凍えて痺れている。レイフは馬から降りるや、彼女を支えた。「どうした?」頭に口を寄せて尋ねた。「怖いことでもあったのか?」

「いいえ」言葉に詰まって彼の胸に顔をうずめ、熱く心地よい男のにおいを吸いこんだ。もう会えないかもしれないことだけを恐れていた。彼にしがみついて、二度と離したくなかった。

「着替えを持ってきた。ほかにもいくつかあるぞ」

「たとえば?」

「まず、カップをもうひとつ」その声で面白がっているのがわかる。「それから鍋ももうひとつ。石鹸(せっけん)、マッチ。そんなところだ」

「石油ランプは?」

「じゃあ、こうしよう。こんどまた小屋を見つけて泊まることがあったら、おまえのためにかならず石油ランプを探す」

「約束よ」

　レイフは地面に毛布を広げた。「ここで寝よう。夜が明けたら、南に向かう」

いまはトラハーンの毛布があるし、雪線よりも下にいるので、寒さに凍えることはなさそうだった。問題は寝つけるかどうか。アニーは横向きに丸まって手枕をしたが、目を閉じるなりトラハーンの死体が浮かんできて、あわてて目を開いた。

レイフが隣に横たわり、毛布を引っ張りあげた。お腹にのった彼の手が重い。「アニー」あの独特の響きがある。抱きたがっているのだ。

アニーはこわばった。今日一日いろんなことがあった。セックスにのめり込めるとは、とても思えない。「だめよ」うわずった声で答えた。

「どうして？」

「今日、人を殺したのよ」

一瞬の沈黙ののち、レイフは肘をついて体を起こした。「あれは事故だ。おまえは殺すつもりはなかった」

「彼にとっては、どちらでも同じだわ」

またもや沈黙が広がった。「もう一度あの状況に置かれたら、撃たないつもりか？」

「いいえ」アニーはささやいた。「彼を殺すとわかっていても、撃たざるをえないと思う。だから、事故じゃなかった」

「おれが人を殺したのは戦争中と、自分の身を守るためだった。おれを追おうと決めたのは向こうだ。そこまでは斟酌しないようにした。連中がそうしようと決めたから、その結果もかぶる。そういう連中のかわりに自分が生きているのを悔やんでいたら、生きてはいかれない」

アニーにもわかっていた。頭では受け入れている。だが、心はショックと悲しみに痛んでいた。

レイフはさらに手に力をこめ、彼女をあお向けにした。「レイフ、やめて。こんなこと、するべきじゃない」

暗闇のなかで、レイフはアニーの顔を見ようとした。彼女が苦しんでいるのは、ずっとわかっていた。同じ痛みを感じられるほど、彼女の身になって考えることはできないが、理由は理解できたし、傷ついているアニーが心配でもあった。あわただしく出発せねばならなくなったことで、気がまぎれたらと思っていたが、そうはいかなかった。

医者は人の命を助けることに人生を捧げる。アニーの場合、学ぶ機会を得るのに苦労したぶん、よけいにその使命感は強い。自分の命が脅かされていたときですら、レイフを傷つけることができなかった。そのアニーが、レイフを守るためにためらわずに撃ち、いまや心を痛めている。

アニーにはどう対処していいのか、わかっていない。彼自身が死に向き合わざるをえなかったときには、幸いあれこれ考える暇がなかった。戦いは休む間もなく先に進んだ。その直後は胃のなかのものを吐きだし、ふたたび夜明けを目にすることがあるのかと悲観したが、それでも日は昇り、新たな戦いが始まった。そんな経験を通じて、人の命がはかなく、煙のようにかき消え、それでもなにも変わらないことを学んだ。

アニーには受け入れられないだろう。彼女にとって命は貴重なもの。そんな彼女が自分を守るために人を殺したかと思うと、いたたまれなかった。自責の念にとらわれている彼女を見捨ててはおけない。ほかに方法を思いつかなかったが、彼女の記憶が死で満たされるのを黙って見ているつもりはない。彼は身を乗りだした。「アニー。おれたちの命は終わっていない」

力強い手をスカートに忍びこませた。ズロースの紐を解いて押し下げ、スカートをめくって、のしかかる。重い体で彼女を押さえこみ、太腿で脚をこじ開けた。

アニーはまだ準備ができていなかったので、貫かれると痛みが走った。それでも、両手をたくましい背に食いこませてしがみついた。力強く突かれ、毛布の上で体が揺れる。なかからも、外からも、彼の熱に包まれた。むせび泣きに息を詰まらせつつ、彼がやめないでいることに感謝した。この人はわかってくれている、死の恐怖に直面したときこそ、生の喜びをもっとも実感する。レイフは、自分を罪の意識から救いだすべく、これが人生だ、と教えてくれている。彼自身の肉体の力で、繰り返しよみがえる死の場面から遠ざけようとしてくれている。

アニーはとうとう眠りに落ちた。彼の求める行為とみずからの激しい反応とで、疲れはてていた。レイフは彼女を抱き寄せ、ようやく寝ついたのを確かめると、みずからも眠りについた。

12

「どこへ行くの？」アニーは尋ねた。ふたりはいま、昼食をとり、馬を休ませるために止まっていた。

「メキシコだ。あそこまで行けば、アトウォーターの追跡を絶てる」

「でも、賞金稼ぎは追ってくるわ」

レイフは肩をすくめた。

「トラハーンが言ってたわ。あなたにかけられた賞金は一万ドルだそうよ」

レイフが眉をつり上げて、口笛を吹いた。面白がっているふうさえある。生まれてこのかた人を叩いたことのないアニーだが、このときばかりは、ひっぱたきたくなった。なんて男なの！

「ずいぶん値上がりしたな。前に聞いたときには、六千ドルだった」

「いったい、だれを殺したことになっているの？」アニーはなかばとまどいながら尋ねた。

「よほどの重要人物なんでしょうね」

「テンチ・ティルマン」と、レイフは地平線を見やった。テンチの若々しく熱意にあふれた顔が目に浮かんだ。

「聞いたことのない名前だわ」

「だろうな。大物ってわけじゃないから」

「だったら、どうしてそんなに多額の賞金が出るの？　資産家の息子だったとか？　ねえ、そういうこと？」

「金を出すのはテンチの家族じゃない」レイフはつぶやいた。「それに、テンチはたんなる口実だ。彼がいなくても、他のやつの殺しの罪を押しつけられただろう。ようは、おれを殺すのが目的だ。正義もへったくれもあったもんじゃない」

　アニーは言った。「前に訊いたときは、わたしが知ると危険だからって、話してくれなかった。でもいまは、話しても同じことでしょう？　もうシルバー・メサに戻って、あなたを知らないふりはできないんだから」

　その点では彼女の言うとおりだ。レイフが見ると、アニーはブラウスのボタンを喉元まできっちり留め、東部の屋敷の応接間にいるみたいに背筋を正して坐っていた。その姿に、胸が痛んだ。彼女をなんて目に遭わせたんだ？　必死に築きあげた人生をあきらめさせ、いまは自分とともに逃避行をさせている。だが、置き去りにすることはできなかった。そうすればアニーはトラハーン殺しを告白し、レイフを追っている連中は、彼女がレイフとその秘密を知っているとみなす。万が一を嫌う連中だから、アニーは消される。彼女に話すべき時なのかもしれない。レイフを追跡しているのは、賞金稼ぎや法執行官だけではない。彼女にも、いまふたりが直面している状況を知る権利がある。

「わかった。おまえにも知る権利があるだろう」

アニーはふくれっ面をしてみせた。「わたしもそう思う」

レイフは立ちあがってあたりを見まわし、時間をかけて地平線を確認した。ふたりは木や岩の陰にうまく隠れており、近くで動いているのは、コバルト色の空にのんびりと円を描く黒い鳥たちだけだ。頭上には、雪をかぶった山々がそびえていた。

「テンチに会ったのは、戦争中だった。メリーランド出身で、おれより二、三歳下だった。穏やかで、気のいいやつだった」

話を組み立てようとするレイフを、アニーは見守った。

「リッチモンドが陥落すると、デイビス大統領は列車でグリーンズボロに政府を移した。政府の資金もだ。リンカーンが暗殺されたのと同じ日、デイビス大統領は荷馬車に乗って北軍の監視をかいくぐり、南へ向かった。資金は別の荷馬車に乗せ、別ルートをまわった」

アニーははっとして目を見開いた。「消えた南部連合の財宝のことを言ってるの？」声を詰まらせて尋ねた。「レイフ、金貨のことなの？　どこにあるか知っているの？」声がうわずる。

「いや。ある意味では」

「〝ある意味では〟って？　金貨の在処を知ってるの、知らないの？」

「知らない」きっぱり答えた。

アニーは弱々しく息を吐いた。ほっとしたのか、がっかりしたのかわからない。当時は、あらゆる新聞が消えた南部連合の金貨のことを書きたてた。旧南部連合の大統領が隠したのだという説もあれば、南軍の敗残兵が、新たな軍を結成するためにメキシコへ持ち逃げしたとする説、あるいは北軍が盗んだのだと非難する南部人もいた。さまざまな見解があったけれど、アニーにはどの説も憶測の域を出ていないように思えた。終戦から六年たったいまも、南部連合の金貨は発見されていない。

レイフはふたたび地平線をながめている。険しい顔には苦々しい表情が浮かんでいた。

「テンチはデイビス大統領の護衛についていた。テンチの話によると、大統領一行がジョージア州ワシントンまで行ったところで、資金がそう遠くないアビビルにあるのがわかった。そこで、資金を積んだ荷馬車を呼び寄せた。大統領はそのうち十万ドル分の銀貨を、遅配になっていた一部騎兵隊への給与にあてるよう命じた。総額の半分をリッチモンドの銀行へ送り返し、残りは逃亡と新しい政府の樹立費用として大統領が取った」

アニーはびっくりした。「どういうこと、リッチモンドに送り返したって？　銀行がいまも金貨を全部持ったまま、黙っているってこと？」

「いや、リッチモンドにはたどり着かなかった。ワシントン――DCではなくて、ジョージア州だが――から二十キロほど先で強盗に遭ったからだ。たぶん地元の一味だろう。とにかく、金貨のことは忘れてくれ。たいした問題じゃない」

失われた大金が〝たいした問題じゃない〟のひと言で片づけられるなんて前代未聞だが、レイフの表情が晴れないので、それ以上問いただすのはやめた。

「残りの資金を運んでいたデイビス大統領一行は、ジョージア州のサンダーズビルでふた手に分かれた。金を積んだ荷馬車と一緒だとやたらに時間がかかるんで、大統領たちだけ先にテキサスへ向かうことにしたんだ。テンチは財貨の輸送を担当するグループに振り分けられ、捕獲をまぬがれるためフロリダへ向かった。安全を見きわめてから、あらかじめ決めておいた場所で大統領と合流する手筈(てはず)だった」

そこで、レイフは息をついた。話しだしてから一度もアニーを見ていない。「連中が運んでいたのは、金だけじゃない。政府の書類や、大統領の私物もあった。

フロリダのゲインズビルに近づいたとき、デイビス大統領が捕まったというニュースが飛びこんできた。任務を遂行する意味がなくなり、金が宙に浮いた。迷ったあげく、みなで山分けすることにした。たいした金額じゃない。せいぜいひとり二千ドル程度だったが、終戦直後の二千ドルと言えばかなりのものだ。

どういうわけか、テンチは自分の取り分のほかに、政府の書類と大統領個人の文書を預かった。呼び止められて荷物を調べられる――北軍は南部兵の生き残りを見つけると、かならずそうした――のを恐れたテンチは、あとで取りに戻るつもりで、金と書類を埋めた」

「それで、回収したの？」

レイフは首を振った。「六七年に、ニューヨークでばったりテンチに会った。あいつはなにかの集会に出るため来ていて、おれは――なに、理由はどうでもいい」

女だ。アニーは直感するや、自分でも驚くほど激しい嫉妬に駆られた。レイフをにらんだが、彼はあいかわらずこちらを見ていなかった。

「テンチはニューヨークで、ビリー・ストーンって友人にも会った。三人で酒場へ行き、浴びるほど飲んで、昔話に花を咲かせた。そこに、パーカー・ウィンズローという名の男が加わった。そいつは鉄道王コーネリアス・バンダービルトの下で働いていた。彼にすっかり敬服したビリー・ストーンが仲間に引き入れて、酒をおごったんだ。

おれたちは酔っ払って、戦争時代のことを語り合った。おれがモズビーの部隊にいたことをテンチが話すと、やつらから根ほり葉ほり尋ねられた。おれは多くを語らなかった。話したって、信じてもらえないことが多い。そのうちにテンチが、金を山分けして、取り分をデイビス大統領の書類とともにフロリダに埋めたことや、それをまだ取りにいっていないことなんかを話した。近いうちに取りにいくつもりだ、とテンチは言ってた。するとウィンズローが、その金と書類についてどれだけの人間が知っているのか、ほかに埋めた場所を知る者はいるのか、と尋ねた。さっきも言ったように、テンチは酔っていた。おれの肩に腕をまわして、宝の分け前を埋めた場所を知っているのは、この世でただひとり、旧友のマッケイだけだと宣言した。おれも酔っていたから、テンチがそう思いこんでいるなら、それはそれでかまわないと思って、その場は話を合わせておいた。

翌日、しらふになると、テンチはしゃべりすぎたんじゃないかと心配しだした。賢い人間なら、金をどこかに埋めたなんてことは話さないもんだ。しかも、パーカー・ウィンズローは行きずりの男だ。テンチは漠然とした不安にとらわれた。他のふたりに、おまえが知っていると話してしまったからと言って、金と書類を埋めた場所の地図を描いて、おれに託した。それから三日後に、テンチは死んだ」

嫉妬の炎は消えていた。「死んだ？」アニーは訊き返した。「なにがあったの？」

「毒殺だと思う」レイフがくたびれたようすで答えた。「医者のおまえに訊きたい。若くて健康な男の命をたちまち奪うものはなんだ？」

アニーはしばらく考えた。「そういう毒はたくさんあるわ。青酸はわずか十五分で死に至る。砒素（ひそ）、ジギタリス、トリカブト、ベラドンナ。こうしたものも投与量が多ければ、すぐに毒がまわる。南米には即死させる毒薬もあるそうよ。でも、どうして毒殺だと思うの？　病死だってありうるのに」

「毒かどうかはわからない。ただ、そう考えただけだ。見つけたときには、すでに死んでいた。その前の晩、おれは宿に戻らなかった――」

「どうして？」アニーは口をはさんで、再度にらみつけた。

その声のなにかが、レイフに届いた。振り返ってアニーの顔を見たとたん、まごついた表情を浮かべた。咳払いをして続けた。「たいした理由じゃない。とにかく、テンチの部屋へ行ったら、死んでいた。なにかが引っかかった。あるいは、不安がっていたテンチがそんなふうに死んでるのを見て、疑り深くなっていたのかもしれない。いずれにせよ、彼の部屋を出て、ロビーに下りると、パーカー・ウィンズローがいた。やつはニューヨークに住んでいたから、宿泊客として来たわけじゃない。こっちに気づいたが、話しかけてこなかった。そのあと自分の部屋に戻ると、何者かに侵入された形跡があったのに、なにも盗られていなかった」

「だったら、どうしてだれかが忍びこんだとわかるの？」

レイフは肩をすくめた。「置いたはずの場所から動いてるものが二、三あったからだ。急いで荷づくりをしたが、詰め終わらないうちに警官がドアを叩いた。とっさに手にしていたものを持って、窓から逃げた。翌朝の新聞で、おれがテンチ・F・ティルマンを射殺した罪で手配されていることを知った。おれが見つけたときは、撃たれていなかったのに疑うか？」

「でも、なぜ死んだ人を撃ったりするの？」アニーはとまどいを滲ませて尋ねた。

レイフがちらりと見た。殺伐とした目だった。「頭の半分を撃ち抜かれてたら、毒殺を疑うか？」

そういうことか。「毒薬には専門知識がいるわ。なにをどの程度使うか知っているのは、かぎられた人だけよね」

「そう。たとえば医者だ」ふたたび肩をすくめる。「おれには医学の心得がないから、テンチが毒で死んだとわかれば、第一容疑者にはならない。たぶん、犯人はおれも殺すつもりだったが、部屋にいなかった。そしておれは、パーカー・ウィンズローを宿で見かけたから、やつの関与を疑える立場にいた。そこで、テンチを射殺に見せかけて、おれに罪を着せたわけだ。おれを殺しそこなったから、殺人で有罪にして絞首刑にしようと思ったんだろう。おれは毒殺犯には見えないが、銃は得意だ。もちろん、毒殺だろうが射殺だろうが、手配されていることには変わりない。どちらにしても、おれは追いつめられる」

「たった二千ドルで、どうしてそんなことになるの？　あなたは、それがテンチの殺された理由だと考えているんでしょう？　あなたも言ったように、たいした額じゃないし、しかもフロリダのどこかに埋められている。手持ちの二千ドルを奪うのとは、わけがちがうわ」

「おれもそう思った。そこで、テンチの埋めたものをこの目で確かめるために、フロリダへ向かった。列車の駅は見張られていたから、馬で行くしかなかった。だが、こちらには行き先がわかっているという強みがあった。相手はおおよその場所しか知らない」

「お金じゃなかったのね？」アニーはゆっくり尋ねた。氷のような淡い目が続きを待っていた。「書類のほうだった」

レイフはうなずいた。心が四年前に飛んでいるせいで、ひどくよそよそしく感じられた。

「書類だった」

「テンチが埋めた場所は見つかったの？」

「ああ。油布に包まれて、そっくりそのまま残っていた」

アニーは黙って待った。レイフはまたもや地平線を見つめている。「政府の書類とは」

彼はゆっくりと話しだした。「鉄道王バンダービルトから南部連合国への資金援助に関する資料だった」

アニーは凍りついた。その書類こそ、アメリカでもっとも裕福な人物――少なくとも、そのうちのひとり――の国家への反逆を示す文書だった。

「陸軍にとって、鉄道は屋台骨のようなものだ」レイフはあいかわらず、他人事のように淡々と話を続けた。「戦争が長引くほど、鉄道がもたらす利益は増え、その存在価値も高まる。バンダービルトは戦時中に巨万の富を築いた。デイビス大統領の私文書には日記も含まれていた。そこにバンダービルトの動機と、戦争が長期化した場合の見通しが記してあった。その時点ですでに、戦争が悪あがきなのを認めていた。デイビスは負け戦だと知りながら、バンダービルトの金で故意に長引かせた」

「バンダービルトは、書類のことを知っていた」アニーはささやいた。

「当然だ。勝敗のいかんにかかわらず、あとで役立つとわかっている証拠を、手放す政府などない。バンダービルトにしたってそうだ。あらゆる方面にたいして、多大な影響力を行使できるものを破り捨てるわけがない」

「バンダービルトはきっと、ミスター・デイビスの逃亡中に紛失したか、デイビス自身が破棄したと考えたんでしょうね」

「大統領が捕まって監禁されると……」レイフは言葉を切り、眉をひそめて適切な表現を探った。「……精神と肉体の両面から、拷問にかけられた。大統領が書類の在処を知っているかどうかを突き止めるのが、目的だったんだろう。あるいは、大統領が監獄から出るために書類を利用しなければ、持っていないとみなせる。たぶん、バンダービルトは、書類が永久に消滅したと考えて、安心したにちがいない」

「テンチがウィンズローの前で、書類のことに触れるまでは。彼はバンダービルトの部下だったわけだから」

「バンダービルトだけではないだろう。ほかにも、書類の重要性を知る者がいたはずだ」

「同じく反逆罪に加担して、巻き添えを食いそうになっていた人物」

「そうだ」

アニーはあたりを見わたした。うららかな春の光景。馬たちは満足げにやわらかい新芽を食べ、世界はみずみずしさに満ちている。ふと、非現実感に襲われた。「それで、その書類はどうしたの？」

「銀貨は匿名でテンチの家族に送った。書類はニューオーリンズの銀行の金庫に預けてある」

アニーは勢いよく立ちあがった。「なぜ、その書類で潔白を証明しなかったの？」こみ上げてきた怒りのままに、怒鳴った。「どうして政府に提出して、バンダービルトを処罰させなかったの？　とんでもないわ、彼のせいでどれだけの命が――」

「そうだ」レイフが振り返った。その顔の険しさに、アニーは思わず押し黙った。「おれの兄は六四年の六月にコールドハーバーで、父は六五年の三月、リッチモンドを守ろうとして死んだ」

もしバンダービルトの援助がなかったとして、戦争はいつまで続いていただろう？　いまとなってはわからない。コールドハーバーでの戦いは避けられなかったにしても、まず、まちがいなく、六五年の四月までは続かず、父もまだ生きていた。レイフは戦争によって、家族を奪われた。

「だったら、なおさら償いをさせなくちゃ」ようやくアニーは口を開いた。

「最初はなにも考えられず、怒りおかしくなった。やつらはフロリダまで追跡してきて、背後に迫っていた。書類を銀行の金庫に偽名で預け、おれは逃げた。以来、逃げまわってきた」

「どうして？　なぜそれを使って汚名を晴らさなかったの？」

「書類では晴らせないからだ。おれはテンチ殺しで手配されている。彼が書類のせいで殺されたことは証明できない。つまり、おれが殺さなかった証明はできないんだ」

「でも、バンダービルトが背後にいるのは、たしかなのよ。それで、あなたの首に大金をかけた。少なくとも、その書類を使えば賞金を引っこめさせ……彼の影響力を使って殺人罪の訴えを取り下げさせることができるわ」

「脅迫か。おれも考えたよ。何回か試みてもみたが、ひとりじゃ無理だ。おれはたえず追われているから、ニューオーリンズへは戻れない。事情を打ち明けた相手は」レイフは噛みしめるように言った。「みな殺された」

「それで、あきらめたのね」熱く乾いた目でレイフを見つめた。胸が痛んだ。この人は四年もの歳月、野生動物のように逃げることを余儀なくされてきた。彼の話どおりなら、追っ手は賞金稼ぎや法執行官だけではない。たぶんバンダービルトも捜索隊を放ち、その連中に賞金稼ぎのすぐあとを追わせて、レイフが秘密を打ち明けたと思われる人物を次々と消しているのだろう。なんというおぞましさ。彼がどうやって生き延びてきたのか、想像もつかない。いや、アニーにはわかる。並みの男なら、とうに捕まって殺されていた。だが、レイフは並みの男ではない。モズビーの遊撃隊に所属し、人目につかずに脱出する訓練を重ねてきた。たくましい肉体と、明晰な頭脳、そして冷徹な判断力を持っている。

それを証明するように、レイフは向きを変えて、ぶっきらぼうに告げた。「出発するぞ」

レイフは可能なかぎり速いペースを保ちつつ、経路に注意することを忘れなかった。シルバー・メサからなるべく遠ざかりたかった。町の人間に出くわしたら、アニーに気づくかもしれない。ひとりならもっと速く進めただろうが、アニーと彼女の去勢馬の両方に気を遣わなければならない。どちらも歩きつづけるのに慣れていないからだ。レイフの鹿毛は長旅でたくましく鍛えられているが、去勢馬はたまにしか使われていなかった。スタミナを養うには時間がかかるだろう。

できることなら、アトウォーターがどこまで自分たちに迫り、このあたりに他の賞金稼ぎがいるのかどうか知りたかった。後者に関しては、確信があった。トラハーンは広く顔が知れわたっているので、どうしたって目につき、獲物を横取りしようとするハゲタカどもを、そのまわりに引き寄せる。最低でもあと数日は、人と顔を合わせるのを避けたかった。

振り払おうとしても、重苦しい雰囲気が毛布のように肩にまとわりついてくる。何年かぶりに、テンチや南部連合の書類のことを他人に話した。そのことをこれほど考えたのも、同じくらい久しぶりだった。生きることに全精力を傾け、自分を無法者に貶めた事件を蒸し返さないようにしてきた。いまだに裏切られたと強く感じているのに気づいて、われながら意外だった。ジェファーソン・デイビスには、リッチモンドで何度か会ったことがある。ご多分に漏れず、超俗的とも言えるその知性と高潔な人柄に感服した。レイフは奴隷制には反対で、家でも奴隷はいっさい使っていなかったが、中央政府の権力にたいして州の独立性を確保するという考え方には心から傾倒したし、故郷のバージニア州を守りたいという思いは強かった。デイビスはそんなレイフを一世紀前のアメリカ独立戦争の戦士のような気分にさせ、新しい主権国家を築くという偉大な目的に突き進んでいると感じさせてくれた。それだけに、デイビスがその理想を捨て、そのうえ、裕福な人間をより豊かにするために、戦争を継続させる資金を受けとっていたと知ったときは、脳天に一発くらった気分だった。

　戦争の最後の一年で、どれほどの人命が失われたことか。おそらく何千人。そのなかにはレイフにとってかけがえのないふたり、父と兄も含まれていた。もはや裏切りのひと言ではすまない、殺人だ。

　事の顛末（てんまつ）を理解しようとするアニーから、質問を投げかけられたおかげで、記憶が残らずよみがえってきた。なんとかバンダービルトを阻止する手だてを見つけようと、当時は憑かれたようにあらゆる点を考え、あらゆる可能性を検討した。だが、ひとつとして思いつかなかった。

政府に書類を提出すれば、バンダービルトは逮捕される——いや、豊富な資金力を使って、まぬがれるかもしれない——が、殺人罪はくつがえらない。復讐(ふくしゅう)はなし遂げられても、その恩恵にあずかるには生きていることが前提で、死ねば元も子もあったものではない。

アニーも脅迫という手段を考えついた。四年前、最初に思いついたときは、たやすく思えた。殺人罪の訴えが取り下げられなければ、書類を大統領に送ると記した脅迫状をバンダービルト宛てに書いた。だが、まず立ちはだかったのは、自分との連絡方法を指定できないという問題だった。生きて、バンダービルトの返事を受けとる見込みはなかった。ふたつめの問題は、バンダービルトが脅迫を無視し、あいかわらず総力を挙げてレイフを抹殺しようとしているらしいことだった。脅迫者を殺せるから要求に屈する必要はないと考えている人間には、脅迫はきかない。

そんなとき、他人の力を借りて計画を実行しようと思いたった。そして、ふたりの旧友が殺され、どうあがこうと、バンダービルトを思いとどまらせることはできないと観念した。けれども、いまは状況が変わり、アニーという、考えてやらなければならない相手ができた。ふたりで平和に暮らせるのであれば、何度でも喜んで挑戦しよう。それには、信用がおけて、脅迫を実行する手段を持つ人物がいる。殺したら問題になる人物、権力の側に立つ人物でなければならない。だが困ったことに、そうした知り合いを持つ無法者は多くない。

と、アニーを見やった。疲労の色があるにもかかわらず、背筋をぴんと伸ばしている。レイフはいつしか、自分がおれではなく、おれたちという単位でものを考えるようになっているのに気づいた。いまや、自分の決定はすべて彼女にも関わってくる。

レイフは日没直前に止まれの合図を出し、煙を立てないよう、小さな火をおこした。腹ごしらえがすむと、火を消してたき火の跡をすっかり隠し、急速に深まってゆく夕闇のなか、夜を明かす場所を求めてさらに数キロ進んだ。彼にすると、まだ安眠できるほどシルバー・メサから離れていなかったので、ふたりとも服を着たまま毛布に潜りこんだ。ブーツや靴さえ脱がなかった。ふたりして裸で眠った小屋での夜を思いだし、レイフの口から溜息が漏れた。

アニーは彼の胸に身を寄せて、たくましい首に両腕をかけた。「メキシコのどこへ向かっているの?」眠たそうな声だった。

それはレイフも考えていたが、むずかしい問題だった。「たぶんフアレスだ」途中には難関が待ち受けている。砂漠やアパッチ族の居住地を突っ切らなければならない。だがその反面、追っ手も追跡をためらうはずだ。

13

「どうして名前を変えて、姿を消さなかったの？」小屋を出て一週間ほどたったある日、アニーは尋ねた。たぶん一週間だが、自信はなかった。雄大な自然に囲まれていると、日付といった人間生活に密着した、世俗的なことを忘れてしまう。

「何回か偽名を使ってみた」レイフは答えた。「ヒゲも伸ばした」

「じゃあ、どうしてばれたの？」

　レイフは肩をすくめた。「おれはモズビーの隊にいた。遊撃隊を撮った写真は山ほどある。金さえ出せば、そうした写真を手に入れて、おれの顔を判別できただろう。いつでもヒゲを剃れる環境ではなかったから、伸ばしたままの写真もあった。とにかく、なんでだか知らないが、おれの顔は見分けやすいらしい」

　目だわ、とアニーは思った。ひとたび、その淡く透きとおった目を見た者は、けっして忘れないだろう。偽名を使ってヒゲを伸ばしても、目は変えられない。

　レイフが小さな鹿を仕留め、そのやわらかい肉を薫製にするあいだ、ふたりは二日間同じ場所にとどまった。アニーはひと息つけて嬉しかった。彼が思いきってペースを落としたのはわかっていても、最初の数日はつらくてたまらなかった。長時間、鞍にまたがっているのに慣れてくると、筋肉の痛みはやわらいだが、まる二日のあいだ馬に乗らなくていいなんて、最高の贅沢だった。

ふたりがキャンプを張ったのは張り出した岩棚の下で、深さはおよそ三メートル、入口の部分はレイフがまっすぐ立てるだけの高さがある。南下するにつれて、草木はまばらになったが、身を隠すための立木や馬が食べる草には不足しなかった。岩棚の下は入口に巨石が積み重なっているおかげで火が隠れ、近くにはせせらぎもある。屋根にあたるもののある場所でレイフに抱かれて横たわっていると、小屋にいたときと同じように安心できた。

悲嘆をかかえているあいだ、レイフは気を遣って、夜になるとセックスのことにはひと言も触れずに抱いてくれたが、岩棚で過ごしたその二日間というもの、彼はつかの間の禁欲生活を試みているようだった。アニーは小さな火で夕食の支度をしながら、鹿の皮を処理する彼の姿を見ていた。黒髪はすっかり伸びて、巻き毛がシャツの襟にかかっている。おまけにまっ黒に日焼けしているので、彼から聞かされているアパッチ族の一員で通りそうだ。レイフを愛している。日増しに強くなってゆくその思いで他の記憶が押しやられ、やがてはシルバー・メサでの生活さえ容易には思いだせなくなりそうだった。

肉体の呪縛。体を許せば、自分の一部を支配されて二度と取り戻せなくなることは最初からわかっていた。けれども、その絆の強さは本能でも予想しえなかった。おそらく彼とのセックスだからこそ、絆がいっそう深まったのだろう。

　アニーは炎を見つめてもの思いにふけった。正確な日付がわからないため、もう月のものが始まっている時期なのかどうか定かではないけれど、そろそろなのはたしかだった。レイフにシルバー・メサから連れだされておよそ三週間。その二、三日前に生理が終わったところだった。ただ、周期はほぼ順調ではあるけれど、始まる日を予測できるほどではなかった。

　実際に妊娠したらどう感じるのか、まったく想像できなかった。恐怖と喜びは同時に味わえるものだろうか？　彼の子どもを産むと思うと、嬉しさのあまり目がくらむようだが、妊婦は足手まといになる。旅を続けられなくなったら、レイフは彼女をどこかに置いていかざるをえない。考えるだにつらいので、すぐには妊娠が判明しないことをひたすら願った。

　自分は人の命を奪った。仮に、新しい命を宿した結果、愛する男を失ったとしたら、なんとも皮肉な報いだ。幼いころから聞かされていた説教が頭にこだまする。恐ろしい天罰、運命の秤。

　処理中の鹿の皮から顔を上げたレイフは、ぼんやりと火を見つめるアニーの茶色の目が悲しみに曇っているのに気づいた。トラハーンの死のショックを忘れてほしいと願ってきたが、まだ完全には脱していない。忙しく体を動かしている日中はほぼ頭から追い払えても、じっとしていると悲しみがふくれ上がってくるのが傍目にもわかった。

戦争ではじめて人を殺して以来、レイフは自分の引き起こした死をつねに受け入れてきた。突きつめれば、自分の命か相手の命かという問題であり、その考えはいまでも変わっていない。だが、彼は戦士だが、アニーはちがう。そのやさしさ、あふれんばかりの思いやりが、彼女に惹かれる一因になったのもたしかだ。いまになってみると、最初に会ったときに、痩せてくたびれた、どちらかと言えば地味な女だと思った自分が信じられず、とまどいさえ感じる。見る目がなかったとしか言いようがない。いまなら、息を呑むほど美しいのがわかる。なめらかで、温かくて、このうえなくやさしい抱擁ですっぽりと包んでくれる。知性と誉れをたたえ、見ているだけで股間が硬くなるような美しい肉体の持ち主。その服を脱がせるのは、つまらないおおいをはがして、宝物を取りだすようなものだった。

人の命を奪ったことを平然と忘れられる女ではない。そんな彼女の傷ついた姿を見るたびに、慰めてやりたい衝動に駆られるが、残念なことに、その方法を思いつかなかった。

「おまえは、おれの命を救った」静けさのなかにレイフの声が響いた。アニーが少し驚いたようすで顔を上げるのを見て、それを言葉に出して言うのははじめてなのに気づいた。「正確に言うと、二度救った。一度は治療で、もう一度はトラハーンから。やつには、おれを生きて連れ戻す気さえなかった」レイフは鹿皮の作業に戻り、さらに続けた。「以前、あいつが、生死を問わず賞金をかけられた十七歳の少年を追っていたことがある。その少年は、サンフランシスコの富豪の息子を殺していた。トラハーンが捜しあてると、少年は地面にひざまずき、涙と洟でぐじゃぐじゃになりながら、殺さないでくれと頼んだ。絶対に逃げない、おとなしく戻ると誓った。トラハーンの噂を聞いていたんだろうな。だが、その訴えもむなしく、少年はトラハーンに眉間を撃ち抜かれた」

アニーは無言のメッセージを感じとった。トラハーンが死んでも、人類にとってたいした損失ではない。もうひとつ、それまで頭がいっぱいで気づかなかったことに思い至った。「トラハーンを殺したことは後悔していないわ」ゆっくり考えながら言うと、レイフがこちらを見た。「人を殺さなくてはならなかったことを、後悔してるだけ。でも、たとえ相手が法執行官のアトウォーターでも、同じようにしていた」あなたを選んだ、と口に出すことなく伝えた。

しばらくするとレイフはうなずき、作業に意識を戻した。

アニーは夕食の鍋をかき混ぜた。レイフの話のおかげで、ふさいでいた気分は晴れたが、自分のある部分が決定的に変化してしまったのがわかった。とうてい同じではありえない。

静かな色の爆発とともに、夜の帳が下りてきた。頭上の空はピンクから金、赤、そして紫へと刻々と変化を遂げ、やがて静けさのみを残して色あせた。世界がその美しい光景に息を呑んだかのようだ。レイフがアニーを毛布に導くころ、空にはかすかな残光が漂うばかりだった。

「おおい、ちょっといいか！　おれたちは敵じゃない。コーヒーがあまってたら、もらいたいんだ。ちょっと前に切らしちまった。邪魔してもいいか？」

朝食を終えたところだった。最初の言葉が消えやらぬうちに、レイフはライフルを手に立ちあがり、アニーにじっとしているよう合図した。叫び声は、およそ百五十メートル先のマツ林から聞こえてきた。距離があったために、木立からは見えない窪地で草を食べていた馬たちも騒がなかったのだ。マツの木陰に、馬に乗ったふたり連れの男が見える。レイフはたき火に目をやった。ごく細い煙が立ちのぼっているだけだ。それを見分けられるほど鋭い目の持ち主か、あるいはわざわざ捜しあてたか。後者だろう、とレイフは思った。

「こっちもコーヒーを切らしている」レイフは叫び返した。こちらから誘いをかけなければ、秘めた動機がないかぎり立ち去るはずだ。

「食い物に困ってるんだったら、一緒にどうだ」叫び声が返ってきた。「もちろんコーヒーはないが、にぎやかなのは大歓迎だ」

レイフは馬を見やったが、そこまで走るという考えは却下した。馬たちはいま申し分のない状況にある。食料も水もあり、三方を囲まれている。だが山がちな地形とはいえ、深い森がなくて見晴らしがいいために、こっそりと立ち去ることはできない。「かまわずに行け」従わないのを承知で、レイフは言った。

「やけに冷たいな」

レイフは答えなかった。気が散るだけだ。ふたりの男の動作をなにひとつ見のがしたくなかった。彼らはひとつの標的にならないよう、離れて立っている。人恋しさに訪ねてきたのでないのは明らかだ。

最初の銃弾は、頭上六十センチで火花を散らした。背後でアニーが息を呑んでいる。

「賞金稼ぎだ」レイフは言った。

「何人？」

振り返らなかったが、アニーの声は落ち着いていた。「ふたり」三人めが忍び寄っているとしたら、馬が聞きつけるはずだ。「心配ない。坐ってろ」

レイフは撃ち返さなかった。弾薬を無駄にするのは主義に反し、どちらの男にも正確に狙いを定められなかった。

アニーは岩棚のいちばん奥の隅に身を寄せた。動悸が激しくなって吐き気がしたが、我慢してじっとしていた。なによりレイフの邪魔をしないことが手助けになる。生まれてはじめて、武器を扱えないのを悔やんだ。こうした生活では、一歩まちがえれば、命取りになりかねない。

またもや銃声が轟き、こんどは入口部分の岩に当たって跳ね返った。レイフは眉ひとつ動かさなかった。いまの自分の位置なら、当たらない。それがレイフにはわかっていた。ただ待った。たいがいの男ならいらだつか、逆にいい気になる。相手が姿を現わして撃ってくるのは時間の問題だろう。レイフは根気よくじっくり構えた。

時が刻まれた。ときおり、ふたりのうちのどちらかが発砲してきた。レイフの居場所がわからず、おびき出そうとしているようだ。連中には不運な話だが、レイフは攻撃とたんなる反撃のちがいをよく承知していた。発砲するのは、充分に狙えると確信できた瞬間のみだ。

三十分も過ぎたころ、左側の男が動いた。姿勢を楽にしたかっただけだろうが、ほんの一瞬、上半身がまる見えになった。レイフは落ち着いて引き金を引き、賞金稼ぎに永久に楽な姿勢をとらせてやった。

レイフはその銃声が鳴りやまぬうちに動きだし、アニーにじっとしているよう小声で命じると、入口の岩をすり抜けてキャンプを離れた。もうひとりの賞金稼ぎが、一万ドルの賞金を独り占めしようと、彼が出てくるのを待ちかまえているかもしれない。だが、相棒の死体を残し、応援を求めて立ち去る可能性もある。レイフの頭は冴え、冷静だった。残るひとりを逃がしてはならない。

相手とのあいだに遮蔽物はほとんどなく、向こうが岩棚に近づけなかったように、こちらも木立に近づけなかった。敵は吟味して攻撃拠点を選んでいなかった。レイフは戦略家の目でそれを見て取ると、取るに足らない相手だと判断した。利口な者なら、地形を利用して接近できるまで攻撃を控えるか、回り道をして待ち伏せするはずだ。いずれにせよ、ひとりの愚か者は死に、もうひとりもじきそのあとを追う。

ふたたび木立から弾が飛んできた。腹立ちまぎれに撃ったのだろうが、弾薬が無駄になるばかりで効果はない。レイフは岩棚を振り返った。アニーに危険がおよぶとしたら、弾が跳ね飛んだときぐらいだが、あれだけ奥にひそんでいればまず安心だ。ただし、そこにとどまってくれていれば。レイフは動かないように命じ、それは言葉どおりの意味だったものの、状況がわからないままただ坐っていれば、じりじりしてくるだろう。

レイフは用心しながら、攻撃しやすい角度にまわりこんだ。距離を縮めるのはほとんど不可能だ。賞金稼ぎの姿は見えないながら、木立にはまだ二頭の馬がいた。レイフはその一点に視線を合わせ、わずかな動きも見のがさぬように焦点をぼかした。あそこだ。あの木の陰でいらついている。それでも、狙い撃ちできる角度ではなかった。

またたく間に熱を帯びた朝の陽射しが、むき出しの頭に照りつけている。帽子をかぶってこなかったのを悔やんだものの、次の瞬間、肩をすくめた。むしろこのほうがよかったのだろう。帽子をかぶっていれば、かえって的になりやすい。

レイフは体勢を整えるのに適した場所を見つけた。ひび割れから小さなビャクシンの木

が生えている巨岩で、ライフルを固定させるのにぴったりだ。ゆっくりと身がまえて、賞
金稼ぎが次の行動を思案している木立に照準を合わせる。レイフは長くかからないことを
祈った。
相手は反撃を誘おうと無駄に撃ってきたが、いま撃ち返しても腕に命中させるのがせい
ぜいなので、さらに待った。傷を負わせただけで逃げられたら、恐ろしく厄介な状況を招
く。あたり一帯に、賞金稼ぎがあふれ返るだろう。

そのとき、おじけづいたのか、向こうがじりじりと馬のほうに後退しはじめた。レイフ
は照準を定め、男の動きを銃身で追った。「さあ、マヌケ野郎」彼はつぶやいた。「二秒だ
け出てこい。二秒あれば充分だ」

実際はそれ以下だった。男が視界に入った。用心して岩棚とのあいだにつねに木をはさ
んでいるけれど、レイフは岩棚にはいない。完全に狙える位置ではなく、肩と胸の一部し
か見えなかったが、それで事足りた。引き金を引くと、銃弾が男を撃ち倒した。

死に至らしめることはできず、木立から苦しげな悲鳴が聞こえた。「アニー！」レイフ
は叫んだ。

「ここよ」

レイフはその声に恐怖を感じとった。「大丈夫だ。ふたりとも片づけた。じっとしてい
ろ。すぐに戻る」

傷を負わせた男が撃ち返してくる可能性を頭の片隅にとどめて、木立へ向かって歩きだした。撃てないと決めてかかり、うかつに〝死人〟や重傷の相手に近づいたあげくに命を落とすケースは多い。文字どおり息を引き取る間際でも、引き金は引けるものだ。

木立に分け入ると、傷ついた男のうめき声が聞こえた。木にもたれて坐り、数十センチ先にライフルが落ちていた。レイフは目と銃口を男に向けながら、相手の武器を蹴り飛ばし、拳銃を奪いとった。

「おとなしく立ち去るべきだったな」静かに言った。

賞金稼ぎは、痛みと憎しみに満ちた目をレイフに向けた。「こんちくしょうめ、オーベルを殺しやがって」

「最初に撃ったのは、おまえとオーベルだ。おれはそれに応じただけだ」ブーツの先でオーベルを引っくり返した。心臓を貫通している。オーベルの武器も回収した。

「ちょいと休もうと思っただけで、傷つけるつもりはなかった。こんな場所だと人恋しくなるもんだ」

「さぞかし、仲間に飢えていたんだろうな。それで、われを忘れて撃ってきた」レイフは無邪気な弁明を信用しなかった。男は汚らしく、ヒゲが伸び放題で、ふんぷんと悪臭を放っている。目には、見まがいようのない卑しさが表われている。

「そうとも。ただ仲間が欲しかっただけだ」

「どうしておれたちがここにいるのがわかった?」いくら考えても、煙を見られたとは思えなかった。このふたりが自分たちを追跡していたとも考えにくい。岩棚に寝泊りしてすでに二日になるし、このふたり組がこれまでの追跡者のように、うまく身を隠して追ってくるほど賢いとは思えない。

「たまたま通りかかったら、煙が見えた」

「なぜ、おれから言われたときに、立ち去らなかった?」冷めた目で男を見すえる。胸から血を流しているが、致命傷ではないだろう。どうやら、弾は鎖骨を砕いたようだ。この男をどうしてくれよう。

「おまえがおれたちを招かずに、追い払おうとしたからさ。オーベルはおまえが女を独り占めするつもりだと――」しゃべりすぎたと思ったのか、男は口をつぐんだ。

レイフは冷酷な怒りに目を細くした。煙を見たんじゃない。水を汲みに出たアニーを見たのだ。このクズたちの目当ては、賞金ではなく女だった。

レイフは苦しい選択を迫られていた。この畜生の頭に弾をぶち込んで、世の中のクズを片づけるのが利口なやり方だ。だが、いま殺したら無情な殺人でしかなく、みずからを彼らと同じレベルに落とすのは気が進まなかった。

「いいか、よく聞け」レイフは馬に近づき、手綱を取った。「おまえに人生の過ちについて考える時間をやろう。たっぷりとな」

「馬をどこへ連れていく？　泥棒だぞ！」

「盗みはしない。放してやるだけだ」

男は苦痛をこらえて、汚らしい顎を引いた。「それは許さん！」

「知ったことか」

「馬がいなかったら、どうやって医者に行きゃあいいんだ？　おまえに肩を砕かれたんだぞ」

「おまえが医者に行こうが行くまいが、おれには関係ない。もう少しおれの狙いがよけりゃ、おまえも肩の心配しなくてもすんだのにな」

「なんてやつだ。おれをこのまま置き去りにするつもりか？」

レイフは男に氷のような淡い目を向けただけで、なにも言わなかった。やがて、二頭の馬を放ちはじめた。

「おい、待て」男は食い入るようにレイフを見つめていた。「おまえだったのか。ちくしょう、おれの目は節穴か。こんなに近くにいながら、気づかなかったとは――一万ドルだぞ！」

「いまさら遅い」

男はにやりとした。「賞金を手に入れたやつには、ジグを披露して酒をおごってやるぜ、この下郎め」

レイフは肩をすくめ、膝で立ちあがろうともがいている男を尻目に馬を引いた。馬も武器もなければ、どこかの町にたどり着ける見込みはまずない。たとえ着けたとしても、何日、あるいは何週間もかかるだろう。そのころには、アニーとともにずっと先に進んでいる。女連れだと知られるのは望ましくないが、それくらいの危険は覚悟せねばならない。せめてもの救いは、特徴がわかるほど男がアニーをよく見ていないことだ。

ふいになにかが動く気配と、かすかな擦過音に、レイフは危機を察知した。手綱を落として振り向くや、片膝をつくと同時に拳銃に手を伸ばした。あの賞金稼ぎめ、ベルトの後ろに予備の拳銃を突っこんでいたにちがいない。レイフが身を沈めるほうが一瞬早かったために、弾は上にそれ、肩をかすめただけですんだ。レイフの弾はそれなかった。

賞金稼ぎはだらりと木にもたれかかった。目と口をぽかんと開け、驚いたような間抜け面をさらしている。その目から輝きが消えたかと思うと、横ざまに倒れて、地面に顔をうずめた。

レイフは立ちあがり、脅える馬をなだめた。賞金稼ぎの死体をながめ、突如として疲労感にとらわれた。こんなことが、いつまで続く？

死んだふたり組の武器を調べた。汚れて手入れもされていない。弾薬だけを取りだして、銃は捨てた。サドルバッグを探ると、コーヒーが出てきた。大ボラ吹きめ。馬から鞍をはずし、尻を叩いて送りだした。上等な乗用馬でないことはたしかだが、このふたりに手綱を引かれるよりは、自由になったほうがましだろう。そのあと、自分とアニーに役立ちそうなものを選びとって、岩棚に戻った。

アニーはまだ膝をかかえて、隅に縮こまっていた。青ざめ、こわばった顔をしている。レイフがなかに入って戦利品の袋を下ろしても動かなかったが、大きな目を問いかけるようにこちらに向けた。

彼女の正面にしゃがみこんで手を取り、岩の破片でケガをしていないかどうか念入りに調べた。「大丈夫か?」

アニーは唾を呑んだ。「ええ、でもあなたは大丈夫じゃない」

レイフは彼女を見つめた。「なんでだ?」

「肩よ」

その言葉ではじめて左肩の痛みに気づき、ちらりと目をやった。「なんでもない。かすり傷だ」

「血が出てるわ」

「少しだけだ」

アニーはのそのそと隅から這いでると、診療鞄を取りにいった。「シャツを脱いで」

素直に従ったものの、実際はただの擦り傷で、水のように薄い血がわずかに滲みでているだけだ。レイフはまじまじとアニーを見つめた。ふたりの賞金稼ぎについて尋ねてこない。

「ひとりは最初に死んだ」レイフから話した。「あとのひとりは負傷しただけだった。おれが馬を逃がそうとしたときに、ベルトから予備の拳銃を抜きだした。それで、そいつも殺した」

アニーは膝をついて、ハマメリスのエキスで傷を丁寧に洗浄して、レイフをたじろがせた。手が震えている。アニーは深呼吸して、どうにか心を鎮めた。「あなたがケガをするのが怖かっただけ」

「おれは無事だ」

「いつも無事ですむという保証はないわ」そう言いながら、頭の片隅で不思議に思っていた。これよりずっとひどい傷を治療したときには筋肉ひとつ動かさなかった男が、たかだかかすり傷で、なぜこんな顔をするのかしら？ 彼女は血の滲む傷口にアカニレの軟膏(なんこう)を塗り、軽く布を当てた。彼の言ったとおり、たいした傷ではなかった。

レイフは彼女に伝えるべきかどうか迷っていた。あのふたりは賞金稼ぎだったが、狙いは賞金ではなかった、と。やはり言わないでおこう。そう決めると、アニーが処置を終えるのを待ってから、抱き寄せて激しくキスした。強く抱きしめて、死がもたらした不快感を振り払うために独特の熱を思いきり吸収した。

「そろそろ出発だ」彼は告げた。

「ええ、そうね」アニーは溜息(ためいき)をついた。休息は楽しかったが、いずれにせよレイフは今日出発する予定にしていた。できることなら、だれにも見とがめられずに、こっそりと立ち去りたかった。

四年ものあいだ、この人はどうやって正気を保ってきたのだろう。野生動物のごとくたえず追跡され、出会う人はだれも信用できない。警戒をゆるめる暇などなかっただろう。

「わたし、足手まといになってない？」彼の目に浮かぶ真実を見ないですむよう、胸に顔をうずめたまま尋ねた。「わたしがいなければ、もっと先を急げたわ。それに、つねにわたしのために目を光らせてなきゃならない」

「たしかに、先は急げた」正直に答えて、アニーの髪を撫でた。「一方で男女のふたり連れを捜しているやつはいないから、一長一短だ。だが、足手まといではないさ、ハニー。それにおれの目が届くように、そばに置いておきたいんだ。おまえがどうしているか、無事かどうかわからなかったら、心配でたまらない」

アニーは顔を上げ、笑顔をこしらえた。「南部男の魅力で、わたしを誘惑するつもり？」

「さあね。そう思うか？」

「ええ」

「それなら、たぶんそうだろう。おれを魅力的だと思うのか？」

「最高に魅力的なこともある」アニーは認めた。「めったにないけど」

レイフが額をつけてくすくす笑いだすと、アニーははっとした。小声ではあるけれど、彼が笑うのを耳にしたのはこれがはじめてだ。これまで、笑えるようなことは多くなかったにちがいない。

しばらくすると、レイフは彼女から離れた。頭のなかはすでに、ここを発ってからのことで占められている。「さしあたり、もう少し東へ進む」彼は言った。「アパッチ族の土地へ踏みこむから、だれにしろ、おれたちを追ってくる者はこれでますます二の足を踏むだろう」

14

視界はますます開け、広々とした平地のあいだに、ときおり切り立った禿山（はげやま）がある程度になった。草はまばらになり、かわってサボテン科の植物が目立ちはじめた。頭上に広がる空はどこまでも青く、アニーは何度か塵となって吸いこまれそうな感覚にとらわれた。だが悪い気分ではない。どこか、心地よささえあった。

これまでさまざまな都市や町で、人々に囲まれて暮らしてきた。シルバー・メサのように未発達な町でさえ、人間があふれ返っていた。レイフに山へ連れていかれるまで真の孤独というものを知らなかったが、心のどこかで――遠い昔の原始的な本能で――それを思いだし、なつかしい友のように歓迎した。ここには、たえず自分を取り囲み、なんの疑問もいだかずに従ってきた無数の生活の規則が入りこむ余地がない。ペチコートを身につけなくても文句は言われず、世間話をしなくても失礼だと思われない。実際レイフなら、ペチコートをはかないことに男として喜んで賛成するだろう。そうした自由がじょじょに心に根を張り、やがては体に染みついた。晴ればれとして、子どもに戻ったようだった。

岩棚の下のキャンプを発って三日めに、妊娠していないのがわかった。ほっとするかと思っていたのに、失望感が胸をよぎるのを感じて驚いた。彼の子どもを産みたいという欲望もまた、状況や理屈とは無関係に働く原始的な本能に根ざしているのだろう。

わずか数週間のうちに人生は一変し、背後からは危険が迫っているにもかかわらず、生まれ変わったようで、気分は最高だった。レイフが狙われていなければ、いまの生活に満足していただろう。晴れやかな空の下にふたりきり。昔の素朴な人々が太陽を神と崇(あが)めたり、人が天国といえば広大な青空のどこかにあるものと思う理由がよくわかる。

人を殺さざるをえなくなったことにたいしては、いまだ心が痛むものの、レイフからラハーンの人となりを聞いて楽になった。とりあえずそのことは忘れ、戦士がつねにそうであるように、ひたすら外界に意識を向けた。自分を戦士だとは思えないまでも、立場はおおむね同じなので、戦士をならって、精神的にも感情的にも前に進んだ。

「この生活が気に入ったわ」ある日の夕方、彼女はレイフに言った。紫の夕闇が山の斜面を這い下りはじめていた。まだふたりは金色の光に包まれていたが、忍び寄る影が、近づいている夜の訪れをひそやかに告げていた。

レイフは軽く微笑み、じっくりと彼女を見た。もうヘアピンは気にしていないようだ。筋の入った長いブロンドは、ゆるい一本の三つ編みにして背中に垂らしている。春の陽射しで顔のまわりだけ髪の色が薄くなり、光輪のようだった。彼女に帽子をかぶせるのは、ひと苦労だ。昼間は一応かぶるものの、午前中や夕方には気がつくと帽子を脱いでいる。それでも、たいして日焼けはしていない。きっと、日焼けしにくいたちなのだろう。きめの細かい肌には、わずかに赤みが差していた。ペチコートは過去のものとなったらしく、彼女は涼しさと動きやすさを選んだ。ブラウスの長い袖は、日焼けするから下ろせとレイフに言われたとき以外はつねにまくられ、喉元のボタンはつねにふたつはずしてあった。

こざっぱりとしてきれいに見えるように、女としての身だしなみにはたえず気を遣っているが、以前よりはるかにリラックスして、幸せそうにすら見えた。これがレイフにはわからなかった。診療ができなくなったことに、いらだってばかりいるだろうと思っていた。だがいまのところは、すべてがもの珍しい。その魅力が色あせたとき、きっと修練を重ねてきた仕事が恋しくなる。

「なにがそんなに気に入った？」彼はのんびり尋ねた。

「自由であること」アニーは微笑んだ。

「おれたちは逃げているんだぞ。それでも自由だと感じるのか？」

「こうしたものすべてが、自由を感じさせてくれる」周囲の広大な景色に手をやる。「なにもかも、スケールがちがう。それに規則もないから、好きなようにできるわ」

「規則はつねにあるさ。ただ、ふつうとは異なる規則なだけで。フィラデルフィアではおまえはペチコートをはかなくては外出できなかった。そして、ここではつねに武器を持っていなければならない」

「フィラデルフィアでは、鍵をかけたドアの奥で入浴しなきゃならなかった」アニーはふたりがキャンプを張った、その脇を流れる小川を指さした。そこに、入浴できるだけの広さのあるたまりがあった。「ここには鍵をかけるドアはない」

入浴という言葉を聞いて、レイフの顔色が変わった。アニーの月経が始まったために、この数日は欲求不満が高じている。もし彼女が服を脱いで裸になったら——おそらくそのつもりだろう——岩に頭を打ちつけて、騒ぎたてる欲望の声を静めなければならない。旅を続けていれば、長らく女を抱かなくても慣れるものだが、ひとたびものにすると、また女なしの生活に戻ることに耐えがたくなる。ズボンのなかの暴君が、愛情たっぷりの奉仕を頻繁に期待するようになり、そのせいでレイフはみじめさを味わわされていた。

アニーがゆっくりと愛らしく微笑んだ。「一緒に入ったらどう」問いかけではなかった。ブラウスのボタンをはずしながら、川の曲がりに位置する、充分な幅と深さのある場所へ歩いていく。

レイフは気がつくと、胸を高鳴らせて立っていた。「もういいのか?」しわがれた声で尋ねる。「目の前で服を脱がれたら、おまえがどんな状態だろうと、なかに入れちまうぞ」

アニーが振り返って微笑した。茶色の目が、やさしくとろんとして見える。その誘惑がレイフの下腹部を直撃した。まったく。ついこのあいだまであれほど無垢だった女が、いつの間にあんな表情を覚えたんだ？

「大丈夫よ」彼女が答えた。

その返事で、アニーが無垢さを失ったことを確信した。この数週間、ありとあらゆる方法で幾度となく彼女を抱き、ときにはセックス中毒になったのかと思うこともある。そして女には、本人が気づいていなくとも、生まれながらにして誘惑の才が備わっている。女であること。その事実そのものが誘惑となり、天然の磁石となって、ハチミツにおびき寄せられるハエのように男を吸いつける。

欲望に突きあげられつつも、警戒は怠らなかった。追跡されている気配はないが、深まる闇のなかで目立たぬよう火に水をかけ、ライフルと拳銃を持って小川まで行った。それを手の届くところに置き、アニーから目を離さずに着ているものを脱いだ。

彼女はブラウスを脱ぐと、編んでいた髪をほどいた。両腕が上がったせいでかろうじて薄いシュミーズにおおわれた乳房の形があらわになり、硬くなった乳首が布を押しあげている。レイフは全身を血が駆けめぐるのを感じて、くらっときた。

無理やり顔をそむけ、深呼吸して気を鎮めた。注意深くあたりをうかがって危険がないのを確かめると、ふたたび服を脱ぎはじめた。裸のアニーが服をかかえて川へと歩いていく。えくぼのある丸い尻を見て、またもやめまいに襲われた。

小さな淵はいちばん深い箇所でも膝までしかなく、春の陽射しを浴びたあとでは身を切るような冷たさだった。アニーは悲鳴を呑みこみつつ、つま先で平らな足場を探した。息を詰めて足を動かす。深く息を吸っておいて助かった。あまりの冷たさに、しばらく呼吸ができそうにない。

どんなに冷たかろうと、体と服を洗う機会をのがすわけにはいかない。手のなかで石鹸を泡立てて、洗濯にとりかかった。

顔を上げて、淵に入ってくるレイフを見た。水温など気にも留めていないようすだ。目は決意に満ち、ペニスは完全に勃起している。そのたくましい体から発散されるパワーに圧倒されて、アニーはまたもや息を呑んだ。先に洗濯を終えられるかしら？

「服を持ってきて」彼女は声をかけた。「洗濯しなきゃ」

「あとだ」かすれ声。

「洗濯が先よ」

「なぜだ？」水中に坐りこみ、アニーに手を伸ばす。と、ふいに水の冷たさに気づき、目をむいて怒声をあげた。

アニーは洗濯に精を出して、体の震えを止めようとした。「なぜって、この水に慣れるにはかなり時間がかかるわ。それに、先に洗濯しちゃわないと、できなくなるから。あのあとで洗濯する力が残っていると、本気で思ってるの？」

「この水に慣れられるとは思えない」レイフはつぶやいた。「くそっ、洗濯を片づけたほうがよさそうだ」

レイフは立ちあがって服に手を伸ばし、水へ引き入れた。アニーは笑いをこらえた。彼も震えている。そして、ぶすっとした顔で石鹸を手に取り、自分の衣類を洗いはじめた。

だが、何分かすると、水の冷たさがそれほど気にならなくなり、裸の肩に降りそそぐ夕方の太陽の暖かさと心地よい対比をなした。アニーはすべての衣類をすすぎ終えると、それを絞って、小川のほとりに生えている低木の上に放った。レイフもそれにならった。濡れた服の重みで、たちまち低木がたわむ。アニーは続いて体を洗った。肌を撫でる手の摩擦で、さらに暖まった。

そこにレイフの手が加わったことにも、彼が選んだ場所にも驚かなかった。彼の胸に身を寄せると、熱烈な唇が襲いかかってきた。慣れ親しんだ彼の味に、舞い上がった。この数日、抑制してきたせいで、アニーのほうも不満がたまっていた。レイフは前戯もなしに、そそり立つペニスの上に、彼女をまたがらせた。

たった数日ぶりなのに、アニーは気の遠くなるほどの大きさにあらためてショックを受けた。よくも忘れていたものだ。動くことさえできない。限界まで押し広げられ、少しでも動いたら痛みそうな気がする。だが、レイフからお尻をつかまえられ、動かされても、隙間なく深々と貫かれる感覚に圧倒されるばかりで、痛みはなかった。彼の胸にくずおれ、温かい首に顔をうずめた。

「水が冷たすぎると思ってた」アニーはやっとのことでつぶやいた。

低いしゃがれ声が返ってきた。「どの水だ？」

その後、アニーは力の入らない脚でキャンプに戻った。濡れた体をひんやりした空気に撫でられて、またまた震えた。短い距離だけれど、裸で歩かずにすむように毛布を用意しておけばよかった。水気を拭きとると、急いで清潔な服を身につけた。

レイフは食後、いつもより遅い時刻に移動を告げたが、アニーは反対を唱えなかった。彼から教わったとおり、警戒はいっときもゆるめてはならない。彼が馬に鞍をつけているあいだに、湿った服やその他のものを黙々とかき集めた。宵闇がいっきに暗闇へと変わるなか、レイフに導かれて、完全に夜を明かせる場所へ移った。

その晩、アニーは床につく前にスカートに手を入れ、ズロースの紐をほどいて、優雅に足を抜きとった。一緒に毛布にくるまったレイフは、ひと晩のうちに二度、身をもってその便利さへの感謝を示した。

ふたりだけなら、アパッチ族の住む地域も、彼らと顔を合わさずに通り抜けられるかもしれない。そうレイフは踏んでいた。大人数の一行だと、気づかれずに旅をするのはむずかしいが、ひとりふたりであれば問題はない。用心深さはいるにしろ、そもそもレイフは用心深い男だ。

アパッチ族は遊牧の民で、食料を求めて転々とさまよう。大人数だと移動に手間取るため、集団の人数はけっして多くなく、二百人を超えることはまずなかった。だが少人数でも、白人には脅威だった。チリカワ族の長であるコチースは、白人から土地を守るため、レイフが物心ついてからずっと戦いを続けている。コチースの前は彼の義理の父マンガス・コロラダスが戦っていた。ジェロニモはみずからの集団を率いている。多少でも考える力のある者なら、アパッチ族を避けて通るだろう。

そうした事実を踏まえ、レイフはアニーを近づける前に、まず自分で水源を確認しにいくようにしていた。移動中のアパッチ族にも水は必要だから、流れのそばにキャンプを張るのが理にかなっている。翌日、レイフは自分の用心深さに感謝することになった。丘の斜面に腹ばいになって岩陰からそっと顔をのぞかせると、眼下にアパッチ族のキャンプがあったのだ。一瞬、まぎれもない恐怖に体が痺れた。これだけ近づいたら、ほぼまちがいなく見つかって、そっと引き返すことはできないものだ。犬は吠え、馬はおののき、油断なく警戒しているアパッチ族の戦士に気取られてしまう。レイフは心のなかで毒づきながら、そろそろと岩陰に戻った。

だが、警戒を呼びかける叫び声は聞こえてこない。レイフはじっと横たわったまま、脚の震えが収まるのを待った。アニーのもとに戻れたら、彼女を連れて反対方向に全速力で馬を飛ばそう。もし、アニーのもとに戻れたら……だが、もし自分が捕まったら、彼女はどうなる？　とりあえずは安全な場所に隠れているものの、ひとりでは町へ戻る道も見つけられないだろう。

　キャンプは比較的、小規模のものだった。円錐形のテント小屋(ウィキャップ)がいくつくらいあったか思いだそうとしたが、気が動転していたせいでおおざっぱな印象しか残っていない。思い返してみるに、人の姿はあまりなかった。男たちが狩りか、あるいは戦いに出ているのだろうか？

　さらに用心しながら、もう一度のぞいた。テント小屋の数は十九。それぞれに五人ずつとしても、小さな集団だ。人の気配はほとんどない。男たちが留守でも、女にはやらなきゃならない仕事があるので、それ自体、尋常ではなかった。子どもたちが遊んでいるはずなのに、見えたのはふたりの小さな男の子だけで、その子たちにしても、ただおとなしく坐っていた。キャンプの向こうにある小川の曲がりには草が青々と茂り、そこに彼らの馬がいた。その数をざっと数えて、レイフは眉をひそめた。馬のほうが人間よりずっと多いのでなければ、男たちもキャンプにいるはずだ。どうもおかしい。

　腰の曲がった白髪の老婆がひとり、木鉢を手におぼつかない足どりでテント小屋のひとつに向かっていた。そのとき、レイフは小屋を燃やした黒い跡に気づいた。キャンプで死者が出たらしい。もうひとつ、別の黒い跡があった。さらに、もうひとつ。ほかにもあるのだろう。流行り(はや)病だ。

考えうる病気を思い浮かべて、背筋が凍った。まっ先に浮かんだのは天然痘。それにやられたアパッチ族の集団が、軒並み滅びている。ペスト、コレラ……そうした病気はいくつもある。

レイフは腹ばいのまま斜面を下りると、用心しながら馬のところまで戻った。このキャンプには近づかないほうがいい。

アニーは残してきたと同じ、岩や木が陽射しをさえぎってくれる場所で待っていた。真昼の暑さになかばうとうとしながら、けだるげに帽子で扇いでいたが、彼が近づくと起きあがった。

「十キロほど北に、アパッチの集団がいる。十五からか二十五キロ南へ向かってから、東に進もう」

「アパッチ」アニーはわずかに青ざめた。アパッチ族が捕虜をどんなふうに拷問するか、西部ではことあるごとに語られている。

「心配するな」アニーを安心させたかった。「キャンプを見てきた。ほとんどが、なにかの病気にやられているようだ。外にいたのは子どもが数人と老婆ひとりだけで、テント小屋を燃やした跡がいくつもあった。アパッチは、死人が出るとそうする。残された家族を外に出して、小屋を完全に燃やしてしまうんだ」

「病気？」アニーは顔から血の気が引くのがわかった。恐ろしい決断が底知れぬ淵のように足元に口を開けている。自分は医者だ。その使命を前にしたら、肌の色のちがいは関係がない。手を尽くして病人やケガ人を救うのが義務だ。だがその義務のために、生きて戻れない可能性があるのを知りつつ、アパッチ族のキャンプへ行くことになろうとは思ってもみなかった。

「忘れろ」彼女の心を読んで、レイフはぴしゃりと言った。「おまえを行かせるわけにはいかない。どうせ、なにもできやしないんだ。熱したナイフがバターを切り分けるように、アパッチのあいだには病が蔓延(まんえん)しているらしい。なんの病気かもわからない。コレラやペストだったらどうする？」

「そうじゃなかったら？」

「だとしたら、天然痘だろう」

アニーは皮肉めいた笑みを浮かべた。「憶えてるでしょう、わたしは医者の娘よ。天然痘の予防接種は受けている。父は、ジェンナー博士の治療法を信奉していたの」

レイフには、ジェンナー博士の予防接種の理論が信用に値するものなのかどうか、わからなかった。アニーの命がかかっているとなれば、なおさらだ。「おれたちはキャンプへは行かないぞ、アニー」

「ええ、わたしたちはね。病気がなんであれ、あなたまで危険にさらすわけにはいかないわ」

「だめだ」彼はきっぱり退けた。「危険すぎる」

「わたしは医者よ。こういう状況がはじめてだと思ってるの？」

「相手はアパッチじゃなかった。だからはじめてだ」

「そうね。でもあなたが言ったとおり、彼らは病気なの。それに、キャンプには子どももいる。わたしができることをしないせいで、死ぬかもしれないわ」

「コレラやペストだったら、なにもできない」

「でも、そうじゃないかもしれない。わたしはいたって健康よ。病気になったこともない。風邪だってもう……最後にいつひいたか、忘れちゃったくらい」

「風邪のことなど言っていない」アニーのあごをつかみ、顔を上げさせた。「ふざけてる場合じゃないぞ。おまえの命を危険にさらすわけにはいかないんだ」

ぞっとするほど冷たい目だったので、アニーは思わず身震いしそうになったが、ここで引きさがるわけにはいかない。「行かなきゃならないの」穏やかに諭した。「患者を選ぶことはできない。そんなことをしたら、これまでの訓練も、医者としての誓いも嘘になる。わたしから医術を取りあげたら……なにも残らない」

レイフにはとうてい受け入れがたい決意だった。手を拳に握りしめないと、彼女をつかんでしまいそうだ。ファアレスまで彼女を馬にくくりつけることになっても、キャンプには行かせたくなかった。

「行かなきゃならないの」アニーは繰り返した。底なしの茶色の瞳を見ていると、彼女の魂に引きこまれそうだった。

なぜそんなことをしたのか、当のレイフにもわからなかった。愚かなことをしようとしている、キャンプの一キロ四方に彼女を近づけてはならないと思いつつ、譲ったのだ。

「だったら、おれも行く」

アニーが彼の顔に触れた。「その必要はないわ」

「なにが必要かはおれが決める。おまえが行くんなら、おれもついていって離れない。おれを行かせたくないなら、おまえも離れているしかない」

「でも、天然痘だったらどうするの？」

「五歳のときにやった。ごく軽いやつで、痕も残っていない。おれのほうが、ピンで引っかいただけのおまえよりはるかに安全だ」

レイフが天然痘を経験していると知って、安心した。彼は是が非でもキャンプまでついてくるだろう。「わたしがなんの病気だか突き止めるまで、外で待っていてもいいのよ」

レイフは首を振った。「ひとりでは行かせない」

ふたりの目が合う。どちらも頑固さでは引けをとらない。最初の問題では彼が折れたので、こんどはアニーが譲った。

キャンプに入ると、犬たちがギャンギャン吠えながら駆けてきた。ふたりの小さな男の子は怖がって走り去った。レイフが見かけた老婆は、さっきとは別の小屋から姿を現わし、やはり必死になって逃げだした。

それ以外、テント小屋から出てくるものはいなかった。

テント小屋のなかを想像して、アニーは恐怖に駆られた。頭に浮かんだのは、ふくれ上がった体が黒い吐瀉物にまみれて横たわっている光景だった。知識があるのも、ときには考えものだ。あらゆるおぞましい症状を思い浮かべてしまう。

とりあえず手近なテント小屋から見ることにした。レイフが馬を止めると、アニーもそれにならって鞍から滑りおりた。入口をおおう皮の幕に向かうと、レイフにがっちりと手をつかまれた。彼はアニーを背後に押しやり、みずから幕をめくってなかをのぞいた。ふたりの人間が毛布に寝ていた。全身に発疹が出ている。

「天然痘のようだ」レイフは固い声で告げた。もしそうなら、ふたりとも時間を無駄にし、アニーはエネルギーを無駄にしていることになる。何千年とこの病とつき合ってきた白人には免疫ができているが、アパッチは白人が持ちこむまで関わりがなかったため、まったく抵抗力がない。

レイフが制止する間もなく、アニーは彼の腕をくぐって小屋に入った。身じろぎもせずに横たわるふたりのうちの片方――女――の脇に膝をつき、肌に浮かんだ発疹をじっくりとなかめ、あたりの空気を嗅いだ。「天然痘じゃないわ」ぼんやりとつぶやく。天然痘に特有のにおいがしない。

「じゃあ、なんだ？」

女の肌の発疹は黒く変色している。出血した証拠だ。額に手を置くと、燃えるように熱い。女はゆっくりと黒い目を開いてアニーに向けたが、なにもわかっていないらしく、目はどんよりとしていた。

「黒色麻疹」アニーは診断した。「出血性のはしかよ」

天然痘ほど死亡率は高くないが、けっして油断はできない。麻疹による合併症で命を落とす者も多い。彼女はレイフを振り返った。「はしかはすんでる？」

「ああ。おまえは？」

「ええ、わたしは大丈夫よ」アニーはそのテントを出ると、一枚ずつおおいをめくって、全部のテント小屋を見てまわった。それぞれにふたりから四人いて、その大半が段階は異なるけれど発症していた。さっきの老婆は、テントのひとつで縮こまっていた。何人かが看病にあたっているものの、絶望のあまり、突然白い悪魔が現われたにもかかわらず、警戒するそぶりさえ見せない。まだ寝込んでいない彼らにしても、麻疹の初期段階にあって、気分がすぐれないのかもしれない。先ほど見かけたふたりの男の子は無事らしく、幼児ふたりと、赤ん坊ひとりにも、それらしい発疹は出ていなかった。赤ん坊は火がついたように泣いていた。アパッチ族のキャンプでは珍しいことだ。アニーがなかに入って抱きあげるや泣きやみ、あどけない一途な目で彼女を見あげる。赤ん坊の母親は熱でぐったりし、瞼を上げるのも億劫そうだった。

「鞄を取ってくる」アニーはきびきびした口調で告げた。腕に抱いた赤ん坊をあやしながら、心は早くも山積みになった目前の仕事に向かっていた。

15

「おまえにできることはない」レイフは脅しつけるように、ゆっくり言った。「麻疹にしろ、天然痘と似たようなものだ。死ぬ死なないは運しだいだ」

「熱さましをあげられるわ」ふたりは十分ほど言い争った。アニーはその間も赤ん坊を抱いていた。いまや赤ん坊は二本の小さな白い歯をのぞかせてアニーに笑いかけ、ぽっちゃりした手をちゅうちゅうと音をたてて吸っている。

「治った男たちがおれを殺し、おまえを奴隷にしようとしたらどうする？　悪くしたら、連中の呪医がおまえを妬んで、殺すべきだと主張するかもしれない」

「レイフ、ごめんなさい。あなたの意見が正しいのはわかってる。でも、立ち去るなんてできないわ。じゃなきゃ、最初からここへは来ていない。お願いだからわかって。ほとんどがもう発疹の段階だから、あと二、三日で回復に向かう。ほんの二、三日のことよ」

なぜだか、アニーがからむと判断力が鈍る。「おまえを無理やり連れていくこともできるんだぞ」

「わかってる」アニーは認めた。力のあるレイフには、その気になれば彼女を思いのままにできる。彼の立場はわかるし、その理由が妥当だと思えばこそ、止めるのも無理からぬことだと感じていた。普段が非情な男だけに、よけいだった。

「そんなに長く一カ所にとどまるのは危険だ」

「でも、移動していないのだったら、アパッチ族のキャンプくらい安全な場所もないはずよ。ここまで捜しにくる賞金稼ぎが、どれくらいいると思う？」

ひとりもいない。その点は彼女の言うとおりだった。

気がつくと、またもや譲っていた。「わかった。四日で足りるか？」

アニーは考えをめぐらせた。「たぶん」

「足りようと足りまいと、四日が限度だ。若いのが何人か動けるようになったら、おれたちはここを発つ」

「わかった」もっともな条件だった。アパッチ族を救うために尽力したからといって、感謝してもらえるかどうかは別問題だ。

さっきアニーが数えたところによると、患者は六十八人いた。一度にこれほど多くを診るのははじめてなので、なにから手をつけたらいいのかわからない。とりあえず、すべてのテント小屋をまわって、ひとりひとりの病状を確認することにした。軽い人もいれば、重い人もいる。すべての病人の世話をしようとしていたとおぼしき例の老婆は、彼女が隠れていた小屋でアニーが患者の脇に膝をつくと、果敢にも甲高い声で威嚇してきた。レイフはすかさず老婆の腕をつかんで坐らせ、「静かにしろ」と、叱りつけた。言葉は伝わらなくても、その口調で黙らせられるといいのだが。せめて片言でもアパッチの言葉を話せればよかった、とレイフは思った。だがレイフには心得がなく、ここには英語を理解できる者もいそうにない。それでも、老婆をテントの隅に引きとらせることはできた。侵入者をにらみつけることで、満足することにしたらしい。

回復例もないわけではないが、アニーは黒色麻疹の患者には、過大な希望をいだいていなかった。すべての患者に共通して言えることは、急激に熱が上がって引きつけを起こすのが、最大の脅威になることだ。高熱を乗りきっても、脳に後遺症が残るケースをしばしば目にしてきた。肺炎などの合併症の危険もある。ここで立ち止まって頭を使えば、常識に従って多くを期待できないのを認めるしかなくなる。だが、アニーは立ち止まろうとしなかった。たとえひとりしか助けられなくても、そのひとりでトラハーンの死を償える。

ヤナギの樹皮が切れませんように。アニーは汲んできた水を火にかけながら、今後の方針を決めた。お茶は薄めに煎じよう。熱は完全には引かなくても、多少は下がるし、それなら樹皮も長持ちさせられる。アパッチ族にも彼らなりの熱さましの植物があるはずだが、尋ねようにも、言葉の壁が立ちはだかっていた。

お茶を煎じているあいだに、もう一度テント小屋をまわり、こんどは彼らが普段使っている薬草を探してみた。そのなかに、利用できるものがあるかもしれない。レイフは獲物を追うオオカミのように、アニーのあとにつき従った。

またさっきの赤ん坊が泣いている。お腹をすかせているのだろう。アニーが泣き声のする小屋に行って、赤ん坊を抱きあげると、ふたたび満足したように腕のなかで丸まった。空腹というより、脅えていたらしい。泣きつづける赤ん坊を放置しておくのには耐えられないので、これ以上、病原菌にさらすわけにはいかない、と自分に言い訳して、連れ歩くことにした。

乾燥した植物の束がいくつも見つかったが、大半はアニーには見憶えのないものだった。もう少し長くこのあたりにいたら、地元の植物の治癒効果を調べられたのに。ともかく、手当たりしだいにかき集めた。あの老婆に使い方を教えてもらえるものがあるかもしれない。

ふたりの男の子が小屋からそっと出てきて、驚いたように目をみはってアニーとレイフを見つめた。片方は自分の身の丈ほどの弓を持っているが、使うそぶりはない。その脇を通って小屋に入る際、アニーは安心させたくて微笑みかけてみたけれど、ふたりとも目を合わせようとしなかった。

「赤ん坊を貸せ」レイフは小声で言った。アニーが赤ん坊を片手に抱いたまま、空いた手でヤナギの樹皮のお茶に入れるハチミツとシナモンを計ろうとしていたからだ。アニーは驚いて彼を見つめた。鋼鉄のような腕に抱かれた赤ん坊。想像するだに滑稽だけれど、喜んで荷物を託した。

赤ん坊はふたたび泣きだした。レイフが和毛(にこげ)におおわれた頭に大きな手を添えて、胸に抱き寄せても、泣きやまなかった。

「発病したんじゃないといいけど。生まれたばかりの赤ん坊だと、はしかが重くなるの。たぶん、お腹がすいているだけだとは思うけど」アニーが心配そうな顔で言った。

空腹よりなにより、アニーが抱いていないせいだ、とレイフは思った。たしかに腹も減っているんだろうが、それでも彼女が触れると静まった。レイフはハチミツの壺に指を突っこみ、小さな口に滑りこませた。赤ん坊はしばらく泣き叫んだが、やがて甘い香りに気づくと、彼の指をしっかりくわえ、夢中でしゃぶりだした。と、二本の鋭い小さな歯がレイフの指に食いこんだ。「おい！　この人食い小鬼め、口を開けろ！」

ハチミツがなくなったら、レイフの指はたいしてなにも生みださない。それで、またもや泣きだし、もう一度、指をハチミツにひたしかけたとき、アニーの声が飛んだ。

「赤ちゃんにハチミツをあげるときには、気をつけないと。ひどく具合が悪くなることがあるの。まだ母乳を与えてるかもしれないから、確かめてもらえない？　授乳していなければ、朝食の残りのパンが包んである。水にひたしてから、細かくちぎって食べさせてやって。それから、濡れてないかどうかも確認して」

アニーはスカートをひるがえして行ってしまった。レイフは腕に抱いた小さな肉食動物を、恐るおそる見おろした。なんで子守なんかするはめになった？　授乳しているかどうか確かめろって、母親はほとんど意識がないうえに、こちらはアパッチ語を話せない。それに、濡れてないかどうか見るというのはどういう意味で、濡れてたら、どうすりゃいいんだ？　レイフにはなにをどうしたらいいのか、ちっともわからなかった。

だが、食べ物を与えるというのは、悪くない。それならできる。レイフはサドルバッグに手を突っこんで、食べ残しのパンを見つけた。赤ん坊はふたたび泣きわめき、腹立たしそうに足をばたつかせている。アパッチ族の赤ん坊はみな、背負い板にくくりつけられているものとばかり思っていたが、たぶん母親が連れ歩くときだけなのだろう。

アニーに命じられたとおり、パンを水にひたし、やわらかくなったものを細かくちぎって、小さな二本の歯を注意深くよけながら赤ん坊の口に押しこんだ。赤ん坊はすでに食べるのに慣れているらしく、どうすべきか知っていた。ありがたいことに、また静かになった。

ヤナギの樹皮のお茶が入ったポットを手に、小屋から小屋へ歩きまわるアニーから、レイフは片時も目を離さなかった。ふたりの男の子は、頭がふたつある化け物でも見るような目で、じっとレイフを見ていた。おそらく、アパッチ族の男は赤ん坊の世話をしないのだろう。その理由は理解できた。

赤ん坊は明らかに湿りけを感じていた。レイフはあきらめて溜息をつくと、包んでいた布を広げはじめた。いずれにせよ、いつまでも性別不明のままにしておくわけにはいかない。男の子か女の子か、そろそろ知ってもいいころだ。

女の子。幸い、おもらしだけだった。膝の上で裸にされた赤ん坊は、風に当たった気持ちよさから、元気よく足をばたつかせて嬉しそうに喉を鳴らした。レイフが笑顔を向けると、小さな丸顔も微笑み返してくる。愛敬（あいきょう）のある顔で、綿のようなやわらかな毛が、ブラシのように突っ立っていた。色の濃い肌はハチミツのようになめらか。つり気味の黒い目には笑うたびにしわが寄り、しかも彼が見るたびに笑った。

レイフは赤ん坊を腕に抱くと、赤ん坊がさっきまでいた小屋へ向かった。そこなら、赤ん坊を包む清潔な布があるはずだ。幕をめくると、若い母親が横向きになって起きあがろうとした。熱でよどんだ目で一心不乱にわが子を見ている。レイフはその脇にしゃがみ、そっと押してあお向けに戻してやった。

「大丈夫だ」言葉の通じない母親を落ち着かせるために、できるだけやさしく語りかけた。ぽんぽんと肩を叩き、顔に触れる。その肌は燃えるように熱かった。「赤ん坊の面倒はおれたちが見る。ほら、元気だろ？　ちょうど食べ物をやったところだ」

安心したようには見えないが、抵抗するだけの力もない。目を閉じると、ふたたび人事不省に陥ったようだった。その隣に男が寝ていたが、呼吸は苦しげで、身じろぎひとつしない。丸顔と突っ立った髪が、赤ん坊にそっくりだった。

　レイフは背負い板とくくるための紐を見つけたが、赤ん坊を動けない状態に縛りつけるのは気が進まなかった。腰に巻きつけることにして、試してみようとしたとたん、お茶のポットを持ったアニーが入ってきた。

「女の子だ」レイフは告げた。「母親がまだ授乳しているかどうかは、わからない。パンを食べさせたが、食べ方は知っているようだった」

　アニーの口元に自然と笑みが浮かんだ。ぽっちゃりした褐色の赤ん坊が、たくましい腕のなかでくつろいでいる。赤ん坊は大好きなので、出産の手伝いをするたびに、医者になってよかったと感じてきた。さっき赤ん坊を抱きあげたときは、なぜだか――自然に思えた。たぶん、レイフの子を産むことを考え、はじめて自分が母親になる図を想像したからだろう。

　アニーが母親の服の前をそっと開けると、レイフは赤ん坊をあやしながら、背を向けた。乳房が母乳で張っていなかったので、なんらかの理由ですでに離乳しているのがわかった。これほど幼いうちから授乳をやめるのは珍しいが、最初からお乳の出ない母親もいるし、途中で止まってしまう場合もある。歯が生えはじめると、みずから乳を吸わなくなる赤ん坊の例もあった。アニーは母親の服を閉じた。「もうこっちを向いていいわよ。赤ちゃんは離乳してるわ。食べさせてやらなきゃならないわね」

続いてアニーは母親の頭をかかえ上げると、その口に辛抱強くスプーンでお茶を流しこみ、どうにか喉を通らせた。男のほうは、目を覚まさせることができなかったので、さらに大変だった。男を見るうちに、アニーの胸は締めつけられた。もう長くはあるまい。それでも、彼女はあきらめなかった。話しかけ、喉を撫でて、一度に少しずつ飲ませた。男の体が咳で波打つ。これも麻疹の症状だ。胸に手を置くと、肺が鬱血しているのがわかった。

レイフは謎めいた目で彼女を見守った。アニーはあの熱い手で傷を治し、赤ん坊や馬をなだめ、セックスのときには自分を狂わせた。その特殊な能力は病気にも効果を発揮するだろうか？　レイフははじめてそんなことを考えたのに気づいた。まったく予想がつかない。麻疹が治る者もいれば、治らない者もいるだろう。どの生存者がアニーのおかげで助かったのか、知る術はない。それに、効いたのが薬草なのか、手なのかもわからない。もちろん、全員が生き残ればべつだが。そう考えたとたん、心臓が口から飛びだしそうになった。目から動揺の色を消そうと格闘する。もしそんな力があったとして、アニーを独り占めしていいものだろうか？　かくも特別な能力が、しまっておくためにあるとは思えない。隠すのは罪というものだ。

レイフの口が皮肉っぽくゆがんだ。罪かどうかを心配するのに、おれぐらいふさわしい人間はいない。

空腹の収まった赤ん坊は、あくびをしはじめている。レイフは赤ん坊を毛布に置いて、できる範囲でアニーに手を貸した。

老婆のほかに、まだ動ける女がふたりと、男がひとりいたが、熱っぽいうえに、自分たちのキャンプへ侵入してきた白人を警戒していた。男は武器に手を伸ばしかけたが、アニーが害を与えるつもりはない、助けたいだけだということを示すために、やさしい声で話しかけると、落ち着きを取り戻した。ふたりで作業しながらその話を聞いたレイフは、彼女から片時も離れないと誓った。もしその男の具合が少しでもよかったら、アニーは殺されていたかもしれない。レイフは不注意な自分に猛烈に腹が立った。

老婆がふたたび近づいてきた。レイフが大柄な男をかかえ、アニーがお茶を飲ませているようすを見守っていた。抵抗しようとする男を、レイフはやすやすと押さえつけた。老婆が男に話しかけた。たぶん、心配はいらないと言ってやったのだろう。男は力を抜いて、お茶を飲んだ。

老婆は痩せて腰が曲がり、顔には土地を削りとるアロヨのようなしわが刻まれていた。老婆は部族の敵であるふたりの白人のようすをうかがい、複数の武器を楽々と身につける大柄な男に目を光らせてきた。あの偉大なコチースでさえ、すべての白人が悪人ではないと言っている。少なくとも、このふたりは手を貸したがっているようだ――いや、助けたがっているのは女のほうで、淡く厳しい目をした男は女の好きなようにさせている。老婆は長い人生で、そういう光景を見たことがあった。どんなに勇敢でたくましい戦士でも、ある種の女の前では奇妙に無力となる。

それにしても不思議な女だ。髪の色は薄くて妙だが、目は部族の者と同じように黒っぽい。治療法を知っているから、女の呪医なのだろう。この集団の呪医は発疹の病で早々に死に、それでみんなが震えあがった。この白い女なら、白人の病を治す方法を知っているにちがいない。

老婆は足を引きずって前に出ると、自分を指さして言った。「ジャカリ」アニーは名前だと理解した。続いて老婆がお茶のポットを指さしたので、アニーはそれを渡した。老婆はにおいを嗅ぎ、味をみた。そして、なにやらつぶやいてうなずきながらアニーに返すと、仲間の看護を手助けすると身ぶりで伝えてきた。

アニーは自分とレイフに触れ、それぞれの名前を繰り返した。老婆がふたりの名を順番に発音した。音が途切れていてぎこちなかったが、アニーは微笑んでうなずき、それで自己紹介は終わった。

人手が増えるのは、アニーも歓迎だった。この集団のなかで発疹の徴候がないのは、この老婆とふたりの男の子、それに赤ん坊だけだ。全員に食事を与える必要がある。ヤナギの樹皮のお茶を飲ませ終えたアニーは、アパッチ族が蓄えていた乾燥肉で薄いスープをつくりはじめた。大きな深鍋がひとつあれば助かるのだけれど、あったとしても見つからなかった。レイフが煮炊き用に火をおこし、アニーはジャカリにスープの濃さを示して調理を任せた。ジャカリはわかったと合図した。

「次はなんだ？」レイフが尋ねた。

アニーは疲れたようすで額をこすった。「ニガハッカの咳止めシロップをつくって、肺の鬱血を楽にしてあげないと。すでに肺炎にかかっている人もいるみたいなの。それから、熱を下げるために冷たい水に入浴させる必要もあるわね」

レイフは彼女を抱き寄せ、そのまましばらく抱いていた。休ませてやりたかったが、急場をしのぐには、ふたりともさらに疲れねばならないだろう。彼女の髪にキスをした。

「おまえが咳止めをつくっているあいだに、おれが水浴びさせておくよ」

レイフが引き受けたのは、途方もない作業だった。彼の計算では、ざっと七十人はいて、そのうち元気なのはわずか三人。髪の立ったあの赤ん坊を入れても四人だった。若い者から老人まで、たくましい男もか弱い女も、同じように苦しんでいた。レイフはときに抵抗に遭いながらも、筋肉隆々の男たちを腰布ひとつの姿にして、冷水で熱の苦しみをやわらげてやった。多少のちがいはあるものの、アパッチ族には白人同様、慎ましさにたいする確固とした考え方や習慣があるのを知っていたので、女は必要以上に肌をさらさないよう注意して、脚や腕を洗えるよう服を押しあげる程度にとどめた。

いちばん楽なのは子どもたちだが、いちばん脅えてもいた。さわると泣きだす子もいたが、やさしい手つきで服を脱がせた。怖がる四歳の男の子は膝にのせて、手足をばたつかせるのをなだめてやった。その子は苦痛のあまり泣かずにいられなくなっていたが、抱きしめて小声で話しかけてやると、いつしか涙をこぼしながら眠りに落ちた。レイフはその子の母親の遺体を運んだ。アニーがヤナギの樹皮のお茶を飲ませてから間もなく息を引き取ったのだ。毛布にくるまれてレイフの腕にかかえられたものを見ると、老婆のジャカリは泣き叫び、ふたりの小さな男の子は逃げて隠れた。

なによりもこたえたのは、アニーの目に浮かんだ悲しみだった。

レイフは死に関するアパッチの習慣について多少の知識はあるものの、実際にどうしているのかは知らなかった。アパッチ族は死者の出た小屋では暮らさないが、だれかが死ぬたびに病人を外に出したり、小屋から小屋へ移すわけにはいかない。知らないのは、埋葬のしかたもだった。結局、ジャカリに任せることにした。彼女なら、部族の慣習の範囲でうまく処理してくれるだろう。

熱を下げるのは、終わりのない苦役だった。眠りこんだ者はそっとしておけばいいが、苦しんでいる者や、高熱で意識を失っている者はたえず入浴させてやらなければならない。ジャカリを手伝おうとしていた三人は、やはり麻疹の初期段階だった。その晩には、他の病人と同じく寝込んでしまった。

アニーは休みなく患者のあいだを渡り歩き、肺が鬱血している患者にはニガハッカの咳止めシロップを与え、咳は出ていても肺の音に異常がない場合には、ヤナギハッカとハチミツを混ぜたものを飲ませた。

治療は夜どおし続いた。熱で引きつけを起こす患者が出るのが心配で、眠ってなどいられなかった。ヤナギの樹皮のお茶をさらに煎じ、何時間もかけて、いらだったり、激したり、意識のなくなったりした病人になんとか飲ませた。幼い子どもは夜じゅう泣きつづけ、その哀れな泣き声に胸を締めつけられた。発疹にかゆみを伴うようであれば、リンゴ酢で洗浄した。あの女の赤ん坊は、お腹がすいたり、おしっこをしたり、母親を求めて脅えるたびに、手のつけられないほど泣きわめいた。若い母親は何度か赤ん坊の泣き声に応えようとしたが、それには体が弱りすぎていた。

夜が明けるまでに、さらに五人が死んだ。

なおも辛抱強くお茶を持ってまわるアニーの目は、疲労で黒く隈どられていた。あるテント小屋に入ると、男が横向きになって、隣に寝ていた女に手を伸ばそうとしていた。アニーは一瞬ぎくりとして女に駆け寄ったが、ただ眠っているだけだった。この女は肺が鬱血していて、病状を案じていただけに、ほっとして手足の力が抜け、男にまばゆい笑顔を向けた。男は謎めいた黒い目で彼女を見つめていたが、やがてうめき声とともにあお向けに倒れこんだ。

アニーが肩に腕を差し入れ、お茶を飲めるように体を起こしても、男は逆らわなかった。

ふたたび寝かせると、少しうとうとしながら、しわがれ声でなにかをつぶやいている。アニーは冷たい手を額に置き、眠りなさいと伝えた。いまだとまどいつつも、男は従った。

アニーは小屋を出ようとしてよろけた。と、レイフが駆け寄ってきて、力強い腕で腰を支えてくれた。「それくらいにしておけ。眠らなきゃだめだ」導かれるまま木陰に行くと、毛布が広げてあった。喜んで身を横たえた。まだ休んでいられないと抵抗すべきなのに、とぼんやり思った。でも、今回は譲ってもらえそうにない。頭が毛布に触れたときには、もう眠りに落ちていた。

ふたりの男の子が、もの珍しそうに近づいてきた。レイフは静かにしろと、唇に指を当てて伝えた。男の子たちは、黒いひたむきな目でレイフを見返した。

レイフも疲れていたが、休むのはアニーが目を覚ましてからでいい。ほんとうは、眠る彼女を抱いて華奢な体のぬくもりを感じ、不思議な力を吸収したい。けれども、眠ってしまった彼女の番をするだけでも充分だった。

三日めになると、アニーは息も絶えだえになっていた。彼女もレイフもほとんど寝ていない。ふたりがキャンプに来てから亡くなった病人は十七人に上り、そのうち八人が子どもだった。子どもに死なれると、ひどくこたえた。

時間の許すかぎり、赤ん坊の世話をした。ぽっちゃりとした赤ん坊は、砂漠のまん中にあるオアシスのように、生命力に輝いていた。喉を鳴らし、歓声をあげて、えくぼのできた手を振りまわし、抱いてくれる人にはだれかれの区別なく笑いかけた。腕のなかで動きまわる小さな体の重みが、無限の慰めを与えてくれた。

赤ん坊の母親も父親も、快方に向かっているようだった。若い母親は、あたりかまわず泣きわめく娘に弱々しく微笑みかけた。丸顔の父親は依然としてほとんど眠っているが、熱が引いて、肺の呼吸音からもざらつきがなくなった。

それからわずか数時間後、元気そうだったふたりの男の子のうちの片方が、高熱を出して引きつけを起こした。アニーがヤナギの樹皮のお茶を飲ませたにもかかわらず、その夜、発疹も出ないうちに息を引き取った。歯茎の変色のみが、幼い体が麻疹に蝕(むしば)まれていたことの証(あかし)だった。アニーはレイフの胸で泣いた。

「なにもできなかった」彼女は涙にむせんだ。「努力しても、なんともならないことがあるなんて。わたしがなにをしても、死んでしまうなんて」

「落ち着け、愛しい人」レイフはささやいた。「おまえはだれにも真似できないくらい、精いっぱいやった」

「でも、それでもあの子は死んでしまったのよ。たった七歳なのに！」

「それより幼い子どもも死んでいる。麻疹に免疫がないんだ。おまえだって、わかっているだろう？　多くが死ぬことは、最初からわかっていた」

「助けられると思っていたのに」か細く、絶望に打ちひしがれた声だった。

レイフは彼女の手を口元に運んだ。「助けてやったさ。おまえが触れるたびに、みんなが楽になる」

それでもアニーには、自分が充分に力を尽くしたとは思えなかった。ヤナギの樹皮は使いきった。もう少しあれば、あるいはより熱さましの効果が高いシモツケがあればいいのだが、南西部には自生していない。ジャカリが取りだしてきた樹皮は、レイフによるとアメリカヤマナラシと呼ばれる木の皮らしいが、どうやら部族の女たちが北部に食料を調達しにいった際に集めたものらしく、量はわずかだった。アニーはそれをヤナギの樹皮と同じように煎じた。煮出した薬湯には熱を下げる効果があったものの、思ったほどではない。たんに煎じ方が足りないのかもしれない。けれども疲れすぎていて、どちらなのか判断できなかった。

ジャカリは足を引きずりながら、次から次へと乾燥肉のスープを運び、痛む喉に栄養を流しこんでやった。友だちを失った男の子はレイフのあとをついてまわるようになり、気がつくと、長くたくましい脚の陰からアニーを見つめていた。

四日め、若い男たちの何人かに、はっきりとした回復のきざしが現われ、彼らが表情の読めない視線を向けてくるようになったとき、アニーはレイフに馬に乗せられて出発する時期が来たのを悟った。

ところが、その日の夜のことだ。レイフが赤ん坊を抱いてやってきた。小さな手足をばたつかせてしきりに泣き、褐色の肌が熱のせいでますます赤らんでいる。腹部には、黒い発疹が現われていた。

16

「そんな」アニーはかすれ声を絞りだした。「まさかそんなこと。今朝まで元気だったのに」そう言いつつ、無益な抗議なのはわかっていた。発症のタイミングや、症状は人によって異なる。ことに幼児の場合はそうだった。

レイフの顔は険しかった。出血を示す黒い発疹が出た者のうち、生き残っているのはわずかひとりで、しかも体力のある若い男だった。その男ですら、いまだに具合が悪く弱っている。だから、赤ん坊が回復する見込みがほとんどないのは、アニーと同じくらいよくわかった。

アニーは赤ん坊を受けとった。それで一応は泣きやんだものの、熱の苦しみからのがれようとでもするように、いらだたしげに両手を振りまわした。

こんなに小さな赤ん坊に薬を与えるのは危険だが、かといって、ほかに方法は考えつかなかった。アメリカヤマナラシのほうが、ヤナギの樹皮よりも効きめが弱いので、かえっていいかもしれない。アニーは少量を赤ん坊の喉に垂らし、一時間かけて冷たい水でやさしく洗った。ようやく赤ん坊が寝つくと、気力をふりしぼって母親のもとへ連れていった。若い母親は起きて、その黒い目を不安に見開いていた。横向きになると、震える手で娘に触れ、熱っぽい小さな体を抱き寄せた。アニーは母親の肩を叩き、泣きだしてしまわないうちに、急いでその場を離れた。

重症の患者はほかにもおおぜいいる。いま涙に暮れている暇はない。その人たちを診てやらなければならないのだ。

男たちの何人かが起きあがり、自分でものを食べられるまでに回復しているのは、レイフも気づいていた。アニーがそうした男たちのいるテント小屋に入るときは、リボルバーを留める革紐をほどいてあとに続き、彼女が小屋のなかにいるあいだじゅう、氷のような目であらゆる動きを見張った。

男たちのほうも、自分たちのキャンプに侵入した白人を、同じ険しさで見つめていた。

「そんなことをする必要が、ほんとうにあると思うの？」アニーはふたつめのテント小屋を出ながら、尋ねた。ここでもにらみ合いが繰り返された。

「それがいやなら、いますぐ出発するしかない」レイフはきっぱりと答えた。それでなくとも、本来なら出発しているべきだった。わかってはいたが、赤ん坊からアニーを引き離すには、彼女を鞍に縛りつけなければならず、彼自身、赤ん坊を残していくのは気が進まなかった。いまのままでも、赤ん坊にはほとんど見込みがない。もしアニーがいなくなれば、わずかな見込みも失われる。

「わたしに危害を加えるとは思えない。こちらが助けたい一心なのは、見てればわかるはずよ」

「おれたちは知らず知らずのうちに、連中の習慣を侵しているかもしれない。連中にしてみたら、白人は憎むべき敵なんだぞ、ハニー。それを忘れるんじゃない。マンガス・コロラダスが安全を保証されているはずの会議に出て殺され、切り落とされた頭を釜茹でにされたとき、アパッチ族は永遠の復讐を誓った。そんな連中をだれが非難できる？　だが、おまえの身の安全に関しては、一瞬たりとも連中を信じるわけにはいかない。おまえも命が惜しければ、マンガス・コロラダスの一件を忘れるな。向こうは忘れていないんだから」

どちらの側も傷は深い。その思いが、患者を診てまわるアニーの肩に重くのしかかった。ひとりひとりにお茶や咳止めの薬を飲ませ、熱だけでなく悲しみをやわらげようとした。死の影の差さなかった家族は、ひとつとしてない。やはり小屋を巡回しているジャカリから話を聞いていたので、全員が自分たちに降りかかった悲劇の大きさを知っていた。それでも、小屋から悲痛なむせび泣きが聞こえてくることはあっても、アニーの前で悲しみを見せる者はいなかった。元来が誇り高く、同時に内気な人々であり、加えてアニーへの警戒心も当然ある。彼女の善意をもってしても、長年の対立を解消することはできなかった。

　赤ん坊のようすを見にいくと、もはやむずかることもなく、ぐったりと横たわっていた。少しでも楽になればと、ふたたびスプーンでお茶を飲ませ、冷水にひたしたスポンジで体を撫でた。小さな肺は鬱血がひどく、空気の入る余地があるかどうかも疑わしい。

　母親は無理して起きあがると、赤ん坊を膝に抱き、弱々しい声でつぶやいて目を覚まさせようとした。レイフが小屋に入ってきて、入口のすぐ脇に腰を下ろした。「赤ん坊の具合は？」

　アニーは苦悩に満ちた目を向け、小さく首を振った。それを見た若い母親が、鋭い抗議の声を発して、子どもを胸に抱き寄せる。ふわふわの髪におおわれた丸い頭が、人形のようにだらりと後ろに垂れた。

　ジャカリもやってきて、ようすを見守った。

　アニーは疲れた母親から赤ん坊を受けとり、軽く揺すりながら幼いころに聴いた子守唄を口ずさんだ。静かな小屋に、どこまでもやさしく安らかな歌声が満ちる。赤ん坊の呼吸はいっそう荒くなり、ジャカリは鋭い目つきで身を乗りだした。

　アニーの腕が疲れてくると、レイフが赤ん坊を抱きあげて肩にのせた。今朝は丸々として元気いっぱいだったのに、早くも病気による熱で消耗している。レイフはふくよかな頬、逆立った髪、自分の指をきりりと噛んだ輝くばかりの小さな二本の歯を思い浮かべた。

　これがもしわが子だったら、とレイフは想像した。とうてい耐えられまい。この赤ん坊とはじめて出会ったのは四日前、相手をしたのは一時間かそこらなのに、窒息しそうなほど胸が締めつけられている。

アニーはふたたび赤ん坊を抱いて、お茶を飲ませた。小さな口はだらしなく開いていて、大半が脇にこぼれる。小さな体がこわばって震えだしても、赤ん坊を手放すことはできなかった。

と、ジャカリが赤ん坊を奪いとり、怒りに満ちた母親の悲鳴を無視して、外へ連れだした。さっと立ちあがったアニーは、激しい怒りに疲れも吹き飛び、幕の開いた入口から外に駆けだした。「どこへ連れていくつもり?」通じないのを承知で、老婆に詰問した。暗闇に遠ざかってゆくジャカリの後ろ姿に目を凝らし、そのあとを追った。

だが、ジャカリは遠くまでは行かなかった。キャンプのはずれで膝をつき、前の地面に赤ん坊を寝かせると、低くもの悲しい声で歌いだした。背筋が凍るような声だった。

それでもアニーが赤ん坊に手を伸ばすと、ジャカリは威嚇するような音を発して、ひったくるように赤ん坊を抱きあげた。

レイフはアニーの肩をつかんだ。彼女をその場に押しとどめ、岩のような顔でジャカリの手のなかにある小さな姿を見つめた。

「彼女はなにをしているの?」レイフの手に抗いながら、アニーが叫ぶ。

「赤ん坊を小屋で死なせたくないんだ」レイフはうわの空で答えた。ひょっとすると、すでに死んでいるのかもしれない。暗すぎて、息をしているのかどうかわからなかった。そのとき、アニーの温かい体から震えが伝わってきて、レイフの心臓を貫いた。

　彼女の特殊な力については、本人に尋ねるどころか、話題にしたこともなかった。アニーが気づいていないのはほぼまちがいのないところで、レイフはその発見を自分ひとりの胸にしまっていた。たぶん、たんなる身勝手なのだろうが、彼女の秘密を独り占めにしたいからだ。だが、アニーにさわられたら、他の人間はどうなるのだろう？　自分と同じように、熱い快感の波が押し寄せるような感覚を、呼び覚まされるのだろうか？　いや、それはない。彼女に触れられると、発熱した者たちは興奮するどころか、むしろ静かになる。それに、どのみち、女たちの欲望はかきたてられない。レイフは自分だけの秘密にしつつも、その力がなんなのかずっと頭を悩ませてきた。

　アニーが奇跡を起こせないとわかったときは、安堵に近いものを感じた。癒しの手で触れられても、死ぬときは死ぬ。だが、彼女が自分の才能に気づけば、たとえ絶望的な状況でも、その力を使わねばならないという強烈な責任感に駆られるだろう。それも、彼が黙っている理由のひとつだ。アニーはいまでも身を粉にして働いている。もし、気づけばさらに自分を追いつめ、みずからの失敗として、いま以上に傷つく。すべてを自分の力不足と考え、よりいっそうの努力を自分に課す。その能力のせいで、どれだけの体力を消耗している？　いつかはその重みに耐えかね、心なり精神なりが押しつぶされてしまうのではないか？

あらゆる本能が恋人を守れと叫んでいた。彼女のためなら、命の続くかぎり戦う覚悟だ。しかし、アニーには救えるかもしれないと知りつつ、このまま黙って赤ん坊を見殺しにしていいのか？　無理かもしれない。そう、いつ息を引き取ってもおかしくない。だが、助けられるとしたらアニーだけだ。

レイフは電光石火のごとく動くと、ジャカリが叫ぶ間もなく、彼女の腕からぐったりした小さな体を奪いとり、振り向くなりアニーに押しつけた。「抱きしめろ」押し殺した声で告げた。「胸にしっかり抱いて、両手で背中をこすってやるんだ。あとは、集中しろ」

アニーは唖然としつつ、とっさに赤ん坊を抱いた。熱でぐったりしているが、まだ息がある。ぼんやりした頭で、それだけがわかった。「なんなの？」わけがわからずに尋ねた。

怒りおかしくなったジャカリが甲高い叫び声とともに、彼の脇をすり抜けようとした。レイフはその胸に手を当てて、押しやった。「だめだ」その低く割れた声を聞いて、老婆は立ちつくした。彼の淡い目が怒りで、暗闇を焼きつくさんばかりに煌めく。悪魔の目。ふたたびジャカリは叫んだが、こんどは恐怖のせいだった。もう一歩も動けない。

レイフはアニーを見て怒鳴った。「坐れ。坐って、おれの言ったとおりにしろ」

アニーは従った。膝の下で、砂が動くのを感じる。冷たい夜風が髪のあいだを吹き抜けた。

その前にしゃがんだレイフは、赤ん坊を動かしてアニーの乳房にあてがい、弱まりつつある小さな心臓と、アニーの力強い鼓動が重なるようにした。それからアニーの手を取って、赤ん坊の背にのせた。「集中しろ」熱っぽく語りかける。「熱を感じろ。赤ん坊に感じさせるんだ」

アニーは狐につままれた気分だった。レイフもジャカリも頭がどうかしてしまったの？　目を丸くして、レイフを見た。「熱って？」もごもごと尋ねた。

レイフは自分の手を上に重ねて、彼女の手を赤ん坊に押しつけさせた。「おまえの熱だ。集中しろ、アニー。その熱で病気と闘うんだ」

なんのことだか、さっぱりわからない。熱でどうやって病気と闘うのだろう？　けれども、彼の目は闇のなかで氷のように煌めき、その目から顔をそむけることはできなかった。淡く透きとおった目のなにかが、彼女を引きこみ、夜を追いやった。「集中しろ」レイフはもう一度言った。

アニーは深い鼓動を感じた。彼の目にとらえられ、それだけで視界がいっぱいになって、あとはなにも見えなくなった。こんなのありえない、と彼女は思った。暗がりなのにはっきり見える。月は出ておらず、かすかな星明かりだけだ。それでも、青白い炎のような目に魂を奪われた。鼓動が力強さを増す。

これは赤ん坊の心臓、その鼓動を感じているのだ、と思った。あるいは自分のかもしれない。その音が潮のように押し寄せ、全身を満たした。そう、それは彼女を浮かばせては押し流す、潮だった。深くリズミカルなうねりが、温かい液体のように自分を包みこむのを感じる。その轟きが聞こえ、遠ざかって静かになった。これまで月だと思いこんでいたものは、ほんとうは赤々と燃える太陽だった。自分の両手も燃え、いまやそこに鼓動が集まっている。指先が脈打ち、そのエネルギーでてのひらが振動した。その圧力の強さに、皮膚がはちきれそうだった。

やがて潮が穏やかになり、見知らぬ海岸に静かに打ち寄せる白波となると、じょじょに平穏が訪れた。光は明るさを増すと同時にやわらかみを増し、驚くほど冴えわたっていた。もうアニーは流されていない。水面に漂って、はるか先まで見わたせた。目の前には緑色と茶色から成る広大な大地と、なによりも青く、どこまでも青い海があって、霧に包まれて輝く地球の曲線が見える。これまで出会った、そしてこれから出会う人々が、みなこの小さな美しい場所で暮らしているのだと思うと、謙虚な気持ちになる。

鼓動は低く安定した。実際に浮遊していたかのように、極度の疲労と、無重力感をいちどきに覚えた。まばゆい光は弱まり、それにつれて、胸に抱いた温かく小さな体が、手の下でのたうち、むずかっているのがわかってきた。

アニーは重い瞼を上げた。あるいは最初から開いていて、見えるようになっただけかもしれない。見憶えのない場所で目を覚まし、自分がどこにいるのかわからないような非現実感があった。

しかし、同じ場所だった。キャンプのはずれの地面に坐りこみ、目の前には膝をついたレイフがいる。ジャカリは少し離れたところにしゃがみ、黒いつり目に驚きの表情をたたえていた。

あたりは明るかった。いつしか朝が訪れ、アニーはなぜか気づかなかった。ひょっとしたら眠りこみ、夢を見ていたのかもしれないが、眠っていたにしては全身がひどくだるい。もう昼が近い証拠に、太陽が高い位置にあった。

「レイフ?」とまどいが恐怖となって、声がうわずった。

レイフは手を伸ばして、手足をばたつかせて泣きわめく赤ん坊を受けとった。完全とはいかないまでも、熱は下がり、発疹の色も薄くなっている。目を覚ましてむずかる赤ん坊を見たら、母親がどれほど喜ぶことか。彼は逆立ったなめらかな髪に唇を寄せてから、赤ん坊をジャカリに手渡した。老婆が黙って受けとり、しなびた胸に抱きかかえると、レイフはアニーを抱き寄せた。

レイフの体は動くのも億劫なほどこわばり、頭は混乱していた。いつの間に、こんなに時間が過ぎたのだろう?　黒い淵のようなアニーの目に魅入られ……それから、なにかが起きた。だが、それがなんなのかはわからなかった。わかっているのはアニーが自分を必要とし、そして自分が制御不能なほど熱烈に彼女を欲していることだけだ。レイフは彼女を胸にかかえ上げ、毛布を一枚つかむなり、さっさと歩きだした。

小川に沿って、キャンプが見えなくなるまで歩くと、人目をさえぎる小さな雑木林に囲まれた場所があった。そこに毛布を広げてアニーを横たえ、ふたりの触れ合いを妨げるすべての衣類を剥ぎとった。「アニー」ざらつき、震える声で名を呼びながら、彼女の腿を開く。白い肌の上だと、硬く分厚い手がよけいに黒く見えた。はちきれんばかりに充血したペニスはどくどくと脈打ち、その圧迫で息をするのも動くのも苦しい。厚い肩に細い腕がからみついてくると、自分を待ち受ける濡れて引きしまった箇所に深々と分け入った。やがて、やわらかな筋肉が太さに慣れ、リズミカルに収縮して彼のものを包みこみ、脚が腰に巻きついてきた。

激しく突いている感覚はなかった。ただ、これまでになくぞくぞくするエネルギーが彼女から伝わり、脈々と流れる地下水のごとく全身を駆け抜けた。こんなにも自分が生きているのを、そして浄化されるのを感じたのははじめてだった。アニーの悲鳴が聞こえ、その体が歓喜にわななくのを感じるや、体じゅうの感覚がはじけ飛んで、白く熱い精液がほとばしった。興奮が頂点に達すると、本能に導かれるまま子宮を求めて深くを突き、最後の痙攣にいまだ身を震わせながら、彼女を孕ませたことを悟った。

力尽きて毛布に倒れこんだが、だれにも渡すまいとでもするように、アニーの体を抱いていた。アニーは小さく溜息をついて目を閉じ、その息が彼の肩に届いたころには、すでに眠りに落ちていた。レイフは強い衝撃に胸を突かれ、息が止まりそうになった。この数年ではじめて、視界が開けたのを感じる。

四年ものあいだ追われつづけてきたせいで、レイフは獲物を狙う獣と化していた。ネコのように鋭い反射神経で、生き抜くことを第一義にしてきた。だが、いまは自分のことだけを考えるわけにはいかない。アニーを守らなくてはならないからだ。そして、おそらく自分たちの子も。そう、赤ん坊が生まれるという確信がある以上、将来を考えなければならない。長いあいだ現在(いま)を生きてきたせいで、将来に思いを馳(は)せるのが奇妙に感じられる。なんということだろう、四年間も将来がなかったのだ。

なにがなんでも、身の潔白を証明せねばならない。逃げつづけるのは無理だ。遠く離れたところに落ち着ける場所を見つけたとしても、たえず肩越しに振り返って、頭の切れる賞金稼ぎや法執行官に居場所を突き止められたのではないかと、怯えながら暮らすことになる。逃亡生活に終止符を打たなければ。

だが、そう決意するのと、実際に計画を立てるのは別だった。くたくたに疲れていて、驚くほど明瞭だった将来像も薄れかけていた。それどころか、いまのことすら考えられず、意に反して瞼が閉じようとしている。しかも、差し迫った欲求は鎮めたにもかかわらず、ふたたび硬くなっていた。なかばうとうとしながら横向きになり、アニーの太腿を自分の腰にかけると、心地よいぬくもりのなかにそっと滑りこんだ。なんとも言えない充足感にくるまれて、レイフは眠りに落ちた。

正午の太陽が木陰に分け入ってきて、裸の脚に照りつけていた。レイフは目を開け、こまごまとした現実に目を配った。眠っていたのは一時間ほどだが、ひと晩休んでいたように疲れがとれている。いったい、なにをやってるんだ？　ふたりとも裸のまま、アパッチ族のキャンプの間近で眠りこむとは。いくら睡眠が必要だからといっても、もっと用心すべきだった。

アニーをそっと揺すると、眠たそうに目を開いた。「おはよう」つぶやくと彼に身を寄せ、ふたたび睫毛が下がった。

「さあ、起きるぞ。服を着るんだ」

アニーはぱっちりと目を開け、起きあがってシュミーズをつかむと、裸の胸を隠した。フクロウのように目をしばたたいている。「夢だったのかしら」彼女がとまどいながら尋ねた。「何時？　ここでひと晩じゅう寝ていたの？」

レイフはズボンをはきながら考えた。アニーはゆうべのことをどれだけ憶えているのだろう？　自分のほうもたいして憶えていない。レイフは太陽をあおぎ見た。「正午を少し過ぎたところだ。だが、ここで夜を明かしたわけじゃない。一時間ほど前にセックスをした。憶えてるか？」

アニーはしわくちゃの毛布を見つめ、顔を輝かせた。「ええ」

レイフは注意深く探りを入れた。「赤ん坊のことは憶えているか？」

「赤ん坊」アニーは黙りこんだ。「ひどく悪かったのよね？　そう、死にかけていた。あれはゆうべのことなの？」

「たしかに死にかけていた」レイフは相槌を打った。「それに、たしかにゆうべのことだ」

アニーはからっぽの両手を広げて、軽い困惑の表情で見おろした。赤ん坊がいるはずなのに、なぜいないのかがわからないと思っているようだ。「でも、なにがあったの？」突然、取り乱したようすで服を身につけはじめた。「あの子を診てやらなきゃ。わたしたちがここにいるうちに、死んでしまったかもしれない。信じられないわ、すっかり忘れていたなんて、わたしは――」

「赤ん坊は無事だ」アニーの手を取って握りしめ、自分のほうを向かせる。「命は助かった。ゆうべのことを憶えているか？」

アニーはふたたび押し黙り、淡い灰色の目を見つめた。小さいころ落ちたことのある深い井戸をのぞき込んでいるようで、遠くからこだまが聞こえた。その連想に、新たな記憶が呼び覚まされる。「ジャカリが赤ちゃんを奪いとって、走りだした」ゆっくりと記憶をたどる。「わたしは……いいえ、わたしたちは追いかけた。ジャカリが赤ちゃんを渡そうとしないんで、腹が立ってひっぱたきたくなった。そしたらあなたが……そう、あなたがジャカリから赤ちゃんを取りあげて、わたしに戻した……それであなたは言ったわ、集中しろって」

記憶が渦となってよみがえり、エネルギーの名残で手がうずいた。いつしか両手を持ちあげ、理由もわからずに見つめていた。「なにがあったの?」アニーはぼんやりと尋ねた。だれかが来るといけないので、レイフは黙って頭からシュミーズを着せ、アニーの体を隠した。「おまえの手だ」彼はついに告げた。

それでもアニーはわけがわからずに、あいかわらず彼を見つめていた。

レイフは彼女の手を口に近づけてキスすると、みずからの硬いてのひらですっぽり包みこんで胸に当てた。「これは癒しの手だ」端的に言った。「最初にシルバー・メサで触れられたときから、気づいていた」

「なに言ってるの? わたしは医者よ。だから、もちろん癒しの手を持っていると言える。でも、それならどの医者も――」

「ちがう」レイフはさえぎった。「ちがう。おまえは別だ。知識や訓練とは無関係に、おまえのうちに秘められたなにかなんだ。おまえの手は熱くて、その手で触れられるとぞくぞくする」

アニーが顔をまっ赤にして、「あなたの手もぞくぞくするわ」とつぶやいた。

レイフは思わず笑った。「そうじゃない。いや、似たようなものかもしれないな。おまえの場合は全身がそうで、なかに入れると正気が保てなくなる。だが、おまえの手は癒しの手、本物の癒しの手だ。話には聞いていた。ほとんどは年寄りからだが、おまえに触れられておれ自身が感じるまでは、信じてなかった」

「なにを感じたっていうの？」アニーは食ってかかった。「わたしの手はただの手よ」

レイフは首を振った。「いや、ちがう。おまえには特別な力があるんだよ、愛しい人。他の人には治せないものが、おまえには治せる。薬の力じゃない、おまえの力だ」アニーから顔をそむけて、彼方の紫色の山々に目をやったが、見ていたのは自分の心のなかだった。「ゆうべ……ゆうべのおまえの手はひどく熱かった。握れないほどだった。憶えてるか？　おれはおまえの手を赤ん坊の背中に押しつけた。熱い火かき棒を握ったようで、てのひらが焼け焦げそうだった」

「嘘」アニーは自分でも驚くほど、刺々しい口調で否定した。「嘘に決まってる。そんな力あるわけないわ。もしあったら、だれも死なずにすんだはずよ」

レイフは顔をこすった。てのひらにヒゲのざらつきが当たる。まったく、いつからヒゲを剃っていないんだ？　思いだすことすら、できない。「おまえがイエス・キリストだと言うつもりはない」彼は言い返した。「死者をよみがえらせることはできない。おれはずっと見てきたが、おまえにも救えないほどの重症患者もいた。トラハーンは助けられなかった。おまえの力がなんであれ、出血は止められないからだ。おれが肩にかすり傷を負ったときも止められなかった。だが、最初に会ったとき、具合が悪かったおれは、軽く触れられただけで、気分がよくなった。おまえは心を落ち着かせ、痛みを追いやり、傷の回復を早めた。いつか、アニー、皮膚がくっつくのを感じたんだ。それがおまえの力だ」

　アニーは言葉を失い、ふいにパニックに陥った。そんな能力は望んでいない。荷が重すぎる。ただ医者に、可能なかぎり優秀な医者になりたいだけだ。それもこれも人を助けたいからで、奇跡もどきを起こしたいわけではない。それがほんとうなら、なぜいままで気づかなかったのか？

　怒りと不安に駆られてその問いを投げつけると、レイフの胸に抱き寄せられた。おおいかぶさってくる厳しい顔は、アニーと同じくらい怒っていた。「あの赤ん坊だけは、どうしても助けたかったのかもしれない！」彼は怒鳴った。「あれほど集中したのははじめてなのかもしれない。いままでは若すぎて、歳とともに強まるのかもしれない」

　涙がアニーの目を刺し、レイフの胸を叩いた。「そんな力、いらないわ！」野菜を食べたくないとだだをこねる子どもみたいと自分でも思うけれど、かまっていられなかった。そんな重荷を背負って、どうやって生きていけというの？　どこかに閉じこめられ、連れてこられた病人やケガ人の列は果てしなく続き、自分の人生を永遠に奪われる。そんな光景が頭に浮かんでいた。

　レイフは怒りだしたとき同様、急速に落ち着いた。「わかってるよ、ハニー、わかってる」

アニーは黙って身を引きはがし、服を着た。理性は彼の話をあざ笑っていた。そんなことはあるはずがない。みずからの技術、知識、そして運を信頼するよう訓練されてきた。優秀な医者になるには、どうしても運がいる。アニーの手が〝癒しの手〟だなどと言った教官は、ひとりとしていない。

だが、はたして彼らに気づけただろうか？　たいていはアニーを無視し、明らかに目の敵にしていた。同級生よりも優れた点に気づいたとしても、それをアニーに教えるだろうか？　答えはノーだ。

それに、昨晩のことは常識では説明できない。説明など不可能だ。たとえ自分の手が癒しの手だとしても、ゆうべのできごと……すっかり没頭していた……なにかに……それ以上だった。みずからの両手と全身と赤ん坊の鼓動が、ひとつになったように脈打っていた。それに、レイフの透きとおる目に吸いこまれたのも憶えている。

そして、レイフが憑かれたように自分を抱いたのを思いだした。どんなに早く挿入してもまだ遅すぎる、どんなに深く突いてもまだ足りないと思っているみたいだった。彼にしがみつき、腰を持ちあげて、原始の太鼓の響きのように打ちつけた。そして本能のささやきが聞こえ、彼の子を宿したのを知った。

アニーはこっそりと彼を盗み見た。心が安らかさに満たされるのがわかる。レイフに喜んでもらえるかどうか、見当もつかなかった。

アニーはふたたび手を見つめ、とうとう受け入れた。論理はかならずしも必要ではなく、論理では解き明かせないこともある。「これからどうしたらいいのかしら」低い声でつぶやいた。

レイフは顎をこわばらせ、寄り添うようにアニーの腰を抱き、ふたりしてキャンプへ戻った。「これまでと同じだ」彼は答えた。「おまえが気づいただけで、なにも変わりはしない」

17

ふたりが戻ると、あいかわらずキャンプは静まり返っていたが、静けさの質は変わっていた。危機が去ったあとのような安らぎがある。アニーが赤ん坊の両親の小屋に入ると、若いアパッチの女は起きあがって子どもを膝に抱き、むずかるわが子に歌いかけながら、ヤナギのお茶を飲ませていた。赤ん坊はまだ熱っぽく、発疹も残っていたが、ひと目で快方に向かっているのがわかった。母親を診察したアニーは、喜びを笑顔に表わした。明日には立ちあがれるだろう。丸顔の父親も目を覚ましており、やはり衰弱は激しいものの、熱は引いていた。赤ん坊の両親は、アニーと、その後ろに守護天使のごとくぴたりと張りついている長身の白人を見つめたが、怖がっているようすはなかった。加えて父親は弱々しくなにかをつぶやき、赤ん坊に手を向けた。言葉は通じなくても、自分たちに感謝しているのがわかった。

ふたりは小屋を出た。アニーが先に幕をくぐると、五メートルほど離れたところに、白人の男がひとり、散弾銃を手に立っていた。アニーは瞬時に背筋をこわばらせた。顔から血の気が引き、死者のように青ざめた。背後でレイフがゆっくりと体を起こすのがわかる。彼はアニーをそっと脇へ押しやった。

しわが刻まれた男の顔は古い革のように傷み、髪には白いものが混じっているが、アニーには四十代なかばと映った。中背よりやや高く、野生馬(ムスタング)のごとく痩せて頑丈な体つき。わずかに下がった左瞼が、ウインクしているように見える。ベストの胸にはバッジがあった。

「連邦保安官のアトウォーターだ」男はがさついた声で告げた。「ラファティ・マッケイ、おまえを逮捕する。拳銃はゆっくり落とせよ。アパッチのキャンプのどまん中で、こっちも少々気が立っている。この散弾銃をぶっぱなしたら、おまえの体はまっぷたつだ」

レイフは両手を後ろでしっかり縛られて、地面に坐っていた。レイフを助けようとすればアニーも縛る、とアトウォーターから脅されたため、レイフは手を出すなとアニーに厳命した。そばに坐った彼女の顔は蒼白(そうはく)で、心臓は激しく鼓動していた。

ジャカリが距離をおいて周囲をまわり、威嚇したりつぶやいたりしていた。アトウォーターは敵意をむき出しにする老婆に、警戒の目を向けた。ふたりのアパッチの男が小屋から出てきたが、弱っていてレイフの縛られている場所まで歩けなかった。片方はライフルを持っているものの、構えるそぶりはない。白人どうしの問題であるかぎり、介入しない心づもりらしい。それでも、アトウォーターはやはりその男から目を離さなかった。

　それにしても、この罪人をどうやって刑務所まで連れていったものか？　少々手を焼きそうだ、と認めざるをえない。彼自身が言ったとおり、ここはアパッチ族の居住地域のまっ只中(ただなか)というだけでなく、まさに彼らのキャンプのまっ只中なのだ。しかも、女がいる。ささいなことだが、見くびるわけにはいかない。女は自分が愛していると思う男のためなら、とんでもないことをしでかすものだ。

　マッケイの追跡には、これまでになく苦労させられた。アパッチ族からじきじきに訓練を受けていなかったら、やり遂げられなかっただろう。加えて、幸運であったことは否めない。勘に頼って、賞金稼ぎのトラハーンの行動を見張ったことからして、そうだった。トラハーンにとっては、マッケイの追跡が最後の仕事となった。死んで同情できるような善人じゃない。

　しかし、山中の小屋の周囲に残されていたわずかな足跡から、馬は二頭だと判断した。当初、マッケイが荷馬を手に入れたか、あるいは連れ――それほど体重のない人物――がいるか。マッケイ、アトウォーターは荷馬だと考えた。恐ろしく頭が切れる殺し屋が、女や子どもを連れているとは思えなかったからだ。だが、そんなとき、シルバー・メサの医者が女で、一週間ほど小屋を空けているという話を思いだした。遠くの牧場に呼ばれることもあるため、不審に思う者はいなかったようだが、アトウォーターは半端な情報をかき集めて、そこから全体像を描いてみる癖があった。

そこで、面白半分にマッケイが女——その女医——と一緒だと仮定してみた。何年もひとりでいた男が、なぜいまになって女を連れ歩くのか？　なんらかの理由で女が意味を持つようになったのでなければ、まずありえない。大切な女を連れて向かうとしたら？　犯罪者として、北上するか？　その可能性はある。あの未開の地は、格好の隠れ場所に事欠かない。並みの男ならもっともな理由で、北へ逃げる。だがマッケイは並みの男ではない。そう、やつなら意表を突いたルートを選ぶはずだ。メキシコをめざして南下する。アパッチ族の地域を通って。

マッケイの追跡は難航した。残っていてしかるべき場所にも、ほとんど足跡がなかった。だが、木立に打ち捨てられたふたりの賞金稼ぎの死体——上空をハゲタカが旋回していた——が大きな足がかりになった。

足跡を見つけるには執拗な探索を必要とし、見つけたキャンプはわずか二、三カ所、どれもうまく隠されていた。追跡には自信を持っていたアトウォーターだが、マッケイがアパッチのキャンプで足踏みしていなければ、捕まえるのに——永遠に捕まえられなかったかも、とは意地でも思わなかった——ずっと日数がかかっただろう。

そしていま、謎がひとつある。アトウォーターは謎を好まなかった。生来、好奇心の強い性格で、謎があると解けるまで考えずにいられない。マッケイがひとところにこれほど長くとどまるのは理屈に合わないのに、実際はそうした。アトウォーターはふたりより少なくとも三日は遅れていた。そして丘の上で二日間見張り、その間、ずっと彼らが発つのを待っていた。アパッチ族のキャンプへ入らないほうが、はるかに神経を使わずにすむからだ。

だが、この目で見たものは、マッケイのイメージと一致しなかった。冷血な殺人犯は、病気にかかったおおぜいのアパッチを五日もかけて看病しないものだ。いまとなってみれば、あの女医が助けたがったのだと想像がつく。それはありえない話ではない。だったとしても、マッケイなら彼女の希望を無視して無理やり旅を続けるか、あるいは平然と置き去りにしそうなものだ。しかし、彼はどちらもしなかった。

それどころか、見張っていたこの二日のあいだ、マッケイは水を運び、死者を弔う老婆を助け、赤ん坊をあやし、子どもと過ごし、タカのごとく女医から目を離さなかった。小型望遠鏡の向こう、めくれた幕の向こうには、病に伏したアパッチの男の体をぬぐうマッケイの姿があった。どう見ても、尋常な行動ではない。

そして、昨晩の病気の赤ん坊の一件がある。暗くてなにが起きているのかわからなかったが、朝になって、理解を超える光景を目にした。マッケイと女医が地面に向かい合って坐り、そのまま何時間も動かずにいたのだ。ふたりとも催眠術にでもかかっているようで、なんとも不気味だった。女医は赤ん坊を抱き、マッケイは両手を彼女に押しつけていた。

老婆がふたりを見張っているふうだったが、やはり狼狽(ろうばい)しているのが見て取れた。

やがて赤ん坊が泣きだすと、ふたりは催眠状態――であれ、なんであれ――から目を覚まし、マッケイが女と毛布をつかんでしばらく姿を消した。あとは追わなかった。馬がなければどこにも行けないし、人にはプライバシーを尊重されてしかるべき時があると信じていたからだ。

かくして、アトウォーターはジレンマに陥った。冷血な殺人犯には、冷血な殺人犯らしく振る舞って、ものごとを複雑にしないでもらいたいものだ。はまらない小さなピースがあると、頭を使わずにいられなくなる。だから、アトウォーターはいまも考えていた。

「おまえを刑務所に連れてくなんざ、アバズレに言うことを聞かせるようなもんだ」胸のうちが、ふと口をついて出た。「悪いね、マダム。心配でしかたがないものですから。このアパッチどもが、おまえが縛られて、こんなありさまになってるのを気に食わないと思ってたら、どうしたもんか。なにしろ、おまえは病気だった者たちを助けてやったわけだから。連中たちがどう思うか、わかったもんじゃない。わたしにはアパッチの言葉が少しわかるが、じつを言うと、あの老婆が言ってたことが、どうにも気に入らん」

「彼は生きて刑務所にはたどり着けない」アニーの声には絶望感が滲んだ。「着く前に殺されてしまうからよ」

「わたしの邪魔をする賞金稼ぎがいるとは思えんがね、マダム」アトウォーターは半分ウインクしたような奇妙な目で、彼女を見つめた。

「賞金稼ぎだけじゃないんです。ほかにも――」

「アニー、やめろ」レイフの声が鋭く飛んだ。「言えば、こいつまで殺される」

連邦保安官は頭をめぐらせた。また謎が増えた。「どうしておまえが、そんなことまで気にする？」

「気にしちゃいない」レイフは取りつく島のない口調で答えた。関節の凝りをやわらげようと、広い肩をすぼめた。ロープはきつく、しっかり結ばれている。どうあがこうと、抜けだせるはずがなかった。

アトウォーターは彼の言葉を無視して続けた。「おまえはさんざん人を殺してきた。それがもうひとり増えたところで、おまえみたいなクソ野郎になんの意味がある？　悪いね、マダム。ニューヨークでのティルマン殺しを皮切りに、おおぜいの死体を置き去りにしてきたおまえじゃないか。なんでも、友だちだったとか」

「テンチを殺したのは彼じゃありません」アニーは抗議した。目がくらんで、なにかをしなければならないのに、なにをしていいかわからない。アトウォーターはレイフから五メートルほど離れて坐り、いつでも撃てるように、両方の撃鉄を起こした散弾銃を手にしている。この場でレイフを殺したら、刑務所へ連行する手間が省けると思っているようにも見える。法執行官なので、もちろん賞金は手にできないが、彼にしてみたらそれで正義はなし遂げられる。裁判にかけるまでもない。「彼ははめられたんです。テンチにはまったく関係がありません」

「同じことだ」アトウォーターはいなした。「その後も山と殺している。トラハーンもおまえの仕業だな、マッケイ。だが、わたしもあのクソ野郎は虫が好かなかった。悪いね、マダム」

「トラハーンを殺したのもレイフじゃありません」アニーの顔は蒼白になり、唇までまっ青だった。

「アニー、黙れ！」レイフが怒鳴ったが、言うだけ無駄だ。

「わたしが殺しました」アニーは静かに告白した。

アトウォーターの眉がつり上がった。「話してくれ」

アニーは両手を握りしめ、ふと、いまスカートのポケットにレイフの予備の拳銃があればいいのに、と痛切に思った。「彼はレイフを待ち伏せしようとしてました」苦悩に満ちた声で切りだした。「わたしはポケットに拳銃を入れてた……それまで発砲したことはなくて。試してみたのですが、撃鉄が起こせなかった……でもそのとき、トラハーンが引き金に手をかけ、気がついたらわたしも撃っていた。どうやったのかは、自分でもわかりません。銃はポケットに入れたままだったので、スカートにまで火がついて。わたしが殺しました」アニーは最後にもう一度言った。

「彼女じゃない」レイフが勢いこんで言った。「おれの罪をかぶろうとしているだけで、殺ったのはおれだ」

アトウォーターはうんざりした。アウトローに高邁な精神があるとわかると、気分が悪くなる。彼らにたいするイメージが損なわれるからだ。

女が男のした行為の責めを負おうとするケースは、ないわけではない。犯人が男か女かで法の適用が異なることが多く、女が実際に刑務所に入ることは稀だ。だが、今回の場合、女医がマッケイの罪をかぶろうとしているとは思えなかった。スカートに火がついた云々というのは、とっさに思いつく話ではない。そう、罪をかぶろうとしているのは、女医を気遣うマッケイのほうだ。

しかし、いま女医は殺人を告白し、アトウォーターはそれで頭を悩ませている。法を執行する立場にある者なら、なんらかの処置を講じなければならない場面だ。彼はしばらく思案してから、肩をすくめた。「話を聞いたかぎりでは、事故のようですな。さっきも言ったように、わたしもクソ野郎は虫が好かなかった。悪いね、マダム」

レイフはほっとして目を閉じた。アトウォーターは顔をしかめた。

アニーが坐ったままにじり寄ってきた。熱のこもった必死な面持ちだ。アトウォーターは警告するように頭をかしげ、散弾銃を掲げた。少し離れたところには、魔術を使う白人女を傷つけたらただではおかぬと、不吉な脅し文句をつぶやくジャカリがいる。

「テンチのことは無関係です」アニーは言った。「ただの口実にすぎません」

アトウォーターは彼女に意識を向け、アニーはレイフの怒りに燃えた視線を無視した。彼のなかには、説得しようとしても無駄だという思いとともに、秘密を知ればアトウォーターの命まで狙われるという心配もあるらしい。レイフの気高さには、ときとして驚かされる。それが、いったんこうと決めたときの徹底した無情さと隣り合わせにある。

アニーは事の起こりから話した。一部始終を語りながら、荒唐無稽な話に聞こえるのに気づいて、一瞬たじろいだ。こんな話をだれが信じるの？　よほどのお人好しでも、レイフが銀行の貸金庫に預けた書類を見なければ信じそうになく、アトウォーターはお人好しには見えなかった。連邦保安官はアニーを、続いてレイフをにらみつけた。こんな話を聞かされること自体が、知性への侮辱だと言わんばかりだ。垂れた瞼が、いっそう重たげに下がっていた。

話が終わると、アトウォーターはたっぷり一分は黙ってアニーを見つめ、やがてうなった。レイフに向けられた視線には悪意が満ちていた。「そういうたわごとを聞かされると、胸クソが悪くなる」大声で文句をつけた。「悪いね、マダム」

レイフは黙ってにらみ返し、口を真一文字に結んだ。

「なぜ胸クソが悪くなるかというと」アトウォーターは続けた。「嘘つきはもっともらしさを重視するからだ。だれにも信じてもらえなけりゃ、嘘をつく意味がない。だから、立派な嘘つきが考えつかないような話を聞かされると、興味をそそられてかなわん。わたしはなにかに興味を持つのがなにより嫌いだ。どうしたって眠りを妨げられる。おまえがこの四年間におおぜいの人間を殺してきたことは、疑いの余地のない事実だが、この女医さんの話がほんとうだとしたら、その後の殺しも正当防衛だと考えざるをえん。そもそも、おまえの首に一万ドルもの賞金がかかるとは、そのテンチというやつはいったい何者なのか。それほど重要人物だとしたら、なぜいままで聞いたことがないのか。その点にも若干の興味はある」

アニーはレイフを見ないようにしながら、唾を呑みこんだ。連邦保安官は声に出して思考をたどっているようだったので、その邪魔をしたくなかった。いっきに希望が湧いてきて、目がくらくらした。どうか信じてもらえますように！

「わたしはいま、そうした興味深い点に責めさいなまれておる。まったく、どうしたものやら。法はおまえを殺人犯だとしている、マッケイ。法を執行する保安官としてはわたしはおまえを連行する立場にある。こちらの女医さんによると、おまえが裁判にかけられんよう大枚をはたいた人物が、おまえを追っている。それでだ、わたしは正義を守るために金をもらっているが、おまえを連行しても正義が守られるかどうか、確証が持てなくなった。連行できないという意味ではないぞ」アトウォーターはさりげなく言うと、ふたたび外に出てきた大柄なアパッチの男をじろっと見た。男はあいかわらずライフルを持ち、謎めいた黒い目でこちらを見つめている。どうやら連中には、マッケイが縛られているのが気に食わないらしい。アトウォーターはレイフを見た。「この連中を救うために、なぜこれほど時間をかけた？　ここで足踏みしなければ、わたしに追いつかれずにすんだのに」

アニーが苦しげに息を吸った。彼女に悲痛な思いをさせるとは。レイフはアトウォーターを殴りたくなった。「助けを必要としていた」手短に答えた。

アトウォーターは顎をこすった。おおかた、女医に説き伏せられたのだろう。そしているま、女医はそのことでひどく胸を痛めている。あらためて黒いヒゲが伸びたマッケイを見ると、そのおかしな目は怒りに燃えていた。そういう目なら、以前にも見たことがある。無情きわまりない男でも、女のなにかに心をやわらげられることがある。そして、この荒っぽい早撃ちの名手は、まちがいなく、女医にぞっこん惚(ほ)れている。たしかに好ましい印象の女ではあるが、それだけではないなにかがあって、あの大きな茶色の瞳を見ていると、自分のような老いぼれた追跡犬でも、腹の底にもやもやしたものを感じる。あと二十歳若かったら、やはり彼女のために憤慨していたかもしれない。マッケイに向けているのと同じような目で見つめられたら、なおさらだ。

さて、いったいどうしたものか。彼女の話に興味をかきたてられただけでなく、心に引っかかっているこまごまとしたこと――法外な賞金や、自分の目で見たマッケイは、噂に聞く冷血な殺人犯にはほど遠い存在だった――を考え合わせると、途方もない話が真実である可能性もむげには排除できない。アトウォーターから見た確率は五分と五分。つまり、正義を守るために確かめる必要があるというわけだが、言うは易しとはこのことだ。アトウォーターは溜息をついた。とは言え、法執行官になったのは、たやすい仕事だと思ったからではない。

このキャンプから抜けだすだけでも、少々てこずりそうだ。あの大柄なアパッチの男はこちらをにらみながら、これ見よがしにライフルを掲げている。あの男を怒らせたら、まずいことになりそうだ。

アトウォーターは腹を決めた。不機嫌な溜息をついて立ちあがる。またもや、厄介事に巻きこまれ、しかもさらに面倒なことになる予感がある。レイフに歩み寄ると、ベルトからナイフを抜いた。アニーは抗議の言葉を呑みこみ、苦労して立ちあがった。

「アパッチたちは腹を立てているようだ」アトウォーターは言った。「おまえが縛られているのが気に食わないのだろう。白人が嫌いなだけかもしれないが、それはなんとも言えん。だが、おまえの手に巻きついたロープに異議を唱えているものとみなして、一か八か解いてやる。ただし、一瞬たりともおまえから目を離すつもりはない。逃げたいと思っているようなそぶりさえ見せるんじゃないぞ」辛辣に言い足した。「わたし相手にふざけた真似をするやつには、小便が煮え立つ。悪いね、マダム。おまえが逃げようとしたら、ナイフでばっさりやって、なんの呵責も感じんだろう。さて、わたしはこれからおまえをニューオーリンズへ連れていき、その突拍子もない話を確かめるつもりだ。逃げるなと頼むのはばかげているから、そんなことは頼まん。そのかわり、この女医さんをわたしの隣に置く。おまえが彼女を置いて逃げるとは思えんからな。さて、われわれが出発したら、アパッチどもは怒ると思うか？」

レイフの目がぎらぎらと輝いた。「やってみればわかるだろう」

出発を翌日まで延ばす理由はなかった。馬は充分に休息をとり、正直なところ、レイフもこれ以上アパッチの男たちが回復する前にここを離れたかった。レイフが馬に鞍をつけると、立って動けるまでになった何人かが外に集まってきた。その全員が武装していた。女の姿も二、三あったものの、大半はまだ看病の必要な病人とともに小屋に残っている。アトウォーターがワシのように見張るなか、アニーは赤ん坊をひと目見ようと小屋に入り、二本の小さな歯がのぞく笑顔で迎えられた。まだ熱っぽいが、元気に革の切れ端を噛んでいる。母親ははにかんだ表情でアニーの腕に手を置き、なにかをしゃべりだした。かなり長めのおしゃべりで、言葉は理解できなくとも、その口ぶりから感謝が伝わってきた。

男たちは謎めいた目で見守っていた。そのなかでもっとも大柄な、レイフとほぼ同じ背丈の男は、いつか白人を理解できる日が来るだろうかと考えていた。自分たちと白人たちとのあいだには憎悪が横たわっているが、あの白人の男と女——呪術を操る女——は、部族を救うために力を尽くしてくれた。裸同然で横たわった自分を、白人の男が水で冷やしてくれたことも憶えている。それ自体、信じがたい行為だ。それに、あの不思議な女……あんな手の感触は、はじめてだ。ひんやりとしているのに内側は熱く、苦しみをやわらげ、全身に心地よささえ広がった。安らぎを与え、自分を焼き殺そうとしていた熱との闘いを楽にしてくれた。そして、ローザンの赤ん坊を救った。赤ん坊は霊魂の世界に足を踏み入れている、とジャカリが告げたとき、あの子の体には息が残っていなかった。あの白人の女の魔術は本物で、その価値を知る戦士が彼女をしっかりと守っている。なによりなことだ。

そのあと、もうひとりの白人がやってきて、白人の戦士に武器を向け、捕虜のようにロープで縛った。逆上したジャカリは、新たな侵略者を撃てとせっついたが、成り行きを見届けたかったので撃たなかった。三人の白人は腰を下ろし、奇妙な響きの言葉をしきりに交わしたあと、年かさの男が戦士のロープを切り、いま三人はともに出発しようとしている。やはり、白人というのは理解しがたい。魔術を操る女への感謝と同じくらい、彼らが立ち去るのが嬉しかった。

だが、三人は東に進路を向けている。そこには自分たちと同じアパッチ族が住んでいるから、身を守るものが必要になる。自分たちには〝友人〟と呼べる白人はほとんどいない。彼らが殺されるようなことになれば、自分にとっての不名誉となる。そこで、魔よけの数珠玉と言伝（ことづて）をジャカリに託した。老婆は淡い髪が太陽のように顔を縁取っている不思議な女にそれを運び、アパッチ族の言葉を多少理解できる年かさの白人が、ジャカリの言葉を女に伝えた。すると、不思議な女は微笑んだ。その隣では、白人の戦士が自分の女を守るべく、鋭い目ですべてを見ていた。

アパッチの男は、キャンプから出てゆく三人を喜んで見送った。

アニーは数珠の魔よけを何度も手のなかで引っくり返しては、複雑な模様をなぞった。非常に精巧な細工で、アトウォーターの説明によると、通行証の役割を果たすものだそうだ。厳密には異なるが、それが思いつくかぎりもっとも近い意味だった。アニーはその説明に納得した。

ニューオーリンズに着くまでには何週間もかかる。ニューメキシコとテキサスを通り抜けた先に、ルイジアナがある。列車に乗ろうと提案したアトウォーターは、レイフにきっぱりと退けられて、すっかり機嫌を損ねていた。

アパッチのキャンプから見えないところまで来ると、突然アトウォーターがレイフに散弾銃を向けた。レイフのほうは武器を返してもらっていないので、対抗しようにも、怒りをこめた冷ややかな目を向けることしかできない。「ニューオーリンズまで連れてく気はないらしいな」

「いや、その予定は変わっちゃおらん」アトウォーターは言った。「ただ、おまえがじっとしているとは思えない。すでに、ふざけた真似をすると我慢がならんと警告したが、警告を真に受けないやつらが多い。それで、誘惑の芽を摘んでやろうというわけだ。両手を背中にまわせ」

レイフは固い顔で従った。アニーが去勢馬の向きを変えて近づくと、アトウォーターが戒めるように彼女を見た。「離れてなさい、マダム。これは当然の処置だ」

「でも、必要ないわ」アニーは抗弁した。「あなたより、わたしたちのほうがよほど解決を望んでいるのよ。逃げるわけがないでしょう?」

アトウォーターは首を振った。「無駄だよ、マダム。逃げないと誓うアウトローの言葉をいちいち信じていたら、一流の保安官にはなれんのでね」

「やめておけ、アニー」レイフが疲れた声で言った。「殺されるわけじゃない」

それはアニーにもわかっていた。だが、そのつらさも経験を通じて知っていた。それでも、あのときレイフは後ろではなく前で縛ってくれた。アトウォーターに奇襲をかけようか、とも思ったが、ふたりには彼が必要だった。アトウォーターには目的をなし遂げるための権限があるし、レイフの追っ手にしても、相手が連邦保安官となれば撃つのはためらうはずだ。

その晩キャンプを張ったときも、レイフは手を解いてもらえなかったので、アニーが食べさせてやらなければならなかった。長期にわたるアパッチの看病で疲れはてていたアニーには、自分の食事を終わらせるのがやっとだった。皿の片づけが終わるなり毛布を取りだし、ふたりの男のあいだで丸まった。レイフがこの新たな体勢を気に入っていないのは、その険しい顔を見れば一目瞭然だったものの、アトウォーターがいては寄り添うこともままならない。アニーは息を詰めていたが、レイフは黙って腕の届く位置に自分の寝床を定めたので、彼がそばにいてくれる安心感に、小さく溜息を漏らした。

レイフは両手を後ろで縛られたまま、こちら向きに横たわった。

「眠れる?」アニーは眠そうな小声に心配を滲ませた。

「くたくただから、立ったままでも眠れるさ」言葉どおりに受けとっていいのかどうかわからなかったが、アニーには確かめる気力がなかった。もっとくっつけたらいいのに。何週間も彼と一緒だったので、眠るときに包んでくれるたくましい腕がないと淋しかった。手を伸ばせば届くところにいるのが、せめてもの救いだ。

やすやすと寝ついたアニーの隣で、レイフはしばらく起きていた。考えごとをして、腕や肩の痛みはなるべく気にしないことにした。アニーは妊娠しているんだろうか? しているとレイフは思っているが、肉体によってそれが証明されるにはまだ時間がかかる。アニーが自分の子を身ごもっているという確信は、彼女を独占し、守ってやりたいという本能の欲求をいっそう強めただけだった。もし自由の身になったら、二度と自分の手の届かない場所には寝かせまい。これまでの人生でいちばん重要な仕事、それはアニーを大切にすることだった。

いま自分たちはニューオーリンズをめざしている。にわかには信じがたい現実だった。長く逃亡生活を続け、その間ずっと苦痛と裏切られたという思いにとらわれてきたために、突然の変化にはとまどいがある。もちろん、すべてが変わったわけではない。手首に食いこむロープや、肩にかかる不快な圧力がそれを物語っている。アトウォーターにしても、調査すべき点が生じたと思っているだけで、依然、レイフは無法者とみなされている。それにしても、アトウォーターというのは妙な男だ。理解を超えたところがある。噂では、きわめて厳格な男で、相手が生きていようが死んでいようが、かまわず連行すると聞いていたが、アニーが事情を話すと、あっさりと耳を傾け、それが真実かどうか、やはりあっさりと確かめると決めた。長年逃げてきただけに変な感じがしないでもないが、おかげではじめて本物の希望をいだいている。ニューオーリンズで例の書類を見れば、アトウォーターにもレイフが嘘をついていないのがわかる。連邦保安官なら政府に人脈があるから、なんらかの方法で殺人罪を取り下げられるだろう。

神は予想外の姿で現われるものと言う。レイフも、この痩せて瞼の垂れた理屈っぽい法執行官が、祈りにたいする答えだと認めざるをえなかった。

アトウォーターは頭上の星をながめながら、眠らずに考えていた。マッケイの話がほんとうかどうか確かめるため、彼をニューオーリンズに連れていくと約束をしてしまった。われながら、なんという厄介事を引き受けてしまったのか。相手は農場の小僧ではなく、レイフ・マッケイなのだ。避けがたい現実として、ときおりロープをほどいてやらねばならず、もし逃げる気になれば、マッケイはかならずやその方法を見つける。まったく、なぜあの無法者をもよりの町へ連行して、監禁しなかった？　百五十キロかそこらなら、なんとか連れていけただろう。だがニューオーリンズまでは千五百キロ以上ある。どう考えても、賢明な判断とは言えなかった。

だが、すでに約束したことであり、自分の気持ちが変わらないのはわかっていた。その一方で、千五百キロの道中、ひとりではマッケイが逃げだすのを防ぎきれないこともわかっている。つまるところ、マッケイには助けてくれる女医がいる。逃がさない唯一の方法は彼女も縛ることだが、そうすればさらに手に負えない問題が生じるだろう。それに、彼女はマッケイと行動をともにしていただけで、罪人ではないのだから、そんな扱いはまちがっている。

この先どこかの段階でマッケイを信用し、ロープを解かざるをえなくなるとしたら、いま受け入れてもいいのではないか？　縛った男を連れていては、町を通り抜けることもままならない。縛ったままでは人々の注目を集め、それだけは避けたいからだ。とにかく、もう少し考えてみるとするか。いまは、自分のなかにマッケイを解放できるだけの確証がなかった。

法と正義はかならずしも一致しない——法執行官としては居心地のいい考えではないものの、アトウォーターはもう何年も前にそれを学んだ。数年前、ある女が亡くなった。町で浮かれ騒いでいた酔っ払いのカウボーイたちが、エルパソの道で荷馬車を飛ばしていて、彼女を轢き殺したのだ。法律上は事故となり、カウボーイたちは釈放された。悲しみに打ちひしがれた夫はライフルを手に取り、そのうちの何人かを殺した。夫が悲嘆のあまり錯乱状態に陥り、自分のしていることがわかっていなかったのは明らかだった。アトウォーターはそれを正義とみなした。

アトウォーターの妻は四九年にカリフォルニアで、酔った鉱夫どうしの撃ち合いに巻きこまれて死んだ。そのときは正義と法が一致して、ロープからぶら下がったふたりの鉱夫を見ることができた。マギーは帰ってこなかったが、正義が守られたのがわかったおかげで、悲しくとも自分を見失わずにすんだ。アトウォーター流の考えでは、すべては釣り合いの問題だった。それが正義だ。そして法執行官として自分に課せられているのは、天秤を釣り合わせることだと考えていた。ときには困難を伴い、今回のように、うっとうしいほど厄介な場合があるとしても。

できれば、気づきたくなかった、とアトウォーターは思った。マッケイがアニーに向けるまなざしは、自分が愛しい妻のマギーに向けていたのと同じものだ。

18

「結婚するぞ」レイフはそっけなく宣言した。

アニーは目を伏せた。彼らはいまエルパソの宿にいる。アニーはレイフに連れられて部屋に入ったが、ドアは開け放たれたままで、廊下のアトウォーターが彼を見張っているのをひしひしと感じる。旅を続けて六週間になるが、アトウォーターは今朝になってようやくレイフのロープをほどき、急に動いたらとりあえず撃つ、理由を探るのはそのあとだ、と理屈っぽい警告を与えた。アニーはまさか町に立ち寄るとは思っていなかったけれど、なにがなんでも物資を補給しなければならず、アトウォーターはふたりを残して、ひとりで町に入る気はなかった。レイフはアニーをゆっくりと眠らせるため、ここぞとばかりに連邦保安官に宿を取らせた。アニーには彼が心配する理由がわかっていた。

「わたしが妊娠しているから」疑問の余地はないので、アニーは言いきった。確信したのは、月のものが来なかったほぼひと月前だが、アパッチのキャンプでレイフに抱かれた日からうすうす感じていた。彼も疑っていたのは明らかで、どんなささいな徴候も見のがすまいと、鋭い目を光らせていた。

アニーには自分がどう感じているのかわからず、どう感じるべきかすら定かでなかった。たぶん、安心すべきなのだろう。彼が自分との結婚を望み、子どもには法的な地位が保証されるのだから。だが、ぼんやりとだけれど、妊娠していなくても彼が結婚を望んだかどうか、いぶかしまずにいられない。こんな状況でそんなことを思うなんて、愚かなのだろうが、求められたのが自分自身なら、どんなによかったか。

レイフはアニーの目を見て傷ついているのに気づき、なにを求めているのか本能的に察した。この間、彼女をつぶさに観察し、妊娠の徴候のある、なしを探ってきたので、いつしか微妙な表情のちがいを読みとるのが習い性になっていた。そこで、廊下で見張るアトウォーターのことを忘れて、乱暴に彼女を引き寄せ、その頭をしっかりと肩に押しつけて、両手でそっと揺すった。「いいか、いま結婚するのは、妊娠しているからだ」はっきりと言った。「そうでなければ、この騒動が片づくのを待って、教会できちんと式を挙げたいと思っただろう。引き渡し役はアトウォーターだ」

最後のひと言にアニーは微笑んだ。いくらか気は晴れたものの、これまで一度も結婚の話が出なかったことが気にならないと言えば嘘になる。けれど、こうやって彼に抱かれていると、目をつぶってもたれかかることしかできない。最後に抱かれたのが、遠い昔のことのようだ。この道中が始まってからずっと、ふたりはアトウォーターの存在とレイフの縛られた手――連邦保安官もやがて手を前で縛るようになったが――に、抑制を強いられてきた。この二週間は、妊娠初期の症状のひとつとして、日増しに募る疲労に苦しめられ、レイフの支えを必要としてきた。

しかし、とうとう本物のベッドで眠り、本物の浴槽で熱い湯につかることができる。なんという贅沢だろう。四方の壁と天井が少し息苦しいけれど、ベッドと入浴のためなら我慢できた。

レイフは彼女が安心して身を預けてきたのを感じると、膝の下に腕を入れて抱きあげた。「昼寝したらどうだ？」すでに閉じかかっている目を見て、やさしく声をかけた。「アトウォーターとおれは用事がある」

「お風呂に入りたいわ」アニーがつぶやいた。

「あとで。まずは眠れ」ベッドに寝かせると、体の下にマットレスを感じたアニーが嬉しそうに喉を鳴らした。レイフはかがみこんで額にキスした。彼女は口元にかすかな笑みを浮かべるや、ことんと眠りに落ちた。この数週間、禁欲を強いられてきただけに、マットレスをうまく活用できないのが残念でならないが、それももう少しの辛抱だ。

レイフは部屋を出ると、ドアを閉めて鍵をかけた。アトウォーターが眉をひそめた。

「彼女のようすは？」

「ただの疲れだ。それより、少しは遠慮したらどうだ？」連邦保安官をにらみつける。

「わたしの務めは、正義が守られるようにすることだ」アトウォーターはぶすっと答えた。「他人を信用するために金をもらっているわけじゃない」その視線がレイフを通り越して、閉じたドアに向かう。「かわいそうに、あの女医さんには休息がいる。過酷なペースなのはわかっているんだが、アパッチの土地でのんびりと花のにおいを嗅いでいるわけにもいくまい」

「おれと来てくれ」レイフは頼んだ。「やりたいことがある」

「なんだ？　ここへは物資の補充に来ただけで、町をほっつき歩くためじゃないぞ。それに、わかっているだろうが、おまえがどこへ行っても、意地でも離れんからな」

「牧師を見つける。ここにいるあいだに結婚したい」

アトウォーターは苦い顔で顎をかいた。「それはどうかと思うぞ、若いの。本名を使わなくちゃならんが、知られていない名前じゃないからな」

「危険は承知してる。それでも結婚するしかない」

「なにか特別な理由でもあるのか？」

「ここから先、見破られる可能性はますます高くなるし、殺されないともかぎらない。もしもの場合に備えて、アニーを正式な妻にしておきたいんだ」

連邦保安官はまだ納得しない。「結婚するとよけいにその危険性が高まるように思うがな。考えなおしたほうがいい」

「アニーは身ごもっている」

アトウォーターは一瞬レイフをにらみつけると、廊下の向こうの階段に手をやった。

「そういうことなら、一緒になれ」と、レイフと並んで廊下を歩きだした。

ふたりの見つけた牧師は、幸いロードアイランドから転任してきたばかりで、ほんの目と鼻の先に立っている男の悪名をまったく知らなかった。牧師は喜んで、その日の午後六時に結婚式を執り行なうことを承諾した。続いてレイフは、婦人服店に寄ると言いだした。アニーが結婚式で着る既製服を探すためだ。何着か飾られていたなかで、唯一彼女の華奢な体に合う小さいサイズのドレスは、華やかさよりも実用性を重んじたものだったが、それでもレイフは買った。新しくて清潔で、青い色合いが上品なドレスだった。

ふたりは宿への道をたどりだした。アトウォーターはたえずレイフに目を配れるよう、少し離れて後ろを歩いた。こんな保安官の疑り深さにいらだちを覚えるようになっていたレイフだが、ニューオーリンズへ着くまでなら我慢もしよう。自由になれるのなら、ささやかな代償だ。

エルパソは汚いなりに、活気に満ちた、だだっ広い町で、通りは国境の両側から集まった種々雑多な人間であふれ返っていた。レイフは帽子を目深にかぶり、正体がばれないのをひたすら祈った。知った顔は見当たらないが、会ったことのない人物にも面が割れている可能性はつねにあった。

ふたりは、とある路地にさしかかった。その路地を半歩通りすぎたとき、レイフはふいに物が動くこすれたような音を耳にした。とっさに身をかがめて振り返ると、壁から突きでた銃身がアトウォーターに向いている。連邦保安官が自分の拳銃に手を伸ばすのがスローモーションで見えるが、間に合わないのがわかる。アトウォーターはまずレイフに目をやったために、貴重な何分の一秒かを無駄にし、その疑り深さゆえに命を落とそうとしていた。周囲の状況に目を配るべきときに、レイフが逃げるのを心配していたからだ。

もしアトウォーターが殺されたら、背中に銃弾をぶち込まれる前に罪人の汚名をそそぐという、万にひとつのチャンスも失われる。

すべてはスローモーションに切り替わったままだった。まず拳銃が見え、振り返るアトウォーターが見えて、連邦保安官の反撃が間に合わないのに気づいた――次の瞬間、レイフのたくましい巨体が飛んだ。保安官が倒れると同時に、頭のそばで銃声が轟いた。アトウォーターの苦しげなうめき声がして、ふたりは歩道に叩きつけられるや、埃っぽい通りへと転がった。男の怒鳴り声に、女の悲鳴。人々が散るのがわかる。と、路地の陰に男の顔をとらえ、次の瞬間にはアトウォーターの拳銃をつかんで発砲していた。路地の男は、勢いよくあお向けに倒れた。

レイフは転がってアトウォーターから離れると、上体を起こし、集まってきた人々のなかに新たな敵を探してふたたび撃鉄を引いた。アトウォーターに横目をやると、用心深く身を起こしながら、頭に手をやっている。その指のあいだからは、たらたらと血が流れていた。「大丈夫か?」レイフは尋ねた。

「ああ」連邦保安官はげんなりしたようすで答えた。「右も左もわからん新米が、ふい打ちを食らったようなもんだ。弾が頭をかすりやがった。ま、当然の報いだな」首に巻いたバンダナを引き抜き、傷に押しあてた。

「まったくだ」レイフは同意した。同情の余地はない。アトウォーターが気をつけてさえいれば、避けられたことだ。レイフは立ちあがると、連邦保安官に手を差し伸べて助け起こし、奇襲を仕掛けてきた男の周囲に群がる野次馬をかき分けて、男の頭の脇に膝をついた。口から血の混じった唾が垂れている。肺を撃ち抜いたらしい。あと一、二分の命だろう。

「だれか、こいつを知っているか?」レイフは周囲に声をかけた。

「さあ、どうかな」野次馬のひとりが答えた。「町に知り合いがいるかもしれんが、たぶんただの流れ者だ。この町はよそ者がおおぜい通り抜ける」

瀕死の男は目をみはり、レイフを凝視していた。と、唇が動いた。「なんと言ってる?」アトウォーターがいらだたしげに問い、反対側に片膝をついた。「わたしがなにをしたって言うんだ?　見たこともない男だぞ」

だが、男はアトウォーターには一瞥もくれなかった。ふたたび唇が動き、声にはならないものの、レイフにはその口が〝マッケイ〟という語をかたどるのがわかった。そのとき、男が咳きこみ、喉の奥からゴボゴボという音が湧いてきた。脚をピクピクと引きつらせたかと思うと、男は息絶えた。

　レイフは口を結んで立ちあがり、アトウォーターの腕をつかんで立たせた。「行こう」かがんでアニーのワンピースの包みを拾いあげると、連邦保安官を引きずるようにして路地から離れた。

「放してくれ」アトウォーターが腹立たしげに言った。「まったく、万力のような手だな。そうあわてるな、わたしは負傷しているんだぞ。なぜケツに火がついたように急ぐ？」

「仲間がいるかもしれない」レイフはうわの空で答えながら、淡い目を氷のごとく煌めかせて、通りすぎる顔や人影に逐一目を走らせた。

「それならわたしに任せろ。二度とふい打ちは食らわん」眉間にしわを寄せる。「わたしの拳銃を持っているだろう」

　レイフは黙って保安官のホルスターに拳銃を戻した。

　アトウォーターは顔をしかめた。「なぜ、こいつを使って逃げなかった？」

「逃げる気はない。おれはニューオーリンズへ行って、書類を手に入れたい。おれの汚名がそそげるかどうかは、あんたにかかっている」

　アトウォーターはさらに顔をしかめた。いずれはマッケイを信用せざるをえない日が来ることは最初からわかっていたが、彼が機会を得るなり逃げだして、またもや追うはめになるかもしれないという思いも捨てきれなかった。ところがマッケイは自分の命を救ってくれたばかりか、千載一遇の好機だったにもかかわらず逃げなかった。そうしなかった理由があるとしたら、ただひとつ、真実を語っているからだ。その瞬間、アトウォーターの頭のなかで確認しなければならなかったひとつの可能性が、たしかな事実となった。マッケイは嘘をついていない。殺人の罪を着せられ、その書類のために野獣のように追われている。この四年間行なわれてきたことは、正義とはかけ離れていた。アトウォーターはみずからの義務として、天秤を釣り合わせることを決意した。

「おまえを信用したほうがいいようだな」彼はつぶやいた。

「だろうな」レイフは同意した。

ふたりは宿に戻ると階段を上り、アニーを起こさないように、忍び足で彼女が寝ている部屋の前を通って部屋に向かった。アトウォーターは器に水をそそいでバンダナを濡らし、頭のかすり傷をそっと洗いだした。「まったく、クソいまいましい痛みだ」と漏らした一分後、つけ加えた。「あの暴漢はおまえを知っていた。名前を言っていたからな。なのに、なぜおまえじゃなくて、わたしを襲った？」

「あんたを追い払って、賞金を手に入れたかったのさ。あんたの正体も知っていたんだろう。このあたりでは、多少顔が知られているようだから」

アトウォーターは鼻を鳴らした。「なんにしろ、あいつがおまえの名を声に出して言わなくてよかったよ」鏡をのぞき込む。「出血が止まったようだな。頭の痛みはあいかわらずだが」

「アニーを連れてこよう」

「いや、その必要はない。この頭痛をどうにかしてくれるっていうんなら、話は別だが」

レイフの目に謎めいた表情が浮かんだ。「彼女にならどうにかできる」ドアノブに手をかけて、立ち止まった。「ついでに、フロントに行って、入浴用の湯を運ぶよう頼んでくる。埃にまみれ、馬のようににおう状態で、式を挙げるのはごめんなんでね。一緒に来て、おれが逃げないよう見張るか?」

アトウォーターは溜息をつき、追い払うように手を振った。「いや、必要なかろう」ふたりの目が合い、相手を完全に理解し合った男どうしの視線が交わされた。

レイフは浴槽の湯を手配してから、階上に戻った。部屋に入るとアニーはまだ眠っており、しばらくベッドの脇に立って寝顔を見つめた。不思議なものだ。この細い体のなかで自分の子が育ち、早くも彼女の力を奪いだしている。できることなら、これから八カ月は彼女をクッションに坐らせて運びたいくらいだ。正確に言うと、約七カ月半。アパッチのキャンプでのあのときから、六週間がたっている。彼女を抱いてから六週間。

今後起こる彼女の体の変化について考えてみる。それらを目にする機会がないかもしれないと思うと、どん底の気分になった。腹がふくらみ、乳房は重くなる。想像しただけでペニスがむくむくと硬くなり、一瞬口元をゆるませた。紳士なら、こんな微妙な時期に妻には手を出さないものだ。つまり、おれは紳士じゃないんだろう。

浴槽と湯はすぐに運ばれてくる。その前にアトウォーターを診なければならない。そこでレイフはかがみこんで、そっと揺り起こした。アニーはつぶやきを漏らしながら、彼の手を払いのけた。もう一度揺する。「起きろ、ハニー。アトウォーターがちょっとした事故に遭った。診てやってくれないか」

眠たげな目がぱっと開き、アニーは大急ぎでベッドを出た。ふらつく彼女をつかむと、ふたたび抱いた喜びにわれを忘れそうになった。「落ち着け」レイフはささやいた。「ただのかすり傷で、たいしたケガじゃない。頭痛がすると言っている」

「なにがあったの?」アニーは顔にかかった髪を払い、診察鞄に手を伸ばした。だが、レイフはそれを制して、みずから鞄を持った。

「流れ弾に当たっただけで、たいしたことじゃない」彼女を心配させてもいいことはない。

隣の部屋に行くと、アニーはアトウォーターを椅子に坐らせ、丁寧に頭皮の傷を診た。レイフから聞かされていたとおり、たいした傷ではなかった。

「面倒かけてすまんな」アトウォーターは神妙だった。「頭が痛むだけだから、ウイスキーでも一杯引っかけりゃ、治まるだろう」

「いや、それじゃだめだ」とレイフ。「アニー、彼の頭に手を置いてやれ」

アニーは追いつめられたような顔でレイフを見た。彼から指摘された癒しの力にたいして、不安や疑念を感じていたからだ。だが、言われるまま、アトウォーターの頭にそっと両手を当てた。

レイフは連邦保安官の表情を見守った。最初はただとまどっているだけのようだったが、やがておやっという顔になり、しまいには満足げな安堵の表情が顔じゅうに広がった。

「言わせてもらおう」アトウォーターは溜息をついた。「あんたがなにをしたのかは知らんが、たしかに頭痛は治まった」

アニーは両手を掲げて、放心したようすでこすり合わせた。ほんとうだったのね。自分には、説明のつかない癒しの力が備わっている。

レイフは彼女の腰に腕をまわして告げた。「結婚式は今晩六時。式のために新しい服を買ってきた。入浴用の浴槽と湯はじきに運ばれてくる」

アニーの気をうまくそらすことができた。嬉しそうに口元をほころばせている。「入浴って、本物の？」

「本物の入浴さ。本物の浴槽でね」

レイフはかがんで、サドルバッグとアニーのワンピースを取りあげた。アトウォーターは彼の腹づもりを知りつつ、口をはさまなかった。むしろふたりに微笑みらしきものを投げかけながら、無意識のうちに頭皮の擦りむけた部分に手をやった。どうしたわけか、いまはそれほど痛まない。

アニーは、レイフがサドルバッグを彼女の部屋の床にどさっと置くのを見つめていた。彼女もまた、その行動が意味するところを見のがさなかった。「なにがあったの?」

「アトウォーターが撃たれたとき、おれは逃げようとしなかった」レイフは手短に説明した。「それで、おれを信用してもいいと判断したんだ」

「もう縛られないってこと?」レイフはその表情を見て、わかった。自分が縛られていたことに、彼女がどれほど心を痛めていたことか。

「そうだ」手を伸ばしてアニーの髪に触れようとしたとき、待っていたノックの音がした。ドアを開けると、幼さの残る少年がふたり、重い浴槽をかかえて立っていた。それに別のふたりが水の入った手桶をふたつずつ持って続き、浴槽にそそいだ。数分後、さらに四つの手桶を持って戻ってくると、こんどは湯気の立った熱い湯を浴槽に足した。「五十セントになります」いちばん年長の少年が言い、レイフは金を払った。

ドアが閉まるなり、アニーがボタンに指をかけた。レイフは食い入るようにながめた。飢えた視線が乳房や太腿の白い曲線をなぞり、恥丘にうずまくやわらかな毛にそそがれた。やがてアニーは満ち足りた溜息を漏らしながら、湯につかった。目を閉じて、浴槽の高い縁にもたれかかる。

石鹸のことさえ忘れていた。レイフがサドルバッグから取りだして湯に落とすと、小さなしぶきが上がった。アニーは目を開いて、彼に微笑みかけた。

「天国みたい」満足げに喉を鳴らす。「冷たい川とは、くらべものにならないわ」

冷たい川には忘れがたい思い出がいくつかあり、ペニスは刻一刻と硬さを増している。この浴槽での忘れがたい思い出を想像しながら、レイフも服を脱ぎはじめた。

浴槽に入ると、アニーがちらっとベッドを見た。「今晩はベッドで寝よう」レイフは約束した。


しゃちこばる連邦保安官ノア・アトウォーターは、髪を撫でつけ、すっかり身ぎれいになった姿で、隣の花嫁を新しい庇護者である新郎に引き渡した。アニーはどことなくぼうっとしていた。はじめてレイフに結婚を切りだされたあと、横になって昼寝をし、しばらくして起きたら、数時間後に結婚式だと告げられた。身につけているのは新しい青のドレスで、地味だけれど体にはぴったり。そのドレスに包まれた体が、セックスの余韻で脈打っている。六週間の禁欲で、彼は……飢えていた。

レイフには短く刈りこんだ黒いヒゲがよく似合う。短い式のあいだ、アニーは何度もこっそりと感嘆のまなざしを向けた。父が生きていてくれたら、と思わずにいられない。そして、レイフにかけられた殺人罪や追ってくる暗殺者が消えてくれたらどんなにいいだろう。それでも、幸せには変わりなかった。レイフにシルバー・メサから連れ去られたときの恐怖を思うと、それからわずか数カ月ですっかり状況が変わったことに驚嘆の念を禁じえない。

やがて式が終わり、牧師とその妻が微笑みかけ、アトウォーターはこっそり目をぬぐい、レイフが彼女の顔を持ちあげて、たっぷりと情熱的なキスをした。その瞬間、アニーは驚きに目をみはった。気がついたら、人の妻になっている。なんて簡単なのかしら。

二週間後にオースティンへ到着した一行は、ふたたび偽名で宿に泊まった。レイフはアニーをベッドに寝かせるなり、アトウォーターを探した。つわりが始まったために、結婚式から二週間でアニーの体力はみるみる衰えた。困ったことに、一日じゅうつわりが治らないので、ごくわずかな食べ物を口にするのもやっとで、服用している根ショウガの粉でも、吐き気は止められなかった。

「ここから先は列車にしてくれ」レイフはアトウォーターに頼んだ。「彼女に馬は無理だ」

「わかっとる。わたしも心配してたところだ。彼女は医者だろう。なんと言ってる？」

「これからは二度と、ぽんと腹を叩いて、具合が悪いのも出産のうちよ、と妊婦に言わないと言ってるよ」アニーはユーモアを忘れていないが、レイフはそれどころではない。妻が日増しに痩せ細っていくのだ。

アトウォーターは頭をかいた。「場合によっては、彼女をここに置いて、わたしらだけでニューオーリンズへ行くという手もあるが」

「だめだ」それだけは譲れない。「おれが結婚したことをだれかが嗅ぎつけて調べたら、彼女もおれと同じように狙われる。身を守る方法を知らない分、彼女はもっと危険だ」

アトウォーターは、レイフの腰に低く留められているガンベルトを見やった。武装した男がふたりいれば、威力も二倍になるという理屈で、彼に武器を返した。アニーを守れるのは、この男しかいない。

「わかった」アトウォーターは言った。「列車で行くとするか」

アニーの体調がひどかったのは、馬に乗る際の体への負担が原因だったようだ。列車の揺れにもかかわらず、翌日には気分がよくなった。レイフが自分のために列車に切り替えたのは明らかなので、この新しい旅の形式には反対したが、例のごとく彼は梃子でも動かなかった。アトウォーターの調達してきた白粉（「男がこんなものを買うなんざ、こっ恥ずかしくてクソが出そうだ。悪いね、マダム」）で、レイフは顎ヒゲを白く染めた。その粉をこめかみに軽くはたくと、とたんに貫禄が増す。アニーはその姿に二十年後の彼を重ね、惚れぼれとした。

アニーにとってニューオーリンズははじめての街だったが、緊張のしすぎで、クレセントシティの多彩な魅力を楽しめなかった。三人は宿にチェックインしたものの、すでに銀行へ書類を取りにいくには遅い時刻。列車の旅でも疲労は募る。宿で夕食をとると、部屋に引きあげた。

「明日はアトウォーターも一緒に行くの？」アニーはベッドに横たわって尋ねた。一日じゅう、それが気がかりだった。

「いや、ひとりで行く」

「くれぐれも用心してね」

レイフは彼女の手を取って、口づけした。「おれぐらい用心深い男はいないぞ」

「明日は、あなたの髪をまっ白に染めたほうがいいかも」

「おまえがそうしたいなら」彼女を多少なりとも安心させられるのなら、全身に白粉をはたいてもかまわない。もう一度指先にキスをすると、明らかに自分だけに向けられた熱っぽい刺激を感じた。他のだれも、アニーからこれを感じることはない。レイフは、それが自分にたいする彼女の反応だと考えていた。「結婚できて嬉しいよ」

「ほんと？　最近はお荷物になるばかりなのに」

「おまえはおれの妻で、身ごもっている。お荷物なものか」

「赤ちゃんのことは考えるのさえ怖い」アニーは胸のうちを明かした。「あと数日ですべてが決まる。あなたの身になにかあったら、どうしたらいいの？　書類が消えていたら？」

「おれは大丈夫だ。四年間捕まらなかったんだ、これからだって捕まりゃしない。そして、書類が消えていたら……アトウォーターをどうすりゃいいんだ？　書類があったとしても、なにができる？　脅迫となれば、彼もひるむかもしれない」
「わたしは平気よ」アニーは言いきった。その声には決意のほどが表われていた。

レイフはガンベルトを宿に残し、予備の拳銃を腰のベルトに差しこんだ。アトウォーターが彼のために東部風のデザインの上着と帽子を仕入れてきて、アニーが髪とヒゲに白粉をはたいた。これ以上の変装はない。レイフはそう判断すると、七ブロック先にある書類を預けた銀行へと向かった。これなら見破られそうにないが、それでも注意して道ゆく人々に目を配った。ヒョウのごとく優雅に歩く、長身の白髪の男に興味を示す者は、ひとりとしていなかった。

バンダービルトの部下が、書類の在処についてまったく手がかりをつかんでいないとは考えにくい。書類がニューオーリンズにあるとにらんでいれば、捜索隊を街に放って捜させたはずだ。銀行の貸金庫といえども、権力者の手にかかればたやすく開く。だが、書類が見つかっていたら、レイフへの追跡はこれほど熾烈をきわめなかったろう。結局、裏づけとなる書類がなければ、レイフにはなんの証拠もない。そんな男の話を、だれが信用するものか。バンダービルトはその一方で、ミスター・デイビスが告白する心配はしていないようだった。旧南部連合の大統領の言葉など、南部を一歩出ればゴミクズ同然。そして、南部でならばリンチを受ける可能性がある。そう、だからバンダービルトもデイビスについてはなんの心配もいらなかった。

もっとも簡単なのは、殺人罪を撤回させるのと引き換えに、書類がバンダービルトに渡るよう手配することだが、レイフには納得いかない案だった。バンダービルトを無傷で逃がすなんて、冗談じゃない。代償を払わせてやりたい。それを言えば、ジェファーソン・デイビスにもだ。ただ、デイビスに裏切りの罰を受けさせるについては、気にかかる点がひとつある。戦いに敗れたにもかかわらず、南部じゅうで何十万もの人々が生き延びてこられたのは、プライドが損なわれなかったからだ。レイフはその一員として、南部人というものを知っていた。独立心の旺盛な、プライドの高い人々だ。そんな人々がデイビスの裏切りを知ったらどうなるか？　故郷への誉れや、個人のプライドが打ち砕かれるのは火を見るよりも明らかだ。傷つくのはデイビスだけではない。従軍したすべての男、愛する者を失ったすべての家族が傷つく。北部の連中はバンダービルトが反逆罪で裁かれ、銃殺刑になれば恨みを晴らせるだろうが、南部の人間にはなにも残らない。

銀行に着くと、レイフは貸金庫の鍵を取りだして、手のなかで引っくり返した。四年間ブーツに隠し持っていたものだ。これを見るのは最後にしたい、と願わずにはいられなかった。

鍵は手元にあり、貸金庫の登録簿には名前がある。包みを受けとるのには、なんの支障もなかった。彼は銀行ではその油布を開けず、上着の懐にしまって宿に戻った。

通りすぎざま、アトウォーターの部屋をノックした。すぐにドアが開き、ふたりしてレイフの部屋に入った。青ざめたアニーがベッドの足元に突っ立っている。レイフの姿を目にするや、緊張をゆるませて、胸に飛びこんできた。

「なにか問題は？」アトウォーターが尋ねた。

「ない」レイフは上着の内側から包みを取りだし、連邦保安官に手渡した。

アトウォーターはベッドに腰を下ろして、ゆっくりと油布を広げた。現われた紙の束は数センチの厚さがあるので、目を通すのにしばらくかかる。レイフはアニーをかかえ、黙って待った。アトウォーターはほとんどの書類を脇にどけたが、何枚かは取り分けておいて読み返した。すべてを読み終えると、レイフを見て長々と口笛を吹いた。「まったく、なんでおまえの首にいまの十倍の賞金がかかってないのか、不思議だよ。若いの、この地球上でおまえぐらい狙われている人物もおらんだろう。これがあれば、国をまるごと破滅させられる」

レイフは皮肉っぽい表情を浮かべた。「これ以上賞金が高かったら、世間の興味を惹きすぎただろう。なかにはあんたと同じように、疑問を持つ者もいたかもしれない。それほど重要なテンチとは何者か、とね」

「そして答えは、彼は重要人物ではない。ただの好青年だ、ということか。たしかに、わたしは興味を惹かれた」アトウォーターはふたたび書類に目を落とした。「あのろくでなしのクソ野郎は国を裏切り、南北合わせて何千もの人命を奪った。絞首刑じゃ足りんぐらいだ」このときばかりは、悪態をついたことをアニーに謝らなかった。

「これからどうするの？」彼女が尋ねた。

アトウォーターは頭を掻いた。「さて、どうしたものか。わたしは連邦保安官で、政治家じゃないが、この件を扱うには政治家の力が、そう、連中のクソの詰まったずる賢い頭が――悪いね、マダム――いるんじゃないかと思う。だが、わたしにはこれに対処できるほどの有力者の知り合いはおらん。わかっているのは、ワシントンにいるクソ野郎どもが――悪いね、マダム――バンダービルトが余分に稼いだ金を受けとっていても不思議はない、ってことだ。殺人罪が撤回される前にこの書類を使えば、バンダービルトが影響力を行使して罪を取り下げてくれる見込みは万にひとつもなくなる。自分の隣にマッケイをぶら下げることに、喜びを見いだすだろうて。だから、まずは殺人罪を撤回させなきゃならん」

「この書類があったら、レイフの判決も変わってくるでしょう？」アニーはすがるように尋ねた。「あなたはわたしたちを信じてくれたわ。陪審だって信じてくれるかもしれない」

「さて、その点はなんとも言えんな。わたしが聞いたかぎりだと、このケースの場合、マッケイの不利はかなりはっきりしている。マッケイはティルマンの部屋を出るのを目撃され、ティルマンは死体で発見された。書類と金を独り占めしたくてティルマンを殺した、あるいは脅迫を意図していたと疑う者もおるだろう。だが、腕っこきの弁護士なら、本人も気づかないうちに状況を逆転させることも可能だ」

アニーはその点を考えていなかった。だめ、レイフを裁判にかけるのは危険すぎる。

アトウォーターは依然として頭を悩ませていた。「政治家に知り合いはいない」繰り返した。「欲しいとも思わなかった」

アニーは書類を手に取って、読みはじめた。この手に歴史を握っていると思うと、鼓動が高鳴った。読みすすめるうちに、それらを書いた男の顔が思い浮かんでくる。北部の新聞では卑しむべき人物として描かれていたジェファーソン・デイビスだが、戦争勃発以前の履歴を見ると異なる人物像が浮かんでくる。米国陸軍士官学校を卒業し、ザカリー・テイラーの義理の息子となった。上院議員となり、ピアス大統領の下で陸軍長官を務めた。手元にある書類はまったくの逆を示しているが、ずば抜けて頭が切れ、清廉潔白な人物であるともっぱらの評判だった。

「ミスター・デイビスはいまどこにいるの？」アニーは自分でもそれと気づかずに尋ねていた。問いが口をついて出たのだ。

レイフは虚をつかれたような顔になった。最後に聞いた話では、旧南部連合国の大統領は釈放され、ヨーロッパへ渡ったとのことだった。

アトウォーターが唇をすぼめる。「ちょっと待てよ。メンフィスで、保険会社かなにかの仕事をしていると聞いたような気がするが」

アニーはふたたびレイフを見た。「あなたはミスター・デイビスを知ってる。彼は政治家よ」

「負けた側のな」レイフが皮肉っぽく指摘した。

「戦争の前は上院議員で、しかも大統領顧問団にいた。彼には人脈があるわ」

「おれを助けてくれると思うか？　むしろ書類が公にならないよう、おれを警察に引き渡そうとするだろう」

「いいえ」アニーは慎重に言葉を継いだ。「少しでも潔さがあれば」

レイフは烈火のごとく怒りだした。「国を売った男の潔さを信用しろと言うのか？　おれの父や兄も含めて、何千もの命を奪ったやつだぞ」

「厳密に言うと、そうじゃない」アニーは反論した。「彼の国が南部連合国だとしたら、国を裏切ってはいないわ。南部連合を存続させたくて、戦いつづけるための資金を手にしたんだから」

「その書類をもう一度読んでみろ！　それが悪あがきだと知っていたのがわかるってもんだ！　彼自身の筆跡でそう書かれている」

「でも彼には、名誉にかけてその悪あがきをする義務があった。それが彼の使命だったのよ。南部連合政府が消滅して、ふたたび合衆国が統一されるまで」

「やつをかばうのか?」レイフがぞっとするほど静かな声で尋ねた。

「いいえ。彼に賭けるしかない、彼がこの書類に必然的に興味を持つ、ただひとりの政治家だと言っているの」

「彼女の言うことにも一理ある」アトウォーターが口をはさんだ。「蒸気船で川を上ればメンフィスまで行ける。蒸気船には乗ったことがないが、なかなか快適だと聞いておる」

レイフは窓辺に寄って、せわしないニューオーリンズの通りを見おろした。この四年間、デイビス大統領への怒りと裏切られたという思いにとらわれてきた。そのために思考がねじ曲がっていたのかどうかは定かでないが、彼のもとに出向くという選択肢は、一度も考慮したことがなかった。だが、アニーは可能性があると考え、アトウォーターも同じ意見だ。アトウォーターも鋭い男だが、心に響いているのはアニーの主張だった。

アニーは妻であり、自分の子を身ごもっている。それだけでも特別な存在だが、そもそも並みの女ではない。敵意をいだいて当然のときでさえ、彼女からはまったくそれらしい感情が感じられなかった。人生でも仕事でも醜いものを目にしてきたはずなのに、彼女の核となる純粋な心はけっしてけがされなかった。いまの自分より、彼女のほうがものごとがはっきりと見えているのかもしれない。アニーを信頼し愛するがゆえに、レイフは溜息をついて窓から振り返った。「メンフィスへ行く」

「用心せねばなるまいな」アトウォーターが言った。「デイビスがこの件でバンダービルトと関わっている気配はないが、書類を公にしたくないのはデイビスとて同じだろう」

溜息を漏らしつつ、レイフはデイビスの評判を思いだした。この一件をのぞけば彼の高潔さは非の打ちどころがなく、戦後の処遇を考えれば、北部にさほど同情的だとも思えない。いずれにせよ、大差はない。

「やつを信頼するしかない。ほかに手はないのだから」

19

メンフィスまで行ってみると、ジェファーソン・デイビスの家を見つけるのはむずかしくなかった。旧南部連合国の大統領は名士だったからだ。実際、保険会社で働いていた。それは誇り高き男が施しを受けるまで落ちぬようにと支援者が用意した仕事だったが、四年にわたって国家を率いた人物にしては、没落もいいところだ。

アトウォーターがデイビスの職場を訪ねているあいだ――それがもっとも容易な方法に思えた――レイフとアニーは宿の部屋で待機していた。レイフはほんのいっときでも、アニーとふたりきりになれて嬉しかった。蒸気船でも個室だったとはいえ、つねにすぐそばにアトウォーターがいて、レイフとしては陽射しのなかで妻を抱き、妊娠による微妙な変化を確認したくてしかたなかったのだ。まだふくらんでいないが張りつめた腹。乳房は重く、乳首の色が濃くなっている。すっかり目を奪われたレイフは、しばしアトウォーターやデイビスを含むなにもかもを忘れて、ふたりだけの魔法の瞬間に溺れた。

宿に戻ってきたアトウォーターは、機嫌が悪かった。「おまえと話すことすら拒んだ」

彼は告げた。「ただし、こちらの持ち駒については、明言しておらん。事務所にはほかにも人がいて、立ち聞きされんともかぎらんからな。だがミスター・デイビスは、戦争のことは思い返さずに、正常な状態に戻ろうと努力している、と言っておった。いま話を蒸し返しても、得られるものがあるとは思えない、とな。わたしじゃなくて、やつが言ったんだぞ。わたしはそんな話し方はせん」

「気を変えてもらうしかない」レイフの目は、デイビスの繊細さにはかまっていられないと言っていた。

アトウォーターは溜息をついた。「実際、彼はくたびれはてておった。健康を害しているのかもしれん」

「おれだって似たようなもんだ。目の前に縄がぶら下がってんだから」その瞬間アニーがひるんだので、レイフは自分の発言を悔やんだ。彼女の膝を叩いて、悪かった、と伝えた。

「なに、明日もう一度行ってみるさ」とアトウォーター。「彼の部屋に聞き耳を立てている連中のいないときに、捕まえられるかもしれん」

翌日、アトウォーターはミスター・デイビス宛ての短い手紙をたずさえて出かけた。そこには、貴方に面会を希望する人物は貴方の昔の書類を持っている、それは貴方がテキサスへ逃亡する途中、捕虜となる寸前に紛失したものである、と書いてあった。

デイビスはその手紙を読むと、知性を感じさせる澄んだ目に、六年前の狂乱の日々を振り返るような表情を浮かべた。それから丁寧に手紙をたたみ、アトウォーターに返した。

「この人物に伝えていただきたい。今晩八時、自宅の夕食にお招きしよう。もちろん、あなたもご一緒に」

アトウォーターは満足げにうなずいた。「かならず伝えます」


アニーは緊張のあまり、結婚式で着た青いドレスのボタンを留められなかった。見かねたレイフが彼女の手をどけて留めてやった。「ちょうどよくなってきたわ」彼女はウエストと胸部を指して言った。あとひと月もしたら、着られなくなるだろう。

「そうしたら、また新しい服を買うさ」レイフはかがみこんで彼女の首に唇を寄せた。

「じゃなきゃ、おれのシャツを着てもいい。そのほうが、おれは好きだ」

アニーは急にパニックに襲われ、自分の腕で守ろうとでもするように彼に抱きついた。

「どうしてこんなに順調なのかしら？　かえって心配になる」

「たぶん、おれたちが東部に来るとはだれも思っていないからだ。しかも、おれたちはアパッチの土地を抜けてきた。それに、やつらが捜しているのは単身の男であって、男ふたりと女じゃない」

「アトウォーターのおかげね」

「ああ」レイフは答えた。「後ろ手に縛られて地面に坐り、腹に散弾銃を向けられていたときは、とてもそうは思えなかったが」アニーから離れ、後ろに下がった。不安はないが、神経がピンと張りつめている。デイビスと会うのは気が重い。だがその面談に今後の人生がかかっているとあらば、喜んで会おう。

ミスター・デイビスは、収入に応じた質素な家に住んでいた。さまざまな分野で影響力のある人物たちが、いまだ彼との面会を求めてくるため、簡素な家には訪問客が絶えなかったが、その晩の来客は連邦保安官、長身の男、そしてかなり華奢な女のみだった。

アトウォーターが紹介する前に、デイビスはレイフの顔をまじまじと見、やがて手を差しだした。「ああ、そうだ、マッケイ大尉。どうしていたのかね？　数年ぶりじゃないか。たしか六五年の初頭に会って以来だ」

その並はずれた記憶力にも、レイフはふいを突かれなかった。自分を抑えて、元大統領と握手を交わした。「なんとかやっております」レイフから紹介を受け、アニーもデイビスと握手をした。アニーは枯れ木のような元大統領の手をやや長めに握った。デイビスは澄みきった瞳に思慮深さをたたえ、握り合った手をちらりと見た。

ばかげた嫉妬が頭をもたげるのを感じて、レイフは目を伏せた。アニーはあの手を使ってメッセージを送ったのか？　デイビスの表情は、見るからにやわらいでいた。

「アトウォーター保安官は、この会合を願い出るときに、きみの名前を出さなかった。さあ、腰を下ろしたまえ。夕食の前になにか飲むかね？」

「いえ、けっこうです」レイフは答えた。「アトウォーター保安官が自分のことに触れなかったのは、名前を立ち聞きされるのを恐れたからです。自分は殺人罪で手配されています。その理由がこれらの書類です」

レイフが四年間の一部始終を話しているあいだ、アニーは元大統領の痩せこけた苦行者のような顔を見つめていた。これほど知性を感じさせる顔は見たことがない。額は広く秀でて、肉体を超えたある種の高潔さを漂わせている。北部の新聞では国家にたいする裏切り者というレッテルを貼られ、たしかにそう思わざるをえない点もあるが、合衆国から離脱した南部諸州の政府の統率者に選ばれた理由がわかるような気がした。どことなくもろい印象があるのは、まちがいなく二年間の投獄によるものだろう。その理知的な目には深い悲しみが宿っていた。

レイフが話し終えると、デイビスは黙って痩せた手を差しだした。レイフは書類を渡した。デイビスはしばらく無言で紙を繰っていたが、やがて椅子の背にもたれて目を閉じた。言葉に表わしがたいほど、疲れはてているようだった。

「破棄されたものと思っていた」少しして、デイビスが口を開いた。「そうであれば、ミスター・ティルマンは生きていたであろうし、きみの人生も損なわれずにすんだ」

「発覚していたら、バンダービルトの人生も安泰というわけにはいかなかったでしょう」

「ああ、たしかにそうだ」

「バンダービルトは愚かでした」レイフは言った。「この書類が不利に利用される、金をゆすられると思ったにちがいありません」

「そんなことは考えもしなかった」デイビスが応じた。「しかし、きみに正義が与えられるよう、これを使わねばならない」

「なぜ、あんなことを?」レイフは怒りもあらわに、突然質問を投げた。「なぜ、無駄だと知りつつ金を受けとって、戦争を長引かせたんです?」

「きみに日記を読まれたかどうか、気になっていた」デイビスは溜息をついた。「わたしの使命は、南部連合国を存続させることだった。日記に書き記したのは、心の奥底の不安だったが、北軍が戦いに疲れて、停戦を要求してくる可能性も捨てきれなかった。南部連合が存続するかぎり、わたしは自分の任務をになった。むずかしい決定ではなかったが、いまではひどく後悔している。もし、過去と同じように将来を見通すことができれば、どれほどの悲劇が避けられたことか。だが、不幸なことに、過去にたいする洞察は無用の長物、後悔のためにしか役に立たない」

「自分の父は、戦争の最後の年に死にました」レイフは言った。

「そうか」デイビスの目が悲しみに沈んだ。「きみが怒るのはもっともだ。心から謝罪する。そしてお悔やみを申しあげる。だが、きみはそんなことは望んではいないだろう。なんらかの形で償えるのであれば、喜んで償わせてもらおう」

アトウォーターが割って入った。「でしたら、彼の殺人罪を撤回する方法を考えてください。ただバンダービルトの裏切りを暴露するのではなく」

「ああ、それではだめだ」デイビスが言った。「考えさせてくれ」

「きみはニューヨークへ行かなくてはならない」翌日、デイビスは言った。「銀行家のミスター・J・P・モルガンに会いたまえ。わたしが彼宛ての手紙を書いておいた」折りたたんだ手紙をレイフに渡した。「面会にあたっては、ミスター・バンダービルトの南部連合への寄付に関する書類を持っていくように。きみさえかまわなければ、あとの書類はこちらで保管したい」

レイフは手紙にちらりと目をやり、「内容は？」と、ぶっきらぼうに尋ねた。

「マッケイ大尉、ミスター・バンダービルトには豊富な資金力がある。彼に対抗する唯一の方法は、それをうわまわる金をつぎ込むことだ。ミスター・モルガンにならそれができる。彼はかなり厳格な道徳観を持った青年だが、非常に目先のきくビジネスマンでもある。現在着々と金融帝国を築いており、わたしが思うに、ミスター・バンダービルトの影響力を抑える力を持っている。わたしはミスター・モルガンにおおかたの事情を説明して、協力を要請した。かならずや力を貸してくれるはずだ」

ニューヨークに行かなければならない、とレイフが告げると、アニーは溜息をついた。

「赤ちゃんが列車かどこかで生まれると思ってるの？」気まぐれに尋ねてみる。「それとも、蒸気船で？」

レイフは彼女にキスをして、腹を撫でた。妻がもっとも休息や安静の必要な時期に国じゅうを引きずりまわしているのだから、とても模範的な夫とは言えない。「愛してる」アニーはさっと身を引いて彼を見つめた。茶色の目がショックで見開いている。心臓がぴょんと跳ねたので、胸を押さえた。「いまなんて？」小声で訊いた。

レイフは咳払いをした。そんなことを言うつもりはなかったのに、勝手に言葉が飛びだした。そのひと言を口にすることで、自分がこんなにも心もとなく無防備になり、あるいはこれほど自信が揺らぐとは思わなかった。たしかにアニーは彼と結婚したが、身ごもっていたために選択肢はかぎられていた。「愛してる」もう一度言って固唾（かたず）を呑んだ。

青ざめていたアニーの顔に、やがてまばゆいばかりの満面の笑みが浮かんだ。「そうなの――知らなかったわ」ささやいて彼の腕に飛びこみ、二度と放さないといわんばかりにしがみついた。

胸の圧迫から解き放たれて、レイフはふたたび呼吸ができるようになった。彼女をベッドに運んで横たえ、自分もその隣に寝そべった。「おまえだって言えるだろ、ほら」アニーをせかす。「一度も言ってくれたことがない」

微笑みがますます輝いた。「愛してるわ」

大げさな告白も解釈もなく、ただ単純な言葉だけだったが、ふたりには申し分がなかった。しばらくともに横たわり、互いがそばにいる幸せを味わった。レイフは彼女の頭に顎をのせて笑った。あの寒い晩、最初に毛布に横たわるよう命じ、体の熱を分け合おうとしたとき、具合が悪いにもかかわらず彼女が欲しかった。あのとき、気づくべきだったのだ。アニーはこれまで、さらにはこれからの人生でなによりも大切な存在になった。

三週間後、三人はニューヨークにあるJ・P・モルガンの豪華な板張りのオフィスに腰かけていた。四年前、すべての起点となったのがこの街だった。モルガンは手にしたジェファーソン・デイビスからの手紙を軽く叩きながら、好奇心がいかに人間を尋常ならざる行為に駆りたてるかを考えていた。この三人が彼の厚意をあてにしていたのは最初から明らかで、ふつうならそうした相手には会わないが、彼らが旧南部連合の大統領、ジェファーソン・デイビスからの手紙をたずさえていると秘書から聞かされ、純粋な好奇心から面会に応じた。なぜミスター・デイビスが手紙を？　彼とはまったく面識がなく、南部の政策にも断固として反対だったが、デイビスの評判にはそそられるものがあった。J・P・モルガンは高潔さをもっとも重要な徳と考える男だったからだ。

銀行家はまずアトウォーター連邦保安官のかいつまんだ説明に耳を傾け、そのあとでジェファーソン・デイビスからの手紙を開けた。モルガンはレイフと同じ三十四歳にして、すでに金融帝国の土台を築き、それをみずから完全に掌握しようとしていた。父親も銀行家であったために、このビジネスの微妙さは隅から隅まで知り尽くしている。すでに銀行家らしい風格も漂い、金持ち特有の恰幅（かっぷく）のよさが表われはじめている。目には強い輝きがあった。

「信じられない」モルガンはようやく口を開くと手紙を置き、内容を検討しようと書類を手に取った。猛獣でも見るように、わが身を案じつつ尊敬の目でレイフを見つめる。「四年間で、軍隊に相当するほどの数の追っ手をかいくぐってきた。あなたはまったく他人に依存しない、恐るべき男だ、ミスター・マッケイ」

「だれしも自分だけの戦場を持っています、ミスター・モルガン。あなたの場合は会議室でしょう」

「ミスター・デイビスは、会議室がミスター・バンダービルトを管理する手段だと考えている。わたしもそう思う。ミスター・バンダービルトが唯一理解し、崇めるものが金ですからね。喜んで協力しましょう、ミスター・マッケイ。ここにある証拠は……胸が悪くなる。あなたなら、あと数日、追っ手からのがれられるでしょうね？」

必要な資金を手配するのに八日を要したものの、J・P・モルガンはそれなしでは行動を開始するつもりはなかった。闘いに勝ちたければ、勝利に欠かせない武器が手に入るまで闘わないことだ。バンダービルトと会う約束を取りつけたときには、すでにその武器が用意できており、頭には新たな闘いの構想が芽生えはじめていた。その闘いに勝つには数年かかるだろうが、この書類がその足がかりを与えてくれる。

アニーは緊張のあまり、気分がすぐれなかった。すべてがこの対面にかかっている。あと三十分で、自分とレイフが今後ふつうの生活を送れるのか、永遠に逃げつづけねばならないのかが決まる。レイフはアニーを置いていきたがったが、じっとしているには賭けているものが多すぎて、とうとう彼のほうが折れた。その場でなにが起きているか知るよりも、待つことの不安のほうがアニーの体にさわると気づいたのだろう。

レイフの拳銃は腰にぴったり収まっていた。鉄道王バンダービルトのオフィスに向かう途中、彼はあらゆる従業員、あらゆる部屋に目を配り、それはアトウォーターも同じだった。「例のウィンズローってやつはいるか?」彼が小声で尋ねると、レイフは首を振った。

バンダービルトのオフィスは贅沢なしつらえで、J・P・モルガンの部屋よりもはるかに凝っていた。銀行家のオフィスが成功と信用を伝えていたのにたいして、コーネリアス・バンダービルトのそれは富を誇示していた。床にはシルクの絨毯(じゅうたん)があり、天井にはクリスタルガラスのシャンデリアがあった。椅子はみごとな革張りで、羽目板は最高級のマホガニー材だ。アニーは、堂々たるデスクの奥にある大きな椅子には、残酷な目つきの極悪人が坐っているものとなかば想像していたが、実際には年齢とともに体が衰えつつある白髪の老人だった。ただ、その目には帝国を築きあげた際の無情さが、名残をとどめていた。

バンダービルトは、オフィスに入ってきた四人に驚きの目を向けた。てっきりミスター・モルガン——大歓迎するに値する有力な銀行家——ひとりだと思っていたのだ。それでも、商談に入る前に迎える側として礼儀正しく応対した。話題はつねにビジネスに関することだ。それ以外に、銀行家が面会を求めてくる理由があるだろうか？　こちらが銀行家のもとへ出向くのを期待されるかわりに、ミスター・モルガンのほうが訪ねてきた。これはプライドに関わる問題だ。どちらがより権力を持っているか一目瞭然である。バンダービルトは取りだした時計をちらりと見て、貴重な時間を割いていることをほのめかした。

モルガンはその仕草に気がついた。「それほどお時間は取らせません。こちらは連邦保安官のノア・アトウォーター氏と、ラファティ・マッケイ夫妻です」

連邦保安官？　バンダービルトは年配の、いくぶん感じの悪い男を値踏みした。たいした人物ではなさそうだ。「さあさあ、話を始めるとしよう」彼はじれったそうにうながした。

四人はバンダービルトをじっと見つめていたが、アニーは彼がレイフの名前にまったく反応を示さないことに困惑した。相当の資金をつぎ込んで捜索し、殺そうとしている相手の名前を憶えていないはずはないのに。

モルガンは無言で書類をバンダービルトのデスクに置いた。原本ではなく忠実な写しである。重要なのは、こちらが情報を握っているのを鉄道王に知らせることだった。

バンダービルトはやや退屈したようすで、最初の一枚を手にした。が、たちまち自分がなにを読んでいるのか気づき、あわててモルガンを、次にアトウォーターを見た。そして体をまっすぐに起こした。「そういうことか。で、いくら欲しい？」

「これは脅迫ではありません」モルガンは言った。「少なくとも、金目当てではありません。あなたはミスター・マッケイの名前に聞き憶えがないようですが、それはたしかですか？」

「もちろん知らない」バンダービルトは吐き捨てるように言った。「なぜ知っていなければならないんだね？」

「あなたが、四年にわたって彼を殺させようとしてきたからです」

「名前も知らないのだぞ。そんな男を、なぜ殺さねばならない？　この男と書類とどういう関係があるのだ？」

モルガンは自分より年上の男をしばらく観察した。バンダービルトは、書類の情報を否定しようともしていない。「あなたは反逆者だ」モルガンは静かに言った。「この情報によって、銃殺隊の前に引きずり出されるでしょう」

「わたしはビジネスマンだ。利益を生みだす。これは――」と、バンダービルトは書類を指した。「そこから生みだされた利益にくらべれば、援助した額などささやかなものだった。北軍が負ける可能性はなかったのだからね、ミスター・モルガン」

バンダービルトの論理に、レイフは気色ばんだ。あの顔面に一発お見舞いしてやりたい。

モルガンは、四年前のできごとをごく手短に説明した。バンダービルトはさっとレイフに目をやり、次にもう一度アトウォーターに向けた。彼が逮捕されると思っているのに、アニーは気づいた。モルガンが話し終えると、バンダービルトはいらだたしげに言った。

「なんの話だかまったく理解できない。わたしにはまるで関係のないことだ」

「あなたは書類が残っているのを知らなかった。ところが、そのミスター・ティルマンという青年がその隠し場所を知っていた。ちがいますか？」

バンダービルトはモルガンをにらみつけた。「ああ、たしかにウィンズローが報告してきた。わたしはよきにはからうよう命じ、彼が片づけたものと思っていた。その後、その件に関してはなにも聞いていない」

「ウィンズロー。パーカー・ウィンズローですね？」

「そうだ。わたしの補佐だ」

「彼と話をさせてください」

バンダービルトがベルを鳴らすと、秘書がドアを開けた。「ウィンズローを連れてこい」

鉄道王は大声で命じ、秘書は引きさがった。

　五分ほどして、ドアが開いた。室内の面々は重い沈黙に包まれたまま、ウィンズローが来るのを待っていた。レイフは足音が近づいてきてもあえて振り返らず、四年前のウィンズローを思い浮かべた。痩身、完璧な身だしなみ、白いものが混じりつつあるブロンド。非の打ちどころのないビジネスマンだ。いったいだれが、パーカー・ウィンズローを殺人犯だと思ったろう？

「お呼びですか？」

「ああ。こちらの方々のなかに知り合いはいるか、ウィンズロー？」

　レイフが顔を上げると、パーカー・ウィンズローのうんざりしたような視線とぶつかった。向こうは一瞬ぎょっとして、やがて脅えた表情で言った。「マッケイ」

「テンチ・ティルマンを殺したのはおまえだな？」アトウォーターが穏やかに尋ね、狩りの本能を全開にして身を乗りだした。「永遠に書類を掘りださせないために。そして、マッケイも亡きものにしようとしたが、それに失敗すると、彼をティルマン殺しの犯人に仕立てあげた。完璧な計画だった。そう、完璧なはずだったのに、マッケイが逃げおった。おまえが雇った男たちは捕まえられなかった。そこで彼の首に賞金をかけ、国じゅうの賞金稼ぎが彼を追うようになるまで、賞金をつり上げた。それでも彼は捕まらなかった」

「ウィンズロー、おまえは救いようのない愚か者だ」バンダービルトが容赦なく言った。

　パーカー・ウィンズローは追いつめられたように室内を見まわし、雇い主に視線を戻した。「あなたが片づけろと命じられたんです」

「わたしは書類を手に入れたかっただけだ、このたわけ。殺人など命じておらん！」

レイフは笑みを浮かべながら、椅子から立ちあがった。楽しそうな笑みではない。鉄道王は目をそらし、Ｊ・Ｐ・モルガンははっとした。パーカー・ウィンズローは見るからに脅え、アトウォーターは椅子にもたれて高みの見物を決めこんだ。

ウィンズローはまず処罰の鉄拳をよけようとし、やがて反撃を試みた。どちらも悪あがきでしかなかった。レイフはゆっくり落ち着いて鼻をへし折り、歯を砕き、両目をつぶし、次に肋骨にとりかかった。どの一撃も、外科医のメスさばきのごとく正確だった。肋骨にひびが入る音が、部屋にいる全員の耳に聞こえた。最初に体が倒れる音がしたときに秘書がドアを開けたが、バンダービルトに怒鳴られるやあわてて閉じた。

ウィンズローがぐったりと動かなくなると、ようやくレイフは手を止めた。アニーが立ちあがったのに気づき、獰猛（どうもう）な動物のように荒々しくも優雅に振り返った。「だめだ」きっぱりと告げた。「こいつには手当をするな」

「もちろん、手当なんてしません」アニーは夫の拳に触れ、みずからの手で包みこんだ。唇に近づけて、傷ついた指の関節に口づけをする。医者としての誓いには限界があると、アニーは悟った。とてもお上品な態度とは言えないが、レイフの繰りだすひとつひとつのパンチを楽しんだ。彼女が触れるとレイフは身震いし、目に影が差した。

ウィンズローがうめきだしても、驚いて目をやる以外、モルガンでさえ注意を払わなかった。「これで解決したとは思えない」バンダービルトが口を開いた。「最初の質問を繰り返す。いくら欲しい？」

Ｊ・Ｐ・モルガンの要求は簡潔だった。これ以上ラファティ・マッケイに手出しをすれば、南部連合の書類を公表し、鉄道王は反逆罪に問われる。今後、銀行がバンダービルトの企業に協力する条件として、ただちにマッケイの罪がすべて晴らされなければならない。鉄道王がパーカー・ウィンズローの行為を関知していたかどうかは関係がない。背後で動いていたのはバンダービルトの金であり、彼自身の恥ずべき行ないが引き金となっているからだ。そのかわり、書類はバンダービルトの知らない場所に隠したまま公表しない。ただし、この部屋の人間にひとりでも危害が加えられた場合は、即刻公にする。

バンダービルトは、なかば目を閉じながら、これらの要求や条件に耳を傾けた。逃げ道がないのは承知していた。「わかった」彼は無愛想に言った。「罪は二十四時間以内に撤回される」

「まだあります。ウィンズローがミスター・マッケイを追わせていた男たちに、命令を徹底させなければなりません」

「それもなんとかしよう」

「あなたご自身で、直接に」

バンダービルトはたじろいだが、やがてうなずいた。「ほかにあるか?」

モルガンは考えた。「ええ、あります。ミスター・マッケイに賠償金を支払うのが妥当だと思うのですが。十万ドルといったところで、いかがでしょう?」

「十万ドル!」バンダービルトは年下の男をにらみつけた。

「銃殺隊と引き換えです」

ふたりの後ろで、アトウォーターが喉で笑い、静まり返った部屋にその笑い声が響いた。バンダービルトはやり場のない怒りに言葉を呑んだ。「承知した」ついに観念した。

「あの人、国を裏切ったのに、後悔も恥もこれっぽっちも感じていなかったわ」アニーにはまったく理解できない人種だ。「自分が儲かるかどうかしか、考えてないなんて」

「それがあいつの神なのさ」レイフはまだ夢を見ているようだった。あれからまだ二十四時間もたっていないが、一時間ほど前にJ・P・モルガンから宿に電話があった。モルガンによると、バンダービルトは約束を守り、レイフにたいする殺人罪は撤回されたとか。その話が広まるまでのあいだ、ニューヨークにとどまったほうがいい、とモルガンは助言し、レイフの名前で預金口座に十万ドルが振りこまれたと報告した。もちろん、モルガンの銀行へだ。

「あなたはこれでいいの?」アニーが静かに尋ねた。「彼が裁判にかけられなくて?」

「いいわけない」吐き捨てるように言い、彼女の腰かけていたベッドの隣に坐った。「戦争を長引かせた件については、やつが銃殺されたってまだ足りない。この手で引き金を引いてやりたいくらいだ」

「彼がほんとにウィンズローのしたことを知らなかったと思う？」

「まばたきひとつせずに、ウィンズローを生贄にしたとも考えられる。だが、ウィンズローはバンダービルトに言い返さなかったから、実際、知らなかった可能性のほうが高い。なんにしろ、たいしたちがいはないさ。あいつがすべての根源だったわけだから」

「あの人は過去を知られることなく、これからもひたすら財産を築くのよ。あなたへの仕打ちを考えたら、腹が立ってしかたがないわ」

　レイフは彼女の腹部をゆっくりこすった。「バンダービルトの反逆行為がなかったら、おまえに出会えなかった。たぶん運命が不均衡を正してくれる」たったひとりの強欲な人間のために、何千という人間が死んだ。だが状況がちがっていれば、いまアニーはここにはいない。ひょっとしたら、ものごとは起こるべくして起こり、善と悪が微妙に釣り合う宇宙規模の天秤など存在しないのかもしれない。現現を生きなければならない。これ以上過去を悔やみ、恨むのは時間の無駄だ。自分にはアニーがいて、しかも間もなく父親になる。そのことですでに頭は占められつつあった。だが、アトウォーター、ジェファーソン・デイビス、Ｊ・Ｐ・モルガン、そしてだれよりもアニーのおかげで、自由の身になったうえに、金銭にも恵まれた。これで、自分の望むとおりに彼女の面倒を見ることができる。

「パーカー・ウィンズローはどうなるの?」アニーが尋ねた。

「わからない」レイフは答えたが、予想はついていた。アトウォーターが、行き先を告げずに宿を出た。ときに正義は、暗闇においてもっともよく機能する。


アトウォーターは周囲の注目を集めずに歩きまわる訓練を存分に積んだ男ならではの方法で、ウィンズローの家にこっそり忍びこんだ。部屋をひとつずつ調べると、豪華な家具が目についた。レイフ・マッケイが野獣のような生活を強いられていたあいだ、このクソ野郎はなに不自由のない日々を送っていたというわけだ。

最後に友人を持ったのがいつだったのか、連邦保安官には思いだせなかった。たぶん、最愛のマギーを失ったときだろう。法や秩序を支え、正義を追求するなかで、孤独な人生を歩んできた。だがどういうわけか、レイフとアニーが友人となった。たき火を囲んで何時間も語らい、互いの背中を見つめ、ともに心配した。そうしたことは、人間どうしの絆を深める。友人として、法を執行する者として、そして個人的な規範によって、アトウォーターには正義が守られるのを見届ける義務があった。

ウィンズローの寝室を見つけると、影のようにそっと足を踏み入れた。つらいがやらねばなるまい。一瞬ためらい、ベッドで眠る男を見つめた。幸いウィンズローは独身なので、妻が恐怖に縮みあがることはない。起こそうかとも思ったが、その考えは打ち捨てた。正義は、男がみずからの死を知ることを必要としない。実行あるのみ。物音ひとつたてずに、ノア・アトウォーターは拳銃を抜き、正義の天秤を釣り合わせた。

アトウォーターは家を抜けだした。屋根裏で寝ていた使用人たちが目を覚まし、あわてて服を着こみ、不審な物音の正体を確かめるには、まだ間がある。暗い夜道を歩くその顔には妙にからっぽの表情が浮かび、思いは内側に向かっていた。ウィンズローを処刑したのは正義のためにちがいないが、個人としてはもっと込み入った動機があるのかもしれない。おそらく、レイフとアニーにたいする思いのせいで、多少復讐という意味合いもあった。そして、そろそろバッジを返却する時期なのだろう。ほかに大切なものができたいま、もはや自分を純然たる法の僕（しもべ）とみなすことはできない。それに、レイフの身に起きたできごとを通じて、金と権力が世の仕組みをたくみに操り、〝無法者（アウトロー）〟の烙印を押された無実の男の人生を破滅させようとするさまをまのあたりにしたために、これまでどおり法律を信頼しているとも言えなかった。たとえ、心のなかではつねに正義の男でありつづけるとしても。

だが、アトウォーターは満足だった。これで天秤は釣り合った。

20

アトウォーターが心配に青ざめて、ランチハウスに飛びこんできた。出迎えるべく、廊下に出てきたレイフも緊張に顔を引きつらせ、シャツの袖をまくり上げている。

「どこにもいない」アトウォーターは怒鳴った。「必要なときにいないとは、いったいなんのための医者だ？　おおかた、酒瓶をかかえて、どこかで倒れてやがるんだろう」

アトウォーターの評価はたぶん正しい。一年前に最初の一軒が建てられて以来、爆発的に人口の増えたここフェニックスの住民たちも、たちまち同じ結論に至り、ますますアニーのもとにケガや病気を持ちこむようになっていた。だが、それもアニーにはたいした助けにならない。いま医者を必要としているのは、ほかならぬ彼女だからだ。

「引きつづき捜してくれ」レイフは言った。それ以外に思いつかなかった。飲んだくれの医者でも、いないよりはましだろう。

「レイフ」寝室からアニーの声がした。「それに、ノア。お願いだから、こっちに来て」

分娩を控えた女性の部屋に入ると聞いて、アトウォーターは居心地の悪そうな顔をしたが、ふたりしてレイフがいま出てきたばかりの部屋に入った。レイフはベッドに近づき、彼女の手を取った。おれがこんなに動揺しているのに、アニーはなんでこう落ち着き払ってるんだ？　彼女はレイフに微笑みかけ、より楽な姿勢を求めてマットの上で体をずらした。

「先生はもういいわ」アニーはアトウォーターに話しかけた。「かわりに、ミセス・ウィッケンバーグを連れてきて。五人産んでるし、ちゃんとした人だから、どうしたらいいか知ってるはずよ。彼女が知らなかったら、わたしが知ってる」レイフに笑いかける。「心配しないで」

アトウォーターはさっそく駆け足でランチハウスを飛びだした。アニーは下腹部にふたたび収縮が起こると、レイフの手をつかんで張りつめた腹部に押しつけ、懸命に生まれ出ようとしている命の力を感じさせた。彼はすっかり青ざめていたが、収縮が収まるとアニーはリラックスして微笑んだ。「すばらしいでしょう？」と、息をついた。

「すばらしいものか！」レイフは声をあららげた。病人のような顔をしている。「おまえが苦しんでるんだぞ！」

「でも、わたしたちの赤ちゃんがもうすぐ生まれるのよ。これまで何人も取りあげてきたけれど、この体勢からははじめて。なんて興味深いのかしら。とても勉強になるわ」

レイフは髪を掻きむしりたい心境だった。「アニー、なにを言ってるんだ。これは医学校の授業じゃないんだぞ」

「わかってるわ、あなた」レイフの手を撫でる。「動揺させてごめんなさい。でも実際、なにもかも順調なのよ」彼の狼狽ぶりには驚いたけれど、推して知るべしだった。アメリカ縦断の長旅の道中で、彼女は妊婦として歴史上類を見ないほど大切にされた。ここフェニックスという、新しい気風に満ちた誕生したての町に着くまで、レイフばかりかアトウォーターにまでかしずかれてきた。連邦保安官を辞めたアトウォーターはレイフの誘いを受け、ソルトリバー・バレーで営む広大な牧場の共同経営者となった。

レイフは子どもが生まれるまで診療の再開には反対だったが、アニーにはじょじょにお腹がふくらむのを見ているだけの生活は時間の流れが遅すぎた。いまのところ、彼女のもとを訪れるのは女性患者――健康の問題をかかえた女性や妊婦――ばかりで、ときには子どもを連れてくることもあった。大半はいまだ、困ったことに酒好きのドクター・ホッジズにかかっているが、なかには、アニーの出産が終わってフルタイムの診療を開始できるようになったら、家族ごと彼女の世話になるつもりだと言う女性もいる。

幸い季節は冬なので、アニーは激しい暑さのなかでのお産を経験しないですむ。ふたりの住む日干し煉瓦(れんが)造りのランチハウスはスペイン風の建物で、熱をのがすためのアーチや美しいオープンスペースがあり、天井が高くなっている。それでも、夏の終わりまではベランダで眠らなければならなかった。アニーは新しい家が気に入っていた。新しい生活のなにもかもが申し分なかった。なによりも、レイフがいる。あいかわらず、手のつけられないほど頑固で自分勝手、見ただけで相手を震えあがらせられる淡く透きとおった目を持つ、痩身で危険な男ではあるけれど、うちには情熱や官能を秘め、その愛の強さは疑いようがなかった。秋のうちは、しばしばだれにも見られない場所に連れだされたものだ。そこには頭上に広がる青空と、温かい大地しかなく、地面に広げた毛布の上で裸になって愛し合った。アニーは妊娠したせいで肌がひどく敏感になっており、レイフはそんな彼女の感度のよさを喜んだ。はじめはお腹がせり出した体をさらすのが恥ずかしかったが、レイフはわが子が動くのを感じるのが大好きだった。

収縮は夜のうちに始まった。最初はごく穏やかな痛みで、眠れはしないものの、我慢できないほどではなく、似たような状態が長く続いた。初産なので当然のことだ。翌日の昼には痛みが鋭くなり、今日のうちに赤ちゃんが生まれそう、とレイフに告げた。驚いたことに、彼はいっきにパニック状態に陥った。それはアトウォーターも同じで、ドクター・ホッジズを捜して一目散に飛びだしていった。

「まだ破水もしていないのよ」アニーは言った。「焦ることないわ」

レイフの顔がゆがんだ。「この状態が当分続くってことか?」

アニーは唇を噛んだ。ここで笑ったら、許してもらえそうにない。「それほど続かないといいけど、たぶん生まれるのは今晩でしょうね」彼女自身、これからの数時間を思うと気が重いが、なんとか無事乗りきって、赤ん坊を腕に抱きたかった。自分のなかで育っている小さな生き物とのあいだに、信じられないほど深い絆を感じる。これはレイフの子なのだ。

次の収縮はより激しく、思っていたよりも早く来た。収まるまでゆっくりと呼吸をしながら、順調な経過を喜んだ。まだ医者としての自分が残っていて、その部分がこの状態に医学的な興味を寄せている。けれども、これから産み落とすまでには、そうした興味をすっかり忘れて、生命誕生の苦労にわれを忘れるひとりの女になるのではないかと疑っていた。

それからさらに二時間後、アトウォーターがミセス・ウィッケンバーグ――体格がよくて感じのいい女性――を連れて戻ってきた。その二時間で陣痛は急速に激しさを増し、その間、レイフはつきっきりだった。

アニーの指示で湯が沸かされ、ヘソの緒を切るためのハサミが煮沸消毒された。ミセス・ウィッケンバーグは冷静かつ有能だった。レイフがそっとアニーをかかえ上げて、分厚いタオルを下に敷いた。

アニーはなんとか微笑んでみせた。「そろそろ外に出て。長くはかからないわ」

レイフはかぶりを振った。「赤ん坊の命が芽生えたとき、おれはその場に居合わせた。だから、この世に生を受けるときもここにいる。おまえをひとりにはさせられない」

た。

「気絶したり、邪魔したりしなけりゃいいよ」ミセス・ウィッケンバーグは頓着しなかった。

レイフは気絶も邪魔もしなかった。強い収縮が間断なく襲ってくるようになると、アニーは夫の手を強く握りしめた。あまりの握力で、翌日にはその部分が痣となって腫れあがったほどだ。レイフは妻がうめき声をあげるたびに歯を食いしばり、妻が最後の激痛にとらわれたときは、その肩を抱いて、彼女の体から血だらけの小さな赤ん坊が待ち受けるミセス・ウィッケンバーグの手のなかに滑り落ちるまで、しっかりと支えていた。

「やれやれ、いいお産だった」ミセス・ウィッケンバーグは言った。「女の子だよ。なんて、かわいらしいんだろう。まあ、ちっちゃいこと！　うちの末っ子なんか、この二倍はあったがね」

アニーは脱力して、何度も口いっぱいに空気を吸いこんだ。赤ん坊はもう、仔猫のように鼻にかかった声で泣いている。レイフは茫然と赤ん坊を見つめていた。まだアニーをかかえていたが、急に手に力をこめると、頭を前に垂らしてアニーに顔を近づけた。「よかった」かすれ声で言った。

ミセス・ウィッケンバーグはヘソの緒を縛って切り、手際よく赤ん坊をぬぐうと、アニーの後産の世話をするあいだ赤ん坊をレイフに預けた。

レイフはすっかり魅せられて、娘から目を離せなかった。自分の手のほうが大きいくらいだ。もがいて脚をばたつかせ、腕をあちこちに突きだしている。いまは泣きやんでいるが、顔をしかめたり、口をすぼめたり、あくびをしたり。そんな表情のひとつずつが、いとおしくてならない。「まいった」こわばった声で言った。アニーの娘。ときどき、アニーを見つめたときに感じるのと同じ、胸を突かれるような感覚があった。

「わたしにも見せて」アニーがささやいた。レイフは最大限の注意を払って、赤ん坊を母親の手に託した。

アニーはうっとりしたようすで、小さな顔の造作に目を凝らし、産毛におおわれた頰の曲線や、まさにバラの蕾のような口を愛でた。赤ん坊がふたたびあくびをして、ほんの一瞬、ぼんやりと焦点の定まらない目が開いた。その淡い灰色がかったブルーの目に、思わず息を呑んだ。「この子、あなたと同じ目よ！　見て、もう灰色がかっている」

レイフはアニーに似ていると思った。彼女にそっくりの上品な目鼻立ちが、すでに見て取れる。だが、髪は黒い。小さな頭は黒髪でおおわれている。アニーの顔立ちに、自分と同じ目と髪の色。自分のなにかを永遠に変えた激しいエクスタシーの最中にできた、ふたりの結晶。

「さあ、お乳を飲ませよう」ミセス・ウィッケンバーグが声をかけた。「母乳が出るようにね」

アニーは笑った。患者にはいつもそう指示しているくせに、娘に見とれるあまり忘れていた。少し恥じらいながらナイトガウンを開き、張った乳房の片方を出した。ミセス・ウィッケンバーグは遠慮して後ろを向いている。レイフが温かくなめらかなふくらみに手をあてがって持ちあげると、アニーは赤ん坊を腕に抱きかかえ、大きくなった乳首を鳥のような口に導いて、唇に触れさせた。赤ん坊が本能的に乳首をくわえて吸いはじめたとたん、びくんとした。熱くむずむずするような感覚が乳房に広がる。

レイフは乳を吸う音に笑った。淡い目が輝いている。「早いとこ夕食をすませろよ」娘をせかした。「外でそわそわしながら、おまえに会うのを待っているおじさんがいる。いや、おじいさんかな。あとではっきりさせよう」

十分後、レイフは毛布にくるんだ赤ん坊を、所在なく歩きまわるアトウォーターのもとへ連れていった。その手には、くしゃくしゃに丸めた帽子があった。「女の子だ」レイフは知らせた。「ふたりとも無事だ」

「女の子」アトウォーターは小さな寝顔をのぞき込んで、唾を呑んだ。「いやあ、まいった。女の子か」彼はふたたび唾を呑んだ。「おい、レイフ。あの欲情した若者どもから、いったいどうやって守ればいいんだろう。さっそく考えねばならんな」

レイフはにやりとしてアトウォーターの腕を引き寄せ、そこに赤ん坊をのせた。アトウォーターはあわてふためき、全身をこわばらせて叫んだ。「おい！　落としたらどうするんだ！」

「すぐに慣れるさ」レイフはまったく動じない。「子犬を飼っていたことがあるんだろう？　大きさはたいして変わらない」

アトウォーターはレイフをにらみつけた。「首を持つつもりはない」赤ん坊を抱きしめる。「なんて恥知らずな父親だ。自分の娘を子犬のように扱わせようとするとは」

レイフの笑みが広がり、アトウォーターは腕のなかで満足そうに眠っている赤ん坊を見おろした。しばらくして微笑むと、揺すりはじめた。「なんだ、どうってことないな。で、名前は？」

レイフの頭はまっ白になった。アニーとふたりで話し合い、男の子と女の子の名前をそれぞれ選んだのだが、どちらもとっさに出てこない。「まだ決めていない」

「さっさと決めろ。このかわいらしい嬢ちゃんをなんと呼べばいいのか知りたい。それからこんど産むときには、早めに知らせてくれ。そうすればどこか別の場所にいられる。これは心臓に悪すぎる。わたしのボロボロの心臓が止まるかと思った」

レイフはアニーのもとに戻るために、娘を受けとった。早くも離れている彼女が心配になってきた。「じいさんはそばにいるべきだ。どこへも行かせないぞ」

アトウォーターはあんぐり口を開けて、レイフの背中を見送った。じいさん？　じいさんか！　なかなかいい響きだ。自分では年齢よりも若く見えるのが自慢だが、なんだかんだいっても五十を過ぎた。マギーのほかには家族を持ったことがなく、彼女が死んでからはひとりきりだった。ひどくおっかないような気もするが、マッケイのそばにいて、困ったときに助けてやるのも悪くない。この祖父業は、フルタイムの仕事になりそうだ。

レイフが足音を忍ばせて寝室に戻ると、アニーはすやすやと眠っていた。ミセス・ウィッケンバーグがにっこりして、指を唇に当てた。「休ませてやろう」彼女はささやいた。「重労働だったんだから、当然だよ」もう一度にっこりして部屋を出ていった。

ベッド脇の椅子に腰を下ろしたレイフは、まだ赤ん坊を抱いていた。自分の腕のなかから出したくない。娘も眠っている。母親と同じように、生まれることが大仕事だったみたいだ。彼自身もくたくただが、眠りたいとは思わない。アニーの顔を見てから、視線を娘の顔に移すと、心臓が肋骨を圧迫するほどふくれ上がって、息が止まりそうになった。

九カ月前、アパッチ族の赤ん坊を抱き、その子の命を守るアニーに手を貸した。いま、また自分とアニーが命を与えた別の赤ん坊を抱いているが、こんどは自分たちの血を分けた命だ。最初に出会った瞬間から、アニーは彼の人生を一変させ、生きる目的を与えた。たとえ残りの人生でなにも得られなくても、これでもう、充分に満足だった。

エピローグ

それから十年のうちに、優秀な若き銀行家J・P・モルガンは、財政上の一撃によって、鉄道事業におけるコーネリアス・バンダービルトの独占支配を打ち破った。南部連合の書類が公になる気配はなかったものの、バンダービルトはモルガンが書類を持っているのを知っている。そのせいで反撃を手控えたのではないか、とレイフは見ていた。それはレイフの選んだ正義ではなく、アトウォーターが連邦保安官を辞める前にパーカー・ウィンズローに与えた正義とも異なるが、おそらくバンダービルトには、なによりも手痛い打撃だったにちがいない。

どういうわけか、もはやレイフにはどうでもよかった。自分にはアニーと子どもたちがいて、牧場は栄えている。ときには子どもたちが騒ぎたて、ふたりの男の子が姉をかんかんに怒らせるし、アニーのもとに患者が押し寄せたり、牛が頑として動かなくなって、アニーとふたりで荒地に出ていって群れを追いたてるはめになる。アニーの不思議な力の虜であるレイフには、それ以上望むべくもなかった。

訳者あとがき

リンダ・ハワードの『ふたりだけの荒野』（原題：*The Touch of Fire*）をお届けします。『レディ・ヴィクトリア』、『天使のせせらぎ』と続いた西部舞台のヒストリカル三部作の締めくくりとなる一冊で、日本で最初に出版されたのは二〇〇二年のことでした。訳者であるわたくしもじつに十九年ぶりに読み返したわけですが、みごとに筋書きを忘れておりました。それなのに最後の一文をはじめとして、はっきりと文章を覚えている箇所があちこちにありました。そして、この本のなかにもリンダが得意とする孤独のうちに強く生きる人たちが登場し、その人間らしさを忘れたような苦くてそっけない人物造形に痺れたことを懐かしく思いだしました。リンダが描くヒロイン、ヒーローは自律しています。自律していてくっきりと輪郭があるから、同じようにはっきりとした輪郭を持つ相手との恋愛に火花が散ります。相手に踏み込み、踏み込まれることに痛みを伴い、けれどその先には新たな地平が拓けます。リンダの主人公たちの生きる力、愛する力の強さ、史実を組み入れたダイナミックな展開を、この物語を通じて楽しんでいただけたらと思います。

さて、今回のお話。時は南北戦争終結から六年後の一八七一年。この前にお届けした『レディ・ヴィクトリア』よりはあと、『天使のせせらぎ』よりは前になります。カリフォルニア州の東に位置するアリゾナ準州の銀鉱山で栄えた町を起点としてメキシコ方面へ、そこから東へ移動し、ニューメキシコ、テキサス、ルイジアナ州ニューオーリンズと南部をめぐり、蒸気船でテネシー州メンフィス、さらに北上してニューヨークへ。最後に終棲家となるアリゾナ州フェニックスへと戻ります。交通網の発展していない時代に繰り広げられるはらはらどきどきの逃走劇。地図を見ながら読んでいただくと、臨場感が増すかもしれません。

ヒロインは医者のアニー・バーカー、二十九歳、フィラデルフィア出身。二歳で母親を亡くし、やはり医師であった父親に育てられました。父親の影響と井戸に落ちて死にかけた経験から医師を志し、女性の医師がまだ珍しかった時代、女性を受け入れてくれない医学校が多く、ようやく入学できた学校でも教師や同級生から足を引っ張られるような時代に苦労して医師になります。医学校の卒業後はふるさとのフィラデルフィア、続いてデンバーで開業しますが、女性というだけで患者が集まらないので、男の医者のいない西部の町シルバー・メサで開業します。ここは銀鉱労働者と売春婦の集まる荒っぽい町ですが、医者として働けることを一番の喜びとするアニーは、この地でようやく自分の居場所を築きはじめていました。結婚など考えたこともなく、薬草を育てながら患者さんたちに向きあう日々。ロマンス小説のヒロインというのは働き者が多いと思うのですが、そのなかにあっても、かなりのがんばり屋といっていいでしょう。

対するヒーローは、そんなアニーの診療所にある日、ふらりと現れた男です。男は腹部に銃創を負って、感染症を起こしていました。アニーはできるだけの処置を施し、まだ治療を続ける必要があるので留まるようにと告げますが、男はそれを聞き入れません。けれど、このままでは男の命は危ない。

男の名はレイフ・マッケイ、三十四歳。その首に一万ドルの賞金が賭けられたお尋ね者です。賞金稼ぎに追われて国じゅうを逃げまわるようになって、はや四年。今回の銃創も賞金稼ぎに撃たれて負ったものでした。治療を続ける必要があるのはレイフにもわかっていますが、シルバー・メサに留まれば、賞金稼ぎに追いつかれます。

そこでレイフが打った手は、女医を町から連れだすことでした。人目につかない場所にふたりで立てこもって、体の回復を待つことにしたのです。ですが、アニーにしたら恐怖でしかありません。突然、男から拳銃を突きつけられて、荷物をまとめさせられ、診療所から馬に乗って出かけることになったのですから。しかも、この男を前にすると、妙に自分がか弱く感じられてしまう……。

男の正体は？　そして、アニーは無事シルバー・メサに、元の生活に戻れるのか？

ここから先は南北戦争前後の史実も織り交ぜ、ロマンスの範疇を越えた大きな物語になります。鉄道王のコーネリアス・バンダービルトや銀行家のＪ・Ｐ・モルガンなど、わたしたちが知っている名前も登場します。ロマンス小説としては、あんな台詞、もうあんたたち勝手にして、と読んでいて頭がぶっ飛びそうな場面も多い、熱々度の高い作品ですが、背景設定にも手抜かりがないことで、よりロマンスとしての魅力が引き立っているように思います。

ところで、いま薬というと、錠剤やら粉やら液体やら、工場で加工されたものが中心ですが、アニーの時代はちがいました。医者のアニーは、診療所兼自宅で薬草を育て、日々の診療に活用しています。漢方というと特別の薬のような気がしますが、製造薬ができるまでは、どこでもこうした生薬が中心だったはずです。興味があったので、登場した植物の主立った薬効を少し調べてみました。

・吉草根……ヒステリーや神経衰弱などの鎮静効果。
・オオバコの葉……生葉を貼ると排毒効果がある。消炎、解熱、鎮痛、鎮咳作用があり、また目の充血や痛みにも効く。
・ハコベ……生葉を揉んで貼ると抗炎症効果。ほかに浄血、催乳、腎臓病のむくみに用いられる。
・ニガハッカ……食欲不振や消化不良。咳、百日咳、喘息、結核など。
・シモツケ……熱冷まし、下痢止め、目の充血や頭痛・歯痛等の鎮痛。
・マリーゴールドチンキ……皮膚や粘膜の修復、保護。胃潰瘍や黄胆、喉の炎症や外傷、火傷。抗菌作用、抗ウイルス作用、抗寄生虫作用。

そして圧巻が感染症で発熱したレイフにアニーが煎じて飲ませていたヤナギの樹皮です。ヤナギの樹皮を薬として用いた記録はじつに古く、中外製薬のサイトにはこんな記述がありました。

ヤナギの樹皮は古代ギリシャ時代から痛風、神経痛などに使われてきました。紀元前のギリシャの医師、ヒポクラテスはヤナギの樹皮を鎮痛・解熱に使っていたと伝えられています。日本でも、ヤナギには鎮痛作用があり、歯痛に効果があると考えられ、つまようじとして使われていました。

このヤナギの樹皮の成分から抽出されたサリチル酸を参考にして合成されたのが、解熱鎮痛剤のアスピリンなんだそうです。アスピリンにはすでにとして百年以上の歴史がありますので、お世話になったことがある方も多いはず。

最後に原題の〝*The Touch of Fire*〟について。このタイトルはヒロイン、アニーの手のことを表していて、最初にその手の力に気がつくのがヒーローのレイフです。必要な人には癒やしをもたらすその手の不思議——再読してみて、そのエピソードが全編にもたらしている影響を改めて感じました。

リンダ・ハワードの作品が持つそんな力——読者を包み込む包容力といったらいいでしょうか。この三部作をきっかけに、また新たな読者にそんな魅力を味わっていただけることを願っています。

二〇二一年五月

訳者紹介　林 啓恵

英米文学翻訳家。国際基督教大学卒。主な訳書にリンダ・ハワード『天使のせせらぎ』(mirabooks)、カレン・ディオンヌ『沼の王の娘』(ハーパーBOOKS)、ケイシー・マクイストン『赤と白とロイヤルブルー』、キャサリン・コールター『誘発』(ともに二見書房)、リサ・マリー・ライス『運命の愛にふれて』(扶桑社)、サンドラ・ブラウン『凍える霧』(集英社)、フィリップ・ウィルキンソン『世界の神話大図鑑』(三省堂、共訳)など多数。

mira

ふたりだけの荒野(こうや)

2021年7月15日発行　第1刷

著　者　リンダ・ハワード

訳　者　林 啓恵(はやし ひろえ)

発行人　鈴木幸辰

発行所　株式会社ハーパーコリンズ・ジャパン
東京都千代田区大手町1-5-1
03-6269-2883（営業）
0570-008091（読者サービス係）

印刷・製本　中央精版印刷株式会社

定価はカバーに表示してあります。

ISBN978-4-596-91858-1